SANDER

LES DIEUX DU CAMPUS

#2

Image de couverture : Shutterstock © Eugene Onischenko
Couverture : Ariane Galateau
Illustration en fin d'ouvrage : Trifia

Collection créée par Hugues de Saint Vincent et dirigée par Arthur de Saint Vincent
Ouvrage dirigé par Marine Flour

34-36, rue La Pérouse
75116 Paris
www.hugopublishing.fr

ISBN : 9782755699869
Dépôt légal : octobre 2022
Imprimé chez Corlet
N° d'imprimeur : 22090408

NEW ROMANCE®

PHOENIX B. ASHER
& F.V. ESTYER

SANDER

LES DIEUX DU CAMPUS

#2

Hugo Roman

ST. CHARLES

EST. 1891

UNIVERSITY

PROLOGUE

SANDER

Je navigue difficilement entre les étudiants qui se sont donné rendez-vous dans la maison où j'habite avec ces quatre types devenus bien plus que mes colocataires. Ce soir, nous fêtons la fin des exams et, bordel, ça fait du bien de se dire que ces vacances bien méritées sont enfin arrivées. Je n'ai jamais eu de problème à suivre en cours, mais cette première année à Saint-Charles a été beaucoup plus intense que je l'imaginais. Pas facile de combiner les cours, les devoirs à rendre et les entraînements de foot. J'ai fait partie de l'équipe de mon lycée pendant les quatre ans durant lesquels j'y suis resté, mais je dois reconnaître que le niveau universitaire est bien plus exigeant. Les enjeux sont différents, on attend bien plus de nous, les coachs n'hésitent pas à nous foutre la pression pour que nous soyons à la hauteur.

Je traverse notre salon transformé en piste de danse et parviens enfin à atteindre Leander. En quelques mois, ce type est devenu mon meilleur ami. Ce n'était pourtant pas gagné, car nous n'avons absolument pas le même caractère. Il est le plus souvent casanier quand je suis fêtard, il paraît renfermé là où je suis enjoué. Cependant, si j'apparais aux gens comme le boute-en-train de service, ce n'est pas vraiment celui que je suis au fond de moi. Je suis sociable quand il s'agit de parler cinq minutes à des personnes que je ne reverrai jamais ; pour nouer de vrais liens, c'est une tout autre histoire. Leander a su voir clair dans mon jeu, dépasser ma carapace de clown de service.

Ce soir, mon pote arbore l'air renfrogné que je commence à bien lui connaître.

— Qu'est-ce qui t'arrive, Chaton ? le questionné-je en passant mon bras sur ses épaules.

Il se dégage de mon étreinte en me jetant un regard noir.

— Il m'arrive qu'on a invité à peine une dizaine de mecs. Tu peux m'expliquer comment on se retrouve avec plus de trente personnes ?

Leander a deux défauts. C'est le type le plus rabat-joie que je connaisse, et il n'est pas gay. Même pas un tout petit peu.

— C'est le prix de notre célébrité, mon petit, que veux-tu ?

Sa réponse ne me parvient pas tout à fait, mon attention est attirée par quelqu'un que je ne m'attendais pas à voir ici ce soir. Presque toute l'équipe de hockey vient de rentrer dans la maison, aggravant les grommellements de Leander à mes côtés. Moi, je n'ai d'yeux que pour Jeremiah, qui discute actuellement avec deux filles de l'équipe de *cheerleading*. Il fait plus ou moins partie de notre groupe d'amis depuis le début de l'année scolaire. Habituellement, il y a plutôt une inimitié entre les footballeurs et les hockeyeurs, mais Jer est le meilleur ami d'Eva, avec qui mon frère jumeau s'envoie régulièrement en l'air. Il a donc vite été intégré à notre groupe. Ou presque.

Je me souviens comme si c'était hier la première fois où je l'ai retrouvé en train de jouer à la PlayStation dans notre salon, comme s'il était chez lui. Son regard bleu a cherché le mien, comme pour s'excuser de l'intrusion, mais il n'a pas pour autant arrêté de jouer.

— Où sont les autres ? lui ai-je demandé.

— Dante est avec Eva.

— Et Leander ?

— Avec Eva aussi, a-t-il précisé, amusé.

J'ai éclaté de rire avant de m'installer à ses côtés pour jouer. Depuis ce jour-là, un lien étrange s'est tissé entre nous. Un lien que je ne pourrais pas qualifier d'amical, mais tout aussi fort. Peut-être même davantage. J'adore mes potes de la coloc, mais avec Jer les choses ont toujours été un peu différentes. Sans aucun doute parce que ça faisait un moment que je n'avais pas ressenti ce genre de choses aux côtés de quelqu'un. Ces frissons quand nous nous touchons par inadvertance, ces palpitations à l'idée de se revoir, cette manière de se chercher du regard dans une foule. Cette alchimie qui a commencé à me rendre dingue au fil des mois. Au départ, je me suis dit que tout ça n'existait sûrement que dans mon imagination. Je n'ai jamais vu Jeremiah qu'avec des filles, et même si je sais que ça ne veut rien dire, ça aurait bien été mon genre de me monter la tête avec quelque chose qui n'existe pas. Mais, au fil du temps, et des silences qui en disent plus long que de grands discours, j'ai fini par admettre que je ne me voilais pas la face, et que Jeremiah était sans doute mort de trouille. Alors j'ai rongé mon frein, ne voulant pas le bousculer. Jusqu'à la semaine dernière. Après un long après-midi de révision, j'ai profité de l'absence de mes potes à la maison pour faire ce que j'attendais depuis des mois. Je l'ai embrassé.

Le soulagement de ne pas me faire jeter a été indescriptible. Non seulement Jer ne m'a pas recalé, mais il m'a rendu mon baiser avec une ardeur que je n'attendais pas. L'intensité du moment aurait pu nous consumer tous les deux si mon téléphone n'avait pas sonné. Jer n'aurait pas pu réagir plus violemment s'il avait été frappé par la foudre. Il m'a repoussé si brutalement que j'en suis tombé du canapé, et il s'est enfui sans prononcer un mot. Depuis, aucune nouvelle. Je ne l'ai pas croisé de la semaine. Même si le campus est immense, je sais sans l'ombre d'un doute qu'il m'évite. Je ne peux pas m'empêcher de me dire qu'il a désormais eu le temps de réfléchir. Peut-être que, comme moi, il est arrivé à la conclusion que nous pourrions être plus que des amis. Ou peut-être pas.

L'incertitude me terrasse aujourd'hui. Elle m'empêche de tenter une approche, comme je l'aurais fait avec n'importe quel autre mec. Alors ça fait trente minutes que je le mate à la dérobée, comme un pervers, attendant le bon moment pour lui parler. Moment qui n'arrivera sans doute jamais. Mais si je ne me bouge pas ce soir, je n'en aurai peut-être jamais le courage. Si je ne fais pas le premier pas, je ne saurai jamais ce qu'il aurait pu y avoir entre nous.

C'est cette perspective qui me fait quitter le mur contre lequel je m'étais appuyé. Jeremiah est au bar, seul. C'est l'occasion ou jamais pour l'aborder. Je m'approche discrètement de lui, et si j'arrive à me retenir de l'enlacer par-derrière, je ne parviens pas à m'empêcher de le toucher. Il sursaute tellement fort qu'il renverse la moitié de son verre.

— Merde.

Je m'empare de serviettes sur le bar pour éponger le surplus de liquide sur sa main, mais il ne m'en laisse pas l'occasion et se recule brusquement. Dire que je suis déstabilisé est un euphémisme. Pourtant, j'aurais peut-être dû m'y attendre après sa réaction la semaine dernière.

— Ça ne te dérangeait pas tant que ça que je te touche vendredi, remarqué-je avec un petit sourire en coin pour tenter d'alléger l'ambiance.

Paniqué, il regarde de droite à gauche.

— Qu'est-ce que tu veux, Campbell ? grogne-t-il.

Je m'approche davantage, envahis son espace personnel.

— Je veux que tu assumes que je suis celui qui te fait bander comme jamais, susurré-je à son oreille. Et je veux qu'on reprenne là où on s'est arrêtés.

Son souffle s'accélère, et je crois presque avoir gagné la partie. Téméraire, je glisse ma langue sur le lobe de son oreille. Ce geste précipite cependant ma perte. Jeremiah me repousse mais, ma carrure égalant la sienne, je reste très près de lui. Comme au ralenti, je vois alors son poing se lever. Je n'ai pas le temps de l'esquiver qu'il rencontre ma mâchoire. Je suis déstabilisé par la force du coup et tombe à la renverse sur la table de salon qui se brise sous mon poids.

Dans la maison, le silence est assourdissant, malgré la musique qui continue à hurler dans les enceintes. Je n'ai pas le temps de me relever que Jeremiah est déjà parti. Il aurait pu simplement me dire qu'il ne voulait pas de moi, mais il a choisi la violence, et sa brutalité alimente une rage qui brûle en moi depuis des années. Je sais que ce soir, elle n'aura pas d'exutoire. Elle restera tapie dans mes entrailles jusqu'à ce qu'elle fasse ressortir le pire de moi et que j'explose.

1

Sander

Quelques mois plus tard.

Quand je sors de la salle de bains, la musique m'assaille. Elle couvre le brouhaha créé par les voix des nombreux étudiants réunis chez nous. Je me demande un instant si on ne va pas tous se retrouver sourds à la fin de la soirée. Sur mon front, j'essuie une goutte d'eau qui a coulé de mes cheveux trempés, dans le but d'essayer de me rafraîchir.

Je m'arrête un instant au milieu de l'escalier pour contempler la foule qui a progressivement rempli la maison. La soirée du jour de l'an est l'une des plus populaires sur le campus, et nous avons voulu marquer le coup en faisant les choses en grand. Je me demande quand même si on n'a pas un peu abusé sur les invitations. Il fait chaud comme dans un four, alors que la température à l'extérieur doit approcher les - 10°C, et que toute la ville est toujours recouverte d'une épaisse couche de neige.

La porte d'entrée s'ouvre à nouveau, cinq étudiants supplémentaires s'engouffrent chez nous. Je ne reconnais aucun d'entre eux[et je suis à peu près sûr que mes potes ne les connaissent ni d'Ève ni d'Adam non plus]Une partie de la foule se déchaîne sur la piste de danse improvisée, je ne sais même pas comment ces gens arrivent à bouger. Instinctivement, je cherche Leander du regard. Je le connais, il doit être en train de péter un plomb face au nombre de personnes présentes qui ne cesse de croître. Si la police du campus a vent de notre petite fête qui est en train de se transformer en gigantesque bordel, elle va débarquer et virer tout le monde.

Dans un coin de ce qui a autrefois été un salon bien rangé – enfin, bien rangé selon les critères de cinq mecs –, je découvre mon meilleur ami en train de boire une bière, Moustique pendue à son cou. Mon pote, inconscient du monde autour de lui, affiche un grand sourire. Il est dans sa bulle avec cette nana qui a fait exploser sa petite vie tranquille il y a quelques mois. Un élan de jalousie me serre le bide. Pas dirigé contre Nyx. Malgré les allusions salaces que je balance régulièrement à mon pote, il est comme un frère pour moi. C'est leur bonheur que j'envie. J'aimerais tellement connaître cette sensation d'être aimé par quelqu'un sans concession, une fois dans ma vie. Ou plutôt, une fois *de plus* dans ma vie...

Je secoue la tête pour chasser ces pensées parasites qui ne devraient pas polluer mon esprit ce soir. Je poursuis ma descente jusque dans la pièce principale et lève les yeux au ciel quand j'aperçois mon jumeau, son téléphone en main. Il est en train de filmer deux types de son équipe de *cheerleading*, qui envoient en l'air une de leurs coéquipières. Ils ne s'envoient pas en l'air avec elle, ils la balancent dans les airs, littéralement. Heureusement que notre salon dispose d'un plafond cathédrale, sinon la pauvre serait déjà empalée sur le lustre. *Il ne manquerait plus qu'on doive appeler une ambulance !* Et mon crétin de frangin est en train de poster leurs petites acrobaties sur TikTok, en direct, histoire d'attirer encore plus de monde, en plus de multiplier les probabilités que ça tourne mal. Un jour, je lui ferai bouffer son fichu portable.

Je me faufile jusqu'à l'endroit où Leander et Nyx sont en train de se lécher les amygdales.

— Beurk ! Dégueu ! crié-je pour couvrir le bruit de la musique. Franchement, vous pourriez respecter les petits yeux sensibles de votre pote Sander.

— Petits yeux sensibles ? se moque Nyx.

— Tu n'as pas un type à aller baiser quelque part ? me demande Leander. Histoire de t'occuper et que tu nous foutes la paix.

Je songe un instant à jouer le mec offusqué, mais ça ne tromperait personne. Baiser des types dans des coins lors de nos fêtes, c'est tout à fait mon genre.

— Nope, ce soir, j'ai envie de profiter de mes amis, de célébrer la nouvelle année qui se profile avec eux.

Leander se détache légèrement de Nyx pour m'observer avec suspicion.

— T'as consommé des trucs bizarres ? La dernière fois que tu as pris des champignons, tu as chanté le générique de *La Petite Maison dans la prairie*[1] pendant une heure, en affirmant à tout le monde que tu étais la réincarnation de Nelly Olson.

Nyx éclate de rire.

— Oh ! Punaise ! J'aurais voulu être là pour voir ça ! s'esclaffe-t-elle. Ça devait être hilarant.

— Heureusement que tu es là, Moucheron, affirmé-je en lui collant un baiser sur le dessus de la tête. Au moins, toi, tu sais comment faire la fête !

Je jette un coup d'œil en direction du bar et fronce les sourcils.

— Où est ta fameuse margarita, d'ailleurs ?

— Y en a deux pichets au frigo, juste pour toi. Hors de question de servir ça à tous ces soiffards. Ça serait comme donner de la confiture à des cochons.

— T'es la meilleure, tu le sais, ça ? ajouté-je en l'arrachant à l'étreinte de Leander pour la serrer dans mes bras.

— Mais c'est fini, oui ! s'indigne celui-ci. Enlève tes sales pattes de ma copine et va te chercher un verre. T'es sentimental quand t'es sobre.

1. Série télévisée américaine diffusée entre 1974 et 1983.

Je ricane en m'éloignant en direction de la cuisine et de la potion magique de Nyx. Je ne suis pas vraiment sobre, puisque j'ai descendu quelques bières tout à l'heure, mais je suis d'avis que quelque chose d'un peu plus fort ne me fera pas de mal.

Je suis penché dans le frigo quand j'entends quelqu'un grommeler derrière moi. Je devine immédiatement à qui appartient cette voix et, l'espace d'un instant, j'aimerais être assez petit pour pouvoir m'enfermer dans le réfrigérateur avec ma margarita. Comme je ne fais pas loin d'un mètre quatre-vingt-dix, je souffle un bon coup et m'extirpe de ma cachette avec le pichet entre les mains.

— Salut, dis-je froidement.

Jeremiah se tient devant la glacière remplie de bouteilles de bière. Il lève les mains dans un geste défensif.

— Tu vas encore essayer de me péter la gueule, Campbell ?

Je sais que je devrais m'excuser, que les choses n'auraient jamais dû en arriver là entre nous, que je devrais reconnaître avoir eu tort, mais j'en suis incapable. Ce type me met hors de moi. Encore ce soir, je sens la violence qui m'accompagne presque partout depuis que je suis ado monter en moi. Je prends une grande inspiration pour la contrôler. Cette fois, ça fonctionne, contrairement à notre dernière entrevue. Sur mes lèvres se dessine un sourire moqueur.

— Nope. Mais on pourrait s'adonner à un autre genre d'activités physiques, le provoqué-je en m'approchant de lui.

Il ne recule pas. Sa respiration devient erratique quand je lui chuchote à l'oreille :

— Je sais que tu ne rêves que de ça, que c'est à moi que tu penses quand tu te branles sous la douche.

J'éclate de rire en me détachant de lui avant de regagner le salon pour rejoindre mes amis. J'ai toujours la margarita dans les mains, mais je n'ai pas pris de verre.

Je sens que cette soirée va être de celles où j'ai besoin de boire à même le pichet.

2

Jeremiah

Je n'aurais jamais dû me pointer à cette soirée. Je le savais, pourtant. J'aurais dû rester peinard chez moi, à mater une série et à regarder la boule de Times Square descendre à la télévision. Mais encore une fois, j'ai craqué. Ça m'arrive souvent avec Eva, je suis incapable de lui tenir tête. Elle débarque avec son sourire, ses grands yeux suppliants et son « Ça ne sera pas pareil sans toi, Jer », et voilà que je fonce tête baissée.

J'aurais pu éviter de me retrouver nez à nez avec Sander dans cette foutue cuisine. Elle est loin d'être petite, pourtant, quand nos regards se sont croisés, elle me semblait manquer d'espace pour contenir toute la colère et la haine qui crépitaient dans l'air. Mon instinct me hurlait de détaler, mais j'ai résisté. Hors de question que je montre à ce connard le pouvoir qu'il possède sur moi, il est déjà assez insupportable comme ça. Alors j'ai joué le mec détaché et j'ai affiché un sourire narquois. Si ça ne tenait qu'à lui, il m'interdirait de foutre les pieds dans cette baraque. Dommage pour lui, son meilleur pote est aussi l'un des miens, ce qui est étrange quand on y pense. Comment Leander fait-il pour supporter une tête de con pareille ?

Je n'ai pourtant pas toujours pensé ça. Comment les choses ont-elles pu dégénérer à ce point ? Comment la complicité qui nous liait a-t-elle pu se transformer en un sentiment si proche de la haine ?

Je secoue la tête, essayant d'oublier ce que j'ai ressenti lorsque le souffle de Sander a effleuré mon oreille. « Je sais que tu ne rêves que de ça, que c'est à moi que tu penses quand tu te branles sous la douche. » Je frissonne au souvenir de sa voix rauque et dégoulinante d'ironie. *Pas uniquement sous la douche.* Évidemment, je ne le lui ai pas dit, ça n'aurait fait qu'aggraver mon cas.

Sauf que depuis, j'ai l'impression de retenir mon souffle tout en essayant de bloquer les pensées torrides qui ne cessent d'envahir mon esprit. Sander... Ma plus belle erreur. La pire de toutes, aussi. Je sais que je ne devrais pas le haïr autant, que c'est moi qui ai déconné. Mais je ne peux pas m'empêcher de lui en vouloir.

Je ravale mon agacement, et bois une gorgée de bière pour ôter la boule qui me noue la gorge. *Ouais, clairement, je n'aurais jamais dû venir ici.*

Étant le genre de type qui ne se laisse pas abattre, je scrute la pièce pour trouver celle qui me permettra d'oublier Sander et son putain de sourire. Des tas de filles sont en train de se trémousser sur la piste improvisée, même Eva s'en donne à cœur joie avec Nyx, sous le regard envieux de pas mal de nanas qui ont du mal à accepter que Leander se soit casé. J'en ai été le premier étonné, d'ailleurs. Et clairement, je n'ai pas l'intention de suivre son exemple. La fac, c'est fait pour s'éclater, pas vrai ? Pas pour se prendre la tête avec des histoires de couple.

Je décide de rejoindre Eva et l'attrape par la taille avant de la faire tourner dans mes bras. Elle éclate de rire et glisse ses mains sur mes hanches pour donner le rythme. J'aime danser avec elle. Beaucoup de gens trouvent ça étrange, un hockeyeur de pratiquement deux mètres et près de cent kilos en train de se déhancher sur de la musique, mais moi, je m'éclate. Sans compter qu'il n'y a rien de mieux que montrer ses talents de danseur pour faire craquer les filles, ce qui est mon but ce soir. Je ne compte clairement pas commencer l'année sans personne dans mon lit.

Tandis que je continue à danser avec Eva, je jette des coups d'œil autour de nous. Mon attention s'arrête sur une petite brune pulpeuse dont le décolleté ne cache rien de l'ample poitrine. Parfaite pour y glisser ma queue. Elle rougit quand je lui fais un clin d'œil, puis passe sa langue sur sa lèvre inférieure en s'assurant que je la vois faire. J'aime ces moments, ce jeu de séduction qui s'instaure sans que nous ayons besoin d'échanger le moindre mot.

Après avoir déposé un baiser sur la joue d'Eva, je l'abandonne à nouveau aux mains de Nyx avant de me diriger vers ma proie. Elle ne bouge pas, attend que je vienne la cueillir. Tandis que je saisis son poignet, un mouvement dans ma vision périphérique attire mon attention. Mon cœur cesse de battre l'espace d'un instant lorsque je découvre Sander, le corps pressé contre un type lambda qu'il vient de plaquer contre un mur, dévorant sa bouche, les mains enfouies dans les cheveux bruns de sa conquête. Ça me tue. À chaque putain de fois. Soit très souvent. [Je ne pourrais même plus compter le nombre d'occasions où j'ai cru crever de jalousie en le voyant avec un autre gars.] Sander a dû se taper tous les mecs pas totalement hétéros du campus. Tous, sauf moi, évidemment.

— Est-ce que ça va ? me questionne la fille d'une voix inquiète.

Je ferme brièvement les yeux et tourne la tête pour me soustraire à la vision de Sander sur le point de tirer son coup avec un autre que moi. Pourtant, même alors que je ne le regarde plus, mon esprit ne cesse de répéter cette phrase qui finira par me rendre fou un jour : *Ça aurait pu être toi. Ça aurait dû être toi. Et tu es l'unique responsable de cet échec.*

— Jeremiah ?

Évidemment, si je ne connais pas son prénom, elle connaît le mien. Comme quasiment tous les étudiants de Saint-Charles. Nous ne sommes peut-être pas autant adulés que ces foutus footballeurs, mais nous n'en sommes pas loin.

Je déglutis et passe une main sur mon visage avant de me concentrer de nouveau sur elle.

— Ouais ?

— Est-ce que tu veux qu'on aille ailleurs ? demande-t-elle en papillonnant des cils.

J'ai tiré le gros lot, je ne vais pas avoir besoin de fournir beaucoup d'efforts pour arriver à mes fins. Et tant mieux. Honnêtement, tout ce que je veux, c'est m'enfoncer en elle jusqu'à oublier, la baiser jusqu'à faire disparaître Sander de mon esprit, la faire crier pour ne plus entendre sa voix à lui, qui ne cesse d'envahir mes pensées.

— Carrément.

Elle me laisse la guider à travers la foule. Il n'est pas encore minuit, mais peu importe.

Alors que j'arrive près de la porte d'entrée, je ne résiste pas au besoin de tourner la tête une dernière fois. Je dois avoir des tendances masochistes, aimer me faire mal. Mais c'est plus fort que moi. J'ai besoin de savoir si Sander a remarqué mon départ, si lui aussi fait semblant de ne pas prêter attention à moi. Et lorsque je constate que ce n'est pas le cas, qu'il est bien trop occupé avec son plan cul de la soirée pour s'intéresser à mes faits et gestes, j'ai l'impression que mon cœur se compresse si fort qu'il pourrait exploser. *Bonne putain d'année, Jeremiah.*

3

Sander

La lumière filtre à peine à travers les stores de ma chambre au moment où j'ouvre un œil. La douleur lancinante qui me vrille le crâne m'empêche de réfléchir correctement. Nyx s'est vraiment lâchée sur la tequila dans ses margaritas, cette fois. Ou peut-être est-ce moi qui me suis lâché sur le cocktail hier soir. Une image de moi en train de boire à même le pichet me revient subitement. *Oui, clairement c'est moi qui ai un peu abusé.*

Après quelques minutes, mon cerveau semble suffisamment opérationnel pour percevoir les bruits de mes potes, en bas, qui doivent bruncher autour de la table de la salle à manger. En me concentrant bien, je crois même détecter l'odeur du café. La perspective du liquide fumant dans mon mug préféré achève de me réveiller. Je m'étire et sursaute presque quand le dos de ma main heurte quelque chose qui n'a rien à faire dans mon lit. Je tourne la tête pour observer le type qui dort encore à côté de moi. Ma gueule de bois est vraiment sans précédent pour que je n'aie pas remarqué sa présence dans mon pieu avant. De vagues souvenirs me reviennent. Si je ne distingue pas son visage, je reconnais le tatouage tribal qui orne son épaule droite et une partie de son dos. C'est sans aucun doute le type que j'ai baisé hier.

Un grognement sourd s'échappe de ma gorge. Je n'ai aucune envie de devoir taper la discussion à ce mec dont je ne me rappelle pas le prénom et qui est loin de m'avoir laissé un souvenir impérissable. Il va vraiment falloir que j'évite Jer à tout prix à partir de maintenant. Ce type m'énerve tellement qu'il me fait faire n'importe quoi. *Il s'agirait de prendre vos responsabilités, Sander,* m'assène la voix de ma psy dans un petit coin de mon cerveau embrumé. *Bla-bla-bla,* lui rétorqué-je. Ce n'est jamais bon quand je commence à inventer des conversations avec ma thérapeute, mais c'est quand même mieux que cogner dans un mur. Ou sur quelqu'un. Mais, à l'instant, c'est surtout moi que j'aurais envie de frapper pour avoir laissé ce type passer la nuit dans mon pieu. Ça crée un précédent fâcheux, et j'ai une réputation à tenir.

Prenant mon courage à deux mains, je le secoue par l'épaule dans l'espoir de le réveiller.

— Eh... Euh...

Je me reprends, à deux doigts de l'appeler « Machin ».

— Eh, mec !

Aucune réaction. Je le secoue un peu plus fort, puis encore plus. Il grogne à peine sans même se retourner ni changer de position. Je songe un instant à le pousser de mon lit avant de m'exclamer : « Oups, tu es tombé » mais j'écarte cette idée puérile, même si c'est à contrecœur. Ça finirait par se savoir. Encore cette histoire de réputation.

Mon mal de crâne redouble quand je m'assieds au bord de mon lit. *Foutue margarita.* J'attrape à tâtons la boîte d'ibuprofène toujours rangée dans le tiroir de ma table de nuit et avale deux comprimés avec l'eau que j'ai apparemment dû aller chercher à un moment de la nuit. *Si seulement j'avais pensé à raccompagner Machin jusqu'à la porte par la même occasion...*

Après quelques douloureuses minutes, je me lève et décide d'utiliser la manière forte pour me débarrasser de ce type. Mon brunch m'attend et j'ai tendance à être irritable – enfin, plus que d'habitude – quand j'ai faim. J'enfile un pantalon de survêtement et un tee-shirt avant de me diriger jusqu'à la fenêtre près de mon lit. J'ouvre totalement les stores vénitiens, permettant à la pâle lumière de ce premier jour de janvier de tomber pile sur la tête de la Belle au bois dormant. Je me réjouis que le soleil soit de retour, même si je suis certain qu'il fait un froid polaire dehors. Machin grogne et enfouit la tête sous l'oreiller qu'il tient entre ses bras. Je suis sûr qu'il a bavé sur la taie. Je retiens un haut-le-cœur et entame une *to-do list* mentale : « Laver mes draps. » *Tu faisais moins le dégoûté quand il fourrait sa langue jusqu'à tes amygdales, hier soir, mon petit Sander,* ne puis-je m'empêcher de me dire à moi-même. Je suis certain qu'on a fait des trucs bien plus intimes qu'échanger un peu de salive, mais quand je disais qu'il ne m'avait pas laissé un souvenir impérissable, c'était littéral. La margarita a effacé ma mémoire. De cette nuit, je ne garde que le vague souvenir de ce tatouage tribal qui flotte devant mes yeux. Et même ça, ça reste très flou. J'ai vraiment fait fort. J'ai une gueule de bois d'anthologie, je me fais chier à devoir virer cet inconnu de mon lit, et je ne me souviens même plus l'avoir baisé.

Quand ledit inconnu ne semble plus incommodé par la lumière du jour qui lui arrive en pleine figure, et paraît se rendormir, je prends le taureau par les cornes et ouvre ma fenêtre en grand. S'il ne veut pas se choper des engelures sur le bout de la bite, il va fatalement falloir qu'il se lève.

Appuyé contre le mur, j'attends patiemment que le courant d'air glacial le fasse réagir. Avec un sourire en coin, je le regarde s'asseoir précipitamment dans mon lit. Il cherche un instant la couette repoussée à ses pieds, mais je suis plus rapide que lui.

— Non, non. Tu n'as plus besoin de ça.

Il me regarde avec un air ahuri. Lui aussi doit avoir du mal à se souvenir de la nuit dernière.

— Bonjour, Cendrillon. Je suis au regret de te dire que ton carrosse est parti sans toi. Ta robe de bal se trouve sur la chaise juste là. Je te laisse te rhabiller, la porte de sortie est juste en bas de l'escalier.

Il se frotte le visage. Mes mots doivent tourner dans son cerveau aussi embrumé que le mien.

— Pas très prince Charmant de ta part de me foutre à la porte comme ça, finit-il par grogner.

Je me dirige vers la porte en éclatant de rire.

— Tu as confondu, le prince Charmant de cette maison dort dans la chambre à côté, mais malheureusement pour toi, et pour moi, il a déjà trouvé sa Blanche-Neige.

Je ris tout seul. Nyx va être ravie de ce nouveau surnom.

— Ne m'en veux pas si je ne te raccompagne pas, hein.

Sans scrupule, je referme la porte derrière moi et me laisse guider par l'odeur du café, des pancakes et des œufs brouillés. Un bon brunch plein de graisse et de calories, rien de tel pour se remettre d'une gueule de bois.

Je descends les marches d'un pas presque léger et pénètre dans la salle à manger en lançant un tonitruant « Bonne année ! ». Tous mes potes me regardent comme si j'avais mis mes vêtements à l'envers avant d'éclater de rire.

— Pas trop mal à la tête, mec ? me demande Leander en m'attrapant par le cou une fois que je suis assis à côté de lui.

— Nope, mais si tu pouvais arrêter de me crier dans les oreilles, ça serait bien.

— C'est vraiment l'hôpital qui se fout de la charité ! Nyx et moi, on a été obligés de mettre des bouchons antibruit pour dormir, cette nuit. Je sais que c'est le revers de la médaille d'avoir une chambre à côté de la tienne, mais quand même. J'espère qu'il en valait la peine.

— Aucune idée, ta dulcinée a dû trop forcer sur la tequila dans le cocktail, je ne me rappelle rien.

— Ma margarita était parfaite, s'offusque cette dernière. Le problème, c'est que tu m'as demandé de t'en refaire.

Je n'ai pas le temps de répondre que des bruits de pas se font entendre dans l'escalier. À mon avis, j'ai dû vexer Machin parce qu'il fait autant de raffut qu'un troupeau de gnous. Il ralentit en passant devant la salle à manger et finit par s'éclipser quand il se rend compte que je ne lui prête aucune attention.

— Encore une victime de notre Sander adoré, se marre Leander, pauvre... C'est comment son prénom, déjà ?

Mon meilleur ami est tourné vers moi, attendant ma réponse.

— Aucune idée.

Toute la tablée éclate de rire, à part Nyx qui me regarde avec inquiétude. *Foutu Jeremiah !*

4

Jeremiah

Je déteste les entraînements hors glace. Surtout quand ils interviennent alors que je me remets tout juste d'une gueule de bois. Je sais que j'ai abusé ces derniers jours, mais alors que la nouvelle année est censée être signe de renouveau et de bonnes résolutions, moi, je déprime. J'ai bu pour arrêter, sauf que ça n'a fait que me déprimer plus encore. Je suis resté allongé sur mon lit pendant des heures, à fixer le plafond en me posant des tas de questions existentielles. Des questions pour lesquelles je n'ai aucune réponse. Du moins, aucune qui me convient.

Du coin de l'œil, j'avise Scott en train de courir sur le tapis à côté du mien. De la sueur coule le long de son visage qu'il essuie à l'aide de son avant-bras sans jamais ralentir. Je me demande ce qu'il dirait si je lui révélais ce que j'ai toujours tenu à cacher. Scott est mon ami le plus proche, et j'ai confiance en lui, mais peut-être pas suffisamment. En fait, je suis terrifié. Je sais que c'est ridicule, que je devrais arrêter de me focaliser là-dessus, mais c'est plus fort que moi.

— Marner ! Arrête de reluquer ton capitaine et bouge ton cul.

Les paroles du coach claquent dans l'air, accompagnées des rires de mes coéquipiers. Je serre les dents et dévie mon attention de Scott, qui a tout de même le temps de me lancer un clin d'œil. Une plaisanterie du coach suffit à me faire transpirer. Et que Scott ne me plaise pas, contrairement à un autre, ne change rien.

J'accélère mes foulées, puis me perds à nouveau dans mes pensées. Elles sont, depuis bien trop longtemps déjà, focalisées sur une personne en particulier. Sander. Ce foutu Sander, avec ses yeux verts et son sourire insolent, ce foutu Sander qui embrase mes sens chaque fois que nos regards se croisent. Ce foutu Sander qui me hait depuis que je l'ai rejeté. Ce foutu Sander qui n'a aucun mal à assumer sa sexualité.

Au fond, le vrai problème, ce n'est pas lui. Sander ou un autre, ça n'aurait rien changé. Celui qui est responsable de toute cette merde, c'est moi. C'est moi qui mens sur la personne que je suis à tout le monde, y compris à moi-même – même si cela devient de plus en plus dur. Tout serait tellement plus simple si j'acceptais celui que je suis. Si j'assumais… Je ferme brièvement les yeux et sors de mes pensées moroses pour revenir à l'instant présent, soit à mes muscles malmenés et à ma peau humide.

Mes jambes flageolent lorsque je descends du tapis, il me faut quelques instants pour me stabiliser. J'ai augmenté la cadence de ma course pour me forcer à me concentrer sur mes pas, oubliant le reste.

— Alors, ça y est ? Tout le monde a évacué l'alcool de son organisme ? Parce que ça sent pire que dans une distillerie, là-dedans.

Tout le monde s'esclaffe avant de clamer son innocence. C'est comme ça à chaque reprise. On profite de nos vacances, et on le paie sévèrement ensuite. Nos corps, mis à mal, ont besoin d'un temps d'adaptation, et le coach se fait un malin plaisir de nous en faire baver. Ouais, clairement, je déteste les entraînements hors glace.

Les douches. Encore une putain de raison pour laquelle j'angoisse à l'idée d'avouer la vérité. Actuellement, vingt-cinq types se baladent à poil sans aucune gêne. Mais si j'annonçais ma bisexualité, je suis sûr que je vivrais un enfer. La plupart d'entre eux paraissent pourtant plutôt ouverts, peut-être que je dramatise et qu'ils s'en moqueraient. Quoi qu'il en soit, c'est un risque que je ne suis pas prêt à courir. Car l'enjeu ne se limite pas à mes coéquipiers actuels. Qu'en sera-t-il par la suite? Avec d'autres.

Une épaule percute la mienne.

— Est-ce que tout va bien, mec?

Je me tourne vers Scott qui fronce les sourcils. C'est étrange comme je suis tout à fait conscient de sa proximité tout à coup, du fait que son bras nu frôle le mien. Voilà pourquoi je dois arrêter de réfléchir à tout ça, je me retrouve mal à l'aise alors qu'il n'y a aucune raison à ça.

— Ouais, pourquoi?

— Parce que ça fait vingt minutes que tu scrutes le vide comme si tu cherchais à percer les secrets de l'univers.

Si seulement... Mes considérations sont beaucoup plus triviales et terre à terre. Je pousse un soupir et passe une main dans mes cheveux.

— Désolé.

Ma réponse ne paraît pas le satisfaire, vu qu'au lieu de se relever pour s'habiller, il continue à me regarder d'un air inquiet.

— Douche-toi, habille-toi, et on se retrouve dehors.

Je ne peux m'empêcher de ricaner face à son ton bien trop sérieux.

— Pourquoi? Tu veux me casser la gueule? demandé-je d'une voix amusée.

Ça fait longtemps que je ne me suis pas pris une droite, peut-être que ça me remettrait les idées en place. J'en connais un, en tout cas, qui serait plus que ravi de m'accorder cette faveur. Devenir le punching-ball personnel de Sander pourrait être une solution. Il serait peut-être même prêt à payer pour ça... Ce qui me ferait ça de moins à rembourser sur mon crédit universitaire. Et ce n'est pas comme s'il manquait de fric.

— Tu te fous de moi ? grogne Scott, et des regards curieux se tournent vers nous.

Avec les mecs de l'équipe, nous ne sommes pas habitués à ce qu'il hausse la voix, raison pour laquelle nous le respectons tous en tant que capitaine. Il sait se faire comprendre, nous encourager, et nous pousser à nous surpasser, sans jamais qu'un mot dépasse sa pensée.

— Déso...

— Ferme-la et fais ce que je te dis, putain.

OK. Je l'ai franchement énervé. Juste à cause d'une remarque sur le ton de la plaisanterie. Je suis à deux doigts de renchérir, mais je préfère laisser couler. Je n'ai déjà pas beaucoup de vrais amis, pas la peine de me les mettre à dos. Je lui réponds donc par un salut militaire et file sous la douche, en me rendant compte que je suis le dernier dont la sueur colle encore à la peau. En effet, il serait peut-être temps de me magner.

Une fois propre comme un sou neuf, je m'habille rapidement. J'enfile ma veste en cuir par-dessus mon sweat-shirt et glisse sur ma tête ma casquette à l'effigie des Thunder, l'équipe de hockey de Saint-Charles, avant de quitter les vestiaires.

Je n'ai pas beaucoup de pas à parcourir avant de retrouver Scott, adossé contre le mur du couloir. Son écharpe pend le long de ses épaules et il a les yeux rivés sur son portable. Je suis à deux doigts de me glisser devant lui en espérant qu'il ne me remarque pas, mais mon gabarit ne m'aide pas à me fondre dans le décor. Aussi, je capitule et me dirige vers lui. Il me fait signe de me taire d'un doigt sur ses lèvres avant d'enclencher le micro de son téléphone pour enregistrer un audio.

— Je viens de sortir de l'entraînement et de voir ton message. Je te rejoins dans vingt minutes.

— À qui tu parles ? le questionné-je.

Son regard passe de moi à son téléphone, puis il répond :

— Lucy...

Je lève les yeux au ciel. Il a été obligé de vérifier avant de me répondre. Il m'offre un sourire penaud auquel je ne crois pas un seul instant. Scott est un queutard, il ne s'en cache pas. Je crois que c'est ce qui plaît à la majorité des filles avec qui il couche. Sa page Insta est suivie par des milliers de followers, et il a toujours des tonnes de messages privés en attente. Il n'a qu'à piocher. Son succès n'est même pas – ou pas uniquement – dû au fait qu'il est un sportif accompli. Si c'était le cas, mon compte serait tout aussi suivi que le sien... Voire plus. Mais Scott est également le fils d'une ancienne légende de la NHL qui a épousé une célèbre actrice, alors forcément, ça attire les gens. Les filles surtout, qui n'ont qu'une envie : l'inscrire à leur tableau de chasse. Comme moi avec Luke Evans...

Il range son portable dans sa poche et je comprends qu'il n'a plus l'intention de blaguer. Je me crispe imperceptiblement, sachant qu'il a une bonne raison de m'avoir attendu ici. Nous aurions pu avoir cette discussion dans la maison que nous partageons depuis que j'ai mis les pieds à l'université, il y a un an et demi.

— Parle-moi, déclare-t-il d'une voix ferme mais chaleureuse qui me donnerait presque envie de tout lâcher.

J'ai l'impression d'être carrément paumé, et de m'enfoncer petit à petit. Je suis déjà passé par là mais mes doutes se sont toujours estompés. Jusque-là. Jusqu'à la soirée du Nouvel An. Jusqu'à Sander et ses mots chuchotés dans mon oreille. Jusqu'à cette vision de son corps plaqué contre celui d'un autre mec...

Je serre et desserre les poings, essayant de me calmer.

— À propos de quoi ?

— Pas à moi, Jer. Ça fait des jours que tu broies du noir, ça ne me plaît pas.

À moi non plus, pour être honnête.

— Je suis simplement crevé.

C'est le cas. Je passe des nuits atroces et des journées plus merdiques encore. Je déteste ne pas pouvoir m'empêcher de me perdre dans ma tête, de cogiter, de me poser des tas de questions.

Scott me lorgne un long moment, et ça m'emmerde de lui mentir comme je le fais. Je suis quasi persuadé qu'il comprendrait, qu'il ne me jugerait pas. Parce qu'il n'est pas comme ça.

— D'accord, finit-il par capituler. Ne me dis rien, mais appelle Eva.

Je cligne des yeux, surpris.

— Pour quoi faire ?

— Parce que si tu gardes tout ça pour toi, tu vas finir par exploser. Et ce ne sera bon pour personne. Surtout pas pour toi.

Nous nous défions un long moment du regard. Je peux deviner dans le sien la tristesse qui l'envahit à l'idée que je ne lui fasse pas suffisamment confiance pour m'épancher auprès de lui. J'aimerais. J'aimerais sincèrement. Mais j'ai toujours cette main invisible qui me retient, cette voix insidieuse qui me répète que ce serait une connerie. « Trois personnes peuvent garder un secret, si deux d'entre elles sont mortes. » OK, cette voix cite Benjamin Franklin, certes, mais elle n'a pas tort. Et les deux seules personnes au courant de mon secret sont bien vivantes, puisqu'il s'agit d'Eva et de Sander. D'ailleurs, concernant ce dernier, je ne comprends pas pourquoi il ne l'a pas ébruité...

Je regrette le jour où je me suis laissé aller avec lui, mais je crois que je regrette encore plus d'avoir fui comme je l'ai fait. Si ça n'avait pas été le cas, nos relations ne se seraient pas autant détériorées. À défaut de n'avoir jamais été un ami, Sander était un pote avec qui j'appréciais de traîner. Et maintenant, il n'éprouve que de la haine à mon égard, tandis que de mon côté, je ne ressens que du regret.

5

SANDER

En traversant le campus, je resserre les pans de ma veste d'hiver, comme si ça allait me protéger contre les −25 °C que l'on se coltine depuis le premier jour de l'année. Étant originaire du Connecticut, je devrais être habitué aux hivers à rallonge, mais je n'ai jamais aimé ça. Et puis, ma famille a toujours réussi à écourter la période des grands froids en partant au soleil dès qu'elle en avait l'occasion. Résultat : aujourd'hui, je me gèle le cul. Je regrette presque de ne pas avoir pris ma voiture, mais à l'idée de mon bébé lancé sur ces routes verglacées, un frisson me remonte l'échine. Je préfère encore perdre un orteil.

J'arrive enfin devant le bâtiment qui abrite les cours de poterie et m'engouffre dans le hall. Je pousse un soupir de soulagement sonore lorsque la chaleur du bâtiment m'enveloppe. Sans doute un peu trop sonore, puisqu'un groupe de filles se retourne dans ma direction, la bouche entrouverte et l'œil brillant. Je leur fais un clin d'œil charmeur – juste parce que je ne peux pas m'empêcher de les faire rougir davantage – avant de me diriger vers l'atelier.

J'enlève mes gants et souffle sur mes doigts glacés. Un jour, je comprendrai sans doute que de vrais gants d'hiver valent mieux que ces espèces de trucs en laine que je porte. Un jour, je comprendrai que ça ne vaut pas la peine de perdre un doigt juste pour ne pas avoir l'air d'un abruti.

Il n'y a presque personne dans la salle quand j'y pénètre. Je suis en avance, une fois n'est pas coutume. Je m'installe derrière ma table de travail et reluque le tabouret qui trône au milieu de la pièce. Il va encore falloir qu'on passe une heure à essayer de reproduire l'Adonis en toge qui se trouvera sous notre nez. Les dernières semaines avant les vacances, notre prof était revenu à quelque chose de plus basique : vase, plat et porte-savon. Pas que ce que j'ai produit à ce moment-là ressemblait à quelque chose, mais ça me frustrait beaucoup moins qu'essayer de sculpter le corps d'un homme à moitié nu. Toutefois, au vu de l'organisation de l'atelier aujourd'hui, je devine que mon répit aura été de courte durée.

La porte s'ouvre de nouveau pour faire entrer une créature difficilement identifiable. En tout cas, ça a deux jambes et ça se dirige vers moi. C'est le petit nez retroussé que j'aperçois, entre une écharpe et un bonnet enfoncé jusqu'aux yeux, qui finit par me mettre sur la voie.

— Nyx ?

— Qui veux-tu que ce soit ? L'abominable femme des neiges ?

Elle est noyée dans un immense manteau qui lui arrive presque jusqu'aux pieds. Sa tête disparaît sous son couvre-chef de laine, tandis que la moitié basse de son visage est couverte d'un cache-nez improvisé. Le tout est saupoudré d'une légère couche de givre blanc, comme si elle avait marché suffisamment longtemps pour que ses vêtements gèlent.

— Tu ne crois pas si bien dire. Tu t'es vue dans une glace, Miss Yeti ?

Elle grommelle une chose rendue inaudible par le tissu qui cache sa bouche puis finit par soupirer. Devant mon air ahuri, elle commence à se déshabiller. Je me demande si je ne me suis pas trompé de cours. J'ai plus l'impression d'assister à une leçon de cuisine : « Les basiques : l'épluchage de l'oignon ».

Quand j'ai devant moi la Nyx que je connais, je remarque qu'elle a les mains qui tremblent et les dents qui claquent. J'attrape ses doigts entre les miens et les frotte pour y faire revenir la circulation sanguine.

— Bordel, Brutus ! Tes mains sont des bouillottes. C'est décidé, je les emmène pour le restant de la journée.

— Si tu me coupes les mains, Moustique, elles ne vont pas rester chaudes longtemps. Et je ne pourrai plus venir faire des poteries minables avec toi une fois par semaine.

Elle éclate de rire. C'est pour ça que Nyx et moi, on s'est toujours si bien entendus : on rit souvent des mêmes conneries douteuses. Et on manie l'art de l'esquive comme personne. Si elle a fait de ses sarcasmes son armure, je me cache souvent derrière un comportement de clown. Dès que ce petit bout de bonne femme est entré dans nos vies, j'ai reconnu une partie de moi en elle.

La prof finit par arriver et prend place sur son estrade. Elle nous souhaite une bonne année et nous fait tout un laïus sur les bonnes résolutions qui ont tendance à ne pas être tenues. Cette femme pourrait s'entendre avec ma psy. C'est d'ailleurs cette dernière qui m'a conseillé de venir manier la glaise une fois par semaine pour essayer de travailler sur mes sautes d'humeur. Ça marche... la plupart du temps.

Après un instant, Mme Jones fait entrer le même Adonis que la dernière fois, vêtu de son habituelle toge. Il rejoint le milieu de l'atelier, mais ne s'assied pas sur le tabouret. Il pose son pied dessus, appuie son coude sur son genou et son menton sur son poing fermé en une mimique de statue de dieu grec.

— Cette fois, poursuit Mme Jones, nous allons nous acclimater à la splendeur du corps humain sans aucune barrière.

— Mais de quoi elle parle ? marmonné-je à l'attention de Nyx tout en me tournant vers elle.

Ses yeux s'écarquillent et elle plaque sa main sur sa bouche. Je me demande bien pourquoi elle est choquée de si peu, étant donné que le type était encore moins habillé la dernière fois.

Je finis par me retourner vers notre modèle du jour, qui a complètement lâché son drap et se tient nu devant nous comme s'il faisait ça tous les jours.

— Oh, putain ! juré-je en sourdine. C'est quoi ? Une blague cosmique ?

Je lève la tête vers le plafond comme si je m'adressais à une puissance supérieure. Mais je sais que ça n'a rien à voir avec ça. Non, c'est juste le karma qui me fait comprendre qu'il faudrait que j'arrête de sauter des inconnus en me mettant sous le nez un type plus que comestible et que je ne connais ni d'Ève ni d'Adam. En temps normal, j'aurais mis un point d'honneur à faire en sorte que cet Adonis finisse dans mon lit, mais je me suis promis de me calmer ce fameux matin du 1er janvier.

Depuis le réveillon, ma confrontation dans la cuisine avec celui dont je ne prononcerai pas le prénom et mon réveil aux côtés de Machin, j'ai été d'une humeur de merde. J'ai la sensation de perdre le contrôle. Tout part en sucette, je subis les événements plutôt qu'en être le maître. Je déteste le stress que ça engendre et le risque de faire une crise que cela me fait courir. Je respire donc un bon coup, ouvre mon bloc de glaise et me mets au travail. Je sais que je n'arriverai à rien qui rendrait justice à la plastique parfaite de l'homme qui pose face à nous, mais malaxer et pétrir ne pourra que me faire le plus grand bien. Nyx me dit souvent que ce n'est pas de la pâte à pizza que je travaille, mais moi, c'est ça qui me détend. Et au diable les petits détails ! Enfin, petits...

À côté de moi, mon amie s'est mise en action également, mais je vois bien qu'elle n'est pas aussi concentrée qu'habituellement. Le spectacle qui s'offre à nous en distrairait plus d'un, toutefois je comprends rapidement que ce n'est pas ce qui la préoccupe. Son regard ne cesse de revenir sur moi.

— Moustique, arrête de me regarder comme ça, je vais finir par croire que c'est mon corps de rêve que tu sculptes.

— Pfff ! N'importe quoi.

— Si tu as quelque chose à dire, dis-le ! Ce n'est pas comme si tu pouvais vraiment t'en empêcher, de toute façon.

Elle abandonne son bloc de glaise pour me scruter sans vergogne. Sous mes mains, ce qui ressemble vaguement à un Chewbacca sans fourrure a pris forme.

— Il s'est passé quoi dans la cuisine avec Jeremiah le soir du réveillon ?

Voilà, elle a lâché sa bombe. Je ne pouvais que m'y attendre, Nyx est la seule à qui je me suis confié à propos de Jer. Et je ne l'ai fait que parce qu'elle avait déjà plus ou moins deviné.

— Avec qui ? demandé-je innocemment.

Elle lève les yeux au ciel.

— Le grand hockeyeur sexy, celui dont tu ne sais pas si tu voudrais le mettre dans ton lit ou lui casser la gueule.

— Oh ! Crois-moi, je sais définitivement ce dont j'ai envie. Le problème ne vient pas de moi.

Elle me regarde intensément, comme si elle essayait de lire en moi, et le pire, c'est qu'elle y parvient sûrement. Encore une qui s'entendrait bien avec ma psy.

— Pourquoi tu n'as jamais ébruité ce qu'il s'est passé entre vous ? finit-elle par demander sérieusement.

La question me déstabilise un instant, je ne me la suis jamais vraiment posée à moi-même.

— Parce qu'il n'y avait rien à ébruiter, réponds-je en espérant qu'elle se satisfasse de ça.

— À d'autres. Tu es en rage contre lui depuis ce jour-là, voire contre la terre entière. Il te fait sortir de tes gonds et coucher avec des mecs dont tu ne te souviens même pas du prénom le lendemain. Toi et moi, on sait que ce n'était pas rien, même si vous n'avez pas couché ensemble. Tu aurais pu révéler à tout le monde ce qu'il s'est passé.

Je réfléchis un instant à ce qu'elle vient de me dire. Je n'ai rien ébruité parce que ça ne me serait jamais venu à l'esprit, tout simplement. Je ne suis peut-être pas toujours un type bien, mais je suis incapable de faire subir ça à quelqu'un.

— Jamais je ne ferai ce choix pour quelqu'un : celui de l'exposer aux yeux de tous alors qu'il aurait préféré rester caché. On a tous une histoire, un passé, et j'ai vu de mes yeux les ravages causés par le fait d'être pointé du doigt pour quelque chose que l'on n'assume pas. Est-ce que j'aimerais qu'il cesse de faire semblant avec moi ? Oui. Mais jamais je ne ferai ce choix pour lui.

Nyx me scrute pendant de longues minutes. Je sais qu'elle devine ce que je ne dis pas et souhaiterais taire à jamais.

6

Jeremiah

Je dois chercher une manière de me punir en me faisant souffrir. C'est la seule raison qui pourrait expliquer ma présence ici, au milieu des gradins du stade de foot, à mater Sander, ses jambes moulées dans un pantalon noir qui fait ressortir chaque muscle de ses cuisses épaisses et de son cul ferme et rond.

À plusieurs reprises, j'ai tenté de me dissuader de me rendre aux matchs. Mais chaque fois, l'envie de le voir évoluer sur le terrain a été plus forte. Il faut dire que c'est un spectacle époustouflant.

Une fois de plus, aujourd'hui, je l'admire s'élancer pour récupérer la passe de Sander, puis courir, avalant les yards à la vitesse du vent, tout en parvenant à éviter les joueurs adverses. Je serre les dents lorsqu'il manque de se faire plaquer, mais est sauvé par Knox. Tous les spectateurs semblent retenir leur souffle avec moi et, quand il franchit la *end zone,* la foule rugit. Pas moi. Je reste muet tandis que je l'observe bouger les hanches pendant qu'il exécute sa petite danse avant d'être percuté par Leander qui le serre contre lui.

Les gradins vibrent sous les cris du public qui agite des pompons dorés dans tous les sens.

Puis le stade se calme et le match reprend. Je décide alors qu'il est temps de m'en aller. Il reste moins de dix minutes avant la fin de la rencontre et, vu le nombre de points d'avance des Thunder, leur victoire est assurée. Je me faufile entre les corps et dévale les marches.

Quelques personnes me reconnaissent, j'entends même une fille appeler mon prénom, mais je fais la sourde oreille et continue à avancer. Je n'ai pas envie de devoir expliquer ma présence ici, ce qui est ridicule, d'ailleurs. Ce n'est pas parce que je pratique le hockey que je n'ai pas le droit d'aller soutenir mes potes dans des moments importants comme celui-ci. Pourtant, je me sens étrangement coupable. Coupable de me tenir au milieu des fervents supporters rien que pour reluquer un mec que je devrais oublier. Coupable de ne me pointer ici que pour les beaux yeux de Sander et non pour encourager Leander. Avant que Sander ne pose sa bouche contre la mienne, je n'avais jamais foutu un seul pied dans ce stade. Mais désormais, ces putains de matchs sont les seules occasions où je peux me gorger de son image – même s'il est protégé par son casque et son équipement – sans qu'il me lance des regards noirs ou qu'il ait envie de me péter la gueule. Et tant pis si je dois partager cet instant avec des milliers de personnes.

Je me dirige vers ma voiture, garée sur le parking, lorsque j'entends un groupe de mecs rire et chahuter près de moi. Ils sont habillés aux couleurs de l'équipe adverse, et je sens leurs regards provocateurs sur moi au moment où je les dépasse. Je leur adresse un signe de tête, pour leur montrer qu'ils ne m'intimident pas, puis continue mon chemin.

— Eh mec ! m'alpague un des gars.

Je m'arrête avant de me tourner vers lui.

— Ouais ?

— Qu'est-ce que ça fait de savoir que vous avez un pédé dans l'équipe de foot ?

Je cligne des yeux. *Pardon ? Est-ce que j'ai bien entendu ?*

— Qu'est-ce que tu viens de dire ?

— J'ai dit : « Qu'est-ce que ça fait de savoir que vous avez un pédé dans l'équipe de foot ? »

Ses potes ricanent. Clairement, ces types ont un coup dans le nez et cherchent juste à me provoquer. Ils ne se doutent pas d'à quel point leurs propos peuvent résonner en moi.

— Tu dois te tromper, mec, il n'y a aucun *pédé* dans cette équipe, réponds-je, en insistant sur le mot « pédé ».

Même si mon sang bout intérieurement, je ne montre rien.

— Tu n'es pas au courant que Campbell aime se prendre des bites ? Tu me diras, c'est normal pour un receveur.

Je serre les poings, me contenant pour ne pas les enfoncer dans la gueule de celui qui raconte des conneries pareilles. Je fais un pas vers lui et le toise de toute ma hauteur. Un sourire narquois se dessine sur mes lèvres au moment où lui perd le sien.

— Peut-être que tu devrais essayer, toi aussi, ça te détendrait...

Ses potes autour de lui sifflent et rient. Le connard qui se tient devant moi a perdu de sa superbe et n'en mène pas large. Il risque maintenant de faire un truc stupide pour ne pas perdre totalement la face. J'observe sa mâchoire se contracter tandis qu'il avance d'un pas, jusqu'à ce que nos torses se touchent presque.

— Répète un peu, gronde-t-il en me scrutant d'un air menaçant.

— Finalement, c'est pas dans le cul que tu devrais te la prendre, mais dans la bouche. Ça te forcerait à fermer ta gueule et à arrêter de dire de la merde.

Peut-être est-ce moi qui aurais dû fermer ma gueule. Voilà la réflexion qui s'impose à moi lorsque ses articulations percutent ma mâchoire. Je pousse un râle de douleur, tandis que ma retenue s'envole. Tout ce que mon cerveau me dit, c'est : « Cogne-le. Pour Sander. Pour toi. Pour tous les connards de ce foutu pays. » Et c'est ce que je fais. J'arme mon bras et enfonce mon poing dans son visage, faisant exploser son arcade. Le type hurle et s'apprête à me frapper à nouveau, mais je pare le coup tout en cognant son menton. Sa tête part en arrière, il crache des insultes entre ses dents.

En tant que hockeyeur, j'ai l'habitude de me battre, ça fait partie du spectacle. Mais ce soir, ils sont cinq et je suis seul. Sans partenaire pour me venir en aide. Sans arbitre pour arrêter le massacre.

Lorsque ma tête heurte violemment le sol, la douleur se répercute sur toutes les parois de mon crâne. Je me replie sur moi-même tandis qu'un pied s'enfonce dans mes côtes, et j'ai beau tenter de pousser sur mes bras pour me relever, je finis de nouveau à terre.

— Jer !

Une voix lointaine crie mon prénom, j'entends des pas précipités. Les coups arrêtent de pleuvoir, je peux enfin respirer, même si ça fait un mal de chien.

— Jer !

Je cligne des yeux et découvre le regard doux d'Eva, penchée sur moi. Elle m'aide à me redresser et je constate qu'elle n'est pas seule. Delilah et Nyx l'accompagnent.

— J'appelle les secours, déclare cette dernière, qui a déjà sorti son portable.

— Non !

Elle me dévisage, les yeux comme deux ronds de flan. Si elle appelle une ambulance, ça va durer des heures, engendrer beaucoup trop de questions. Je serai peut-être même obligé de louper les prochains entraînements, ce qui est inenvisageable. Et, pire que tout, Sander apprendra fatalement ma présence dans le stade, ce que je refuse.

Je tousse et crache une gerbe de sang sur le sol bétonné avant de me remettre debout, toujours assisté par Eva.

— Ça va. C'est rien de grave.

— Rien de grave ? répète Delilah. Tu as vu ton visage ?

— Non, désolé, grincé-je. Je n'ai pas de miroir sur moi.

Elle lève les yeux au ciel, et Nyx reprend :

— Laisse-moi au moins t'emmener à la maison. Il y a tout le matos nécessaire pour les premiers secours là-bas, je vais m'occuper de toi.

Je voudrais répliquer que je serais aussi bien chez moi, que nous possédons aussi une trousse de secours, mais je n'ai pas envie de tomber sur Scott. Si quelqu'un se comporte un peu trop en papa poule avec l'équipe, c'est bien notre capitaine. Il serait capable de se mettre dans la merde pour faire payer ça à ces pauvres types. Et il ne me lâcherait pas la grappe jusqu'à ce que je lui explique ce qu'il s'est passé pour que nous en arrivions là, ce que je veux éviter à tout prix.

— D'accord, finis-je par capituler.

Je me retrouve escorté jusqu'à la voiture d'Eva par les trois filles. À peine suis-je installé sur le siège passager que les questions fusent. Je reste vague, raconte que je suis tombé sur des supporters de l'équipe adverse bourrés, qui avaient juste envie de jouer avec leurs poings pour démontrer leur virilité, ce qui n'est pas loin de la vérité. Je tais simplement la référence à Sander et le fait qu'ils l'ont insulté.

Durant tout le trajet, le mot « pédé » ne cesse de tourner dans ma tête. Cette confrontation avec ces connards homophobes est un rappel douloureux des raisons pour lesquelles je n'aurai jamais le cran de Sander, raisons pour lesquelles je préfère taire ma bisexualité, quitte à devoir observer de loin le seul mec pour qui mon cœur a jamais battu aussi fort, même quand il se tape tous les types du campus. La mâchoire crispée et les poings serrés, je ravale la bile qui ne cesse de remonter le long de ma gorge.

Debout dans la cuisine des footballeurs, je grimace lorsque Nyx palpe mes côtes après m'avoir forcé à retirer mon tee-shirt.

— Tu as un sacré bleu, déclare-t-elle en avisant le bel hématome qui colore déjà ma peau. Mais elles ne sont pas cassées.

— Je ne savais pas que tu avais un diplôme d'infirmière.

Je ne sais pas grand-chose de cette fille, mais j'imagine que si Leander est tombé amoureux d'elle, c'est qu'elle en vaut le coup, alors je décide de lui faire confiance et de la laisser me torturer.

— Je me suis beaucoup occupée de mes frères et sœurs, alors je commence à maîtriser le sujet.

Je hoche la tête et retombe dans le silence pendant qu'elle s'affaire sur mes plaies. Eva et Delilah jouent les assistantes.

Une porte claque et des voix masculines surexcitées s'élèvent, me faisant sursauter. Les mecs viennent de rentrer après leur victoire et, comme toujours, ça signifie que le début de la fête n'est pas loin. Bientôt, des tas d'étudiants passeront les portes de la baraque pour trinquer à leur victoire.

— Moustique ? T'es où ? On va avoir besoin de margarita !

Cette voix, je la reconnaîtrais entre mille. Un jour, elle m'a dit d'une manière qui a enflammé mes sens et m'a fait bander : « Je vais te baiser et te regarder jouir en hurlant mon prénom. » Cette phrase a agi comme un électrochoc et m'a fait fuir, laissant Sander comme un con, tandis que nous venions de nous embrasser et de nous chauffer jusqu'à nous rendre fous. Si je m'étais contenté de le repousser lors de la fête célébrant la fin de notre première année, peut-être aurait-il pu me pardonner, mais cet affront-là, il n'est pas près de l'oublier. Pas plus que le coup de poing que je lui ai mis quelque temps plus tard.

Je me crispe lorsque son visage rougi et ses cheveux en bataille apparaissent sur le seuil de la cuisine. Son regard croise aussitôt le mien et son sourire se fane au profit d'un froncement de sourcils. Un frisson s'empare de moi lorsque ses yeux s'attardent sur mon torse nu, avant de remonter jusqu'aux miens.

— On peut savoir ce que tu fous ici ? crache-t-il.

— Je mourais d'envie de visiter ta cuisine, répliqué-je d'un ton pince-sans-rire.

Les traits de Sander se détendent pour afficher un rictus moqueur.

— Ah ouais ? En tout cas, Marner, je constate que je ne suis pas le seul à crever d'envie de te casser la gueule.

Ses mots me font l'effet d'un uppercut en plein estomac, et je me rends compte que c'est bien plus douloureux que les coups que j'ai encaissés tout à l'heure.

— Sander ! s'exclame Eva, visiblement furieuse.

Mais il s'en tape. Il a déjà disparu.

Mon regard croise celui de Nyx qui, une boule de coton au bout des doigts, l'applique sur ma lèvre fendue. Dans ses jolis yeux verts, je crois discerner du regret, et la vérité me percute de plein fouet : elle *sait*.

7

Sander

Tout le monde me regarde comme si je venais de cracher à la gueule de Jeremiah. Très vite, je ne supporte plus de voir leurs bouches entrouvertes de surprise et leurs regards outrés. Ils ne comprennent rien, tous autant qu'ils sont. Tous sauf Nyx, qui ne s'est pas offusquée, mais s'est appliquée à la fastidieuse tâche de soigner le visage tuméfié de cet enfoiré.

Ne supportant pas la tension à couper au couteau qui règne dans la cuisine, je tourne les talons et me dirige à grands pas jusqu'à l'escalier menant aux chambres. Je gravis les marches quatre à quatre, la respiration erratique, et ignore la voix de mon frère qui m'appelle depuis le rez-de-chaussée. J'ai besoin de m'isoler. Les émotions que je ressens sont bien trop fortes, bien trop puissantes. La jalousie, en voyant celle que je considère comme une amie prendre soin de ce type qui me donne tous les jours envie de foutre mon poing dans un mur. La colère, que Jer ait encore réussi à s'immiscer dans ma vie sans mon autorisation. Et ce sentiment étrange et nouveau qui me retourne l'estomac quand je repense à son visage amoché, à ses côtes meurtries.

Je sens enfler en moi une crise qui fera mal à celui qui essaiera de la désamorcer. Je ne me souviens plus à quand remonte la dernière. Elles se sont peu à peu espacées, grâce à ma psy. Je crois que c'est la première fois qu'elles sont aussi peu fréquentes depuis que l'on m'a diagnostiqué un Trouble Explosif Intermittent, à l'aube de l'adolescence. Mon impulsivité, mes crises de violence extrême, puis les médocs que je devais prendre ont gâché une grande partie de mon adolescence, jusqu'à ce que je rencontre cette magicienne de Dr Monroe.

Je suis planté depuis quelques minutes au milieu de ma chambre, pratiquant des exercices de respiration qui ne marchent souvent que pour un temps quand ma porte s'ouvre à la volée. Mon frère jumeau n'a jamais appris à frapper, ce n'est sûrement pas à 20 ans qu'il va commencer. Ça m'apprendra à ne pas fermer à clé.

— Qu'est-ce qui t'a pris de balancer ça à Marner, Sander ? T'as vu sa tête ? Les filles n'allaient quand même pas le laisser crever sur le parking du stade !

Dante n'a jamais pris de gants avec moi, même quand je suis dans cet état-là. Il en a vu d'autres en grandissant à mes côtés. Surtout, il sait pertinemment qu'il est une des rares personnes à qui je ne ferais pas de mal, quoi qu'il arrive. Je préférerais largement retourner ma propre violence contre moi. Toutefois, mieux vaut toujours prévenir que guérir, je compte donc lentement jusqu'à dix avant de me retourner pour lui répondre.

— Ce mec est un abruti, je me fous pas mal de ce qui peut lui arriver. Eva aurait pu le remmener chez lui, elle connaît bien le chemin.

Mon frangin secoue la tête en me regardant et finit par s'affaler sur ma chaise de bureau. Je fais quelques pas et referme la porte derrière lui : le connaissant, je sais qu'il n'en a pas fini avec moi.

— Je me demande souvent ce que ce type a fait pour subir tes foudres comme ça depuis quelque temps. Vous étiez plutôt potes, avant, si je ne me trompe pas.

— Dois-je te rappeler que ce soi-disant pote m'a foutu son poing dans la gueule sans raison ?

— Parce que toi, quand tu fous ton poing dans la gueule des gens, tu as toujours une raison ?

Il est le mieux placé pour savoir que non. Je soupire et me laisse tomber sur le bord de mon lit. Je suis crevé et je préférerais éviter de me prendre le chou pour des conneries, ce soir. Au fond, je sais bien que ce ne sont pas réellement des conneries et que ça me hante de plus en plus fréquemment, mais peu importe. On vient de rétamer ces connards de l'Ohio State et je n'ai envie que d'une chose: faire la fête et me soûler avec la margarita de Nyx. Seulement, il faut que je me rende à l'évidence: mon frère, comme souvent, n'a pas prévu de m'épargner. Et il fait bien. Évidemment qu'aucune raison valable ne saurait expliquer les pétages de plombs qui me poussent à casser tout ce qui me tombe sous la main, y compris si c'est la mâchoire de quelqu'un. Ma seule excuse, c'est le TEI[2]. Je n'ai pas demandé à en souffrir et je ne le contrôle que rarement.

— Je peux savoir ce que ça peut bien te foutre que je ne puisse pas saquer Jeremiah ? questionné-je mon frère sur un ton acide.

— Rien du tout. Je m'en tape, de ce type. Mais chaque fois qu'il est dans les parages, je te sens au bord de la crise. J'aime pas ça.

Il se tait un moment, je vois qu'il hésite à me dire quelque chose. Je ne le pousse pas, je sais qu'il finira par cracher le morceau. Mon frère est chiant, mais c'est le seul que je peux supporter quand je suis dans un tel état de nerfs. Le seul aussi qui sait pertinemment jusqu'où je suis capable d'aller.

— Ça serait pas plus simple pour toi de reprendre des médocs ? Je veux dire... ça me plaît pas de te voir en baver comme ça pour te maîtriser.

Je ne peux pas lui en vouloir. Je n'ai jamais fait une seule crise sous traitement. Mais s'il savait comment je

---

2. Trouble Explosif Intermittent.

me sentais quand je le prenais, il ne m'en parlerait même pas. J'ai cependant conscience que c'est difficile à cerner quand on ne l'a pas expérimenté soi-même.

— Tu sais que je suis incapable de jouer au foot quand je prends des médicaments, je veux à tout prix l'éviter. Et puis, le Dr Monroe me soutient, je pense qu'elle connaît son sujet mieux que nous. Elle me le dirait si ça devenait nécessaire. Depuis qu'elle a repris mon dossier, je me sens plus moi-même que ça n'a été le cas ces dix dernières années. Je suis sûr que tu peux comprendre ce que ça fait d'être prisonnier de quelque chose qui altère ta personnalité.

Je le vois grimacer quand je mentionne ses propres démons. Juste pour ça, je me foutrais la tête dans le mur. Je ne bouge pourtant pas de l'endroit où je suis assis. Je sais qu'il me pardonnera, il le fait toujours.

Nous restons un long moment sans parler, chacun évitant soigneusement le regard de l'autre. Je me sens nettement plus calme que quand je suis arrivé dans ma chambre il y a quelques minutes. Comme souvent, le comportement apaisé de mon frangin a contrebalancé mon impulsivité. Je sais pourtant que je finirai par éclater. La pression ne fait que monter ces derniers temps, comme une Cocotte-Minute, il faudra forcément que je trouve un moyen de décompresser.

— Et si on changeait de sujet ? J'ai parlé de ton projet de faire laver des voitures par l'équipe de *cheer*, ce matin.

— Et ? demandé-je, soulagé par le tour que la conversation est en train de prendre. Ils en pensent quoi ? Je sais que c'est cliché, des *cheerleaders* qui nettoient des bagnoles en maillot de bain, mais ça fonctionne. Et on a besoin d'un max de fonds pour pouvoir payer un psychologue qui tournerait dans les lycées du district.

Je commence à retrouver l'entrain que j'avais perdu en découvrant Jer dans la cuisine.

Quand j'ai dû trouver un job communautaire avec ma conseillère d'orientation en début de première année, j'ai eu l'idée de créer une association à but non lucratif pour renforcer la prise en charge de la santé mentale dans les lycées des environs. Mon expérience personnelle m'a durement appris que les lycées ne sont pas équipés pour aider les élèves en difficulté, émotionnellement et psychologiquement. J'ai eu envie de me battre pour que ça change. Depuis, ce projet, c'est un peu mon bébé. Rien ne me détourne plus efficacement de mes propres problèmes que de parler de ça. Et mon frère le sait très bien.

— Tout le monde est partant et enthousiaste, me répond Dante. Il faudra juste qu'on se rencontre pour mettre en place les détails. Ça va être un succès de dingue, tu verras !

Je hoche la tête en souriant, soulagé.

Nous passons encore de longues minutes à parler de l'association et des divers moyens envisagés pour lever des fonds dans les mois à venir. L'ambiance s'est allégée, et je ne pourrai jamais assez remercier Dante pour ça.

Notre conversation au sujet de l'association touchant à sa fin, mon frère se lève et s'approche de moi.

— Je vais descendre, annonce-t-il en me serrant l'épaule d'un geste réconfortant. Tu nous rejoins ?

— Oui, je ne vais pas tarder.

Il me scrute intensément. Ses iris si semblables aux miens reflètent une question qu'il n'osera jamais me poser.

— Je gère, t'inquiète pas, affirmé-je pour répondre à son interrogation muette.

Il me dévisage de nouveau et je lis dans son regard une incertitude qui fait écho à la mienne.

8

Jeremiah

Assis sur une chaise inconfortable de la salle d'attente du bureau de mon conseiller d'orientation, je parcours les différentes options qui s'offrent à moi en matière de travail communautaire. La modification de planning effectuée au début de l'année par le manager du fast-food où je bosse à temps partiel ne me permet plus d'aller aider à la soupe populaire. Il me faut donc trouver une autre activité qui pourra rentrer dans mon emploi du temps et satisfaire ainsi l'exigence de Saint-Charles dont les élèvent doivent s'investir pour la communauté. La liste de possibilités est longue. Leander, par exemple, est bénévole dans une maison de retraite. Mais peu d'activités peuvent être conciliées avec mon job et mes entraînements de hockey.

— Jeremiah ?

Je lève les yeux vers Doug, qui me sourit et m'invite à entrer dans son bureau. Je quitte le siège au profit d'un autre, bien plus agréable, et tente de ne pas grimacer lorsque je m'assieds.

Ma côte est toujours douloureuse et mon visage arbore un léger hématome. Je n'ai pas pu fuir les questions très longtemps, notamment celles de Scott. La version officielle est donc que je me suis pris la tête avec des abrutis bourrés.

— Alors, commence Doug en s'installant sur le coin de son bureau. Quel bon vent t'amène ?

Je lui explique la situation, lui m'écoute en hochant la tête.

— Et tu as trouvé autre chose qui te plaît ?

— J'hésite, pour être honnête. Je pourrais faire du tutorat, mais je ne suis pas sûr d'être très doué dans ce domaine.

— Ça demande de la patience, précise-t-il en souriant.

— Ouais, justement.

Je grimace et il rit. La patience ne fait pas partie de mes plus grandes qualités.

— Par contre, l'association P. B. Foundation me tente bien.

Je n'avais jamais entendu parler de cette association avant aujourd'hui, mais l'idée de me rendre dans des écoles publiques pour parler de discrimination, de problèmes de santé, et pouvoir être une oreille attentive pour des gosses me plaît. C'est quelque chose dont j'aurais aimé bénéficier, plus jeune, quand je luttais contre ma bisexualité. Peut-être que si j'avais trouvé quelqu'un pour m'écouter et me soutenir, je ne serais pas aussi terrifié à l'idée d'être moi. L'association est spécialisée dans les ados sujets à des troubles mentaux, mais Doug me précise qu'il s'agit surtout de créer un environnement d'écoute et une connexion avec des jeunes pour qu'ils nous fassent confiance et osent parler de leurs problèmes. Je ne connais pas grand-chose aux troubles mentaux, mais ça ne m'effraie pas, je suis certain que les responsables de l'association me brieferont sur ma mission. En général, ce genre d'activité est très encadré, et aider des jeunes ne pourra m'être que bénéfique.

— L'avantage, c'est que tu peux avoir des horaires aménagés, ça ne perturberait donc pas tes autres activités.

J'acquiesce. Depuis ma première année, tout faire coïncider est un véritable casse-tête. Je passe souvent mes journées à courir d'un endroit à un autre.

Je confirme mon intérêt à mon conseiller, il remplit mon dossier et me prévient qu'il me tiendra informé de la date de ma première visite dans les locaux de l'association. C'est avec un regain d'énergie que je finis par quitter son bureau, soulagé d'avoir réussi à trouver quelque chose qui me plaît.

***

À peine ai-je quitté l'amphithéâtre de ma dernière heure de cours que je me hâte vers ma voiture. Il caille toujours sévère ici. Mes pas crissent lorsque mes pieds s'enfoncent dans la neige qui n'a pas cessé de tomber. J'enfonce mon bonnet sur ma tête et enfouis mes mains dans mes poches, déjà agacé à l'idée que ma vieille Chevrolet mette des heures à chauffer. Je me demande combien d'hivers elle va encore tenir avant de me claquer entre les doigts. Je dois penser à acheter une autre voiture, mais mon argent suffit à peine à payer ma bouffe et mon loyer, alors il va falloir qu'elle tienne le choc.

Pendant que j'attends que ma caisse chauffe suffisamment pour pouvoir prendre la route, j'entre dans le GPS l'adresse du QG de l'association. J'ai rendez-vous avec des bénévoles pour qu'ils m'expliquent en quoi consistera mon boulot, et établir un emploi du temps qui n'entrera pas en conflit avec le reste.

Les locaux de la P. B. Foundation ne sont pas très loin du campus. Malgré la neige qui m'oblige à rouler au pas, je ne mets que quelques minutes à me garer devant le bâtiment de briques rouges. C'est étrange, mais je suis un peu stressé. Je me suis pas mal documenté sur la bipolarité, la dépression, le TEI depuis que Doug m'a confirmé la date du rendez-vous, parce que ces maladies figuraient – entre autres – sur la brochure que je me suis procurée. Je ne voulais pas être totalement paumé. Ce que j'ai découvert m'a fait froid dans le dos. Je ne peux même pas imaginer à quel point vivre avec de tels troubles peut être compliqué. Surtout le TEI. La perte totale de contrôle, l'incapacité à se raisonner, la colère si violente, si dévastatrice, les crises soudaines, aux conséquences qui peuvent s'avérer fatales… Après avoir lu des tonnes d'articles sur le sujet et découvert, *via* des témoignages, le mal-être des personnes qui en souffrent, ma remise en question a été douloureuse, mais a renforcé mon envie de venir en aide à ces jeunes, même à mon petit niveau.

Je prends une profonde inspiration et rajuste les pans de mon écharpe autour de mon cou avant de m'extraire de la voiture et de traverser la rue jusqu'à la porte peinte en blanc à côté de laquelle trône une plaque avec le nom de l'association. Je suis sur le point de frapper lorsque je m'arrête. Je tourne de nouveau la tête. « Fondation créée par Sander Campbell », est-il inscrit sur la plaque sous mes yeux. *C'est une putain de blague ?* Je cligne des paupières, relisant l'inscription gravée. Quelles étaient les chances pour que je choisisse une association créée par Sander ? Sérieusement, qu'est-ce que j'ai fait pour mériter ça ? Pourquoi mon karma est-il aussi merdique ?

Soudain, je n'ai qu'une seule envie : faire demi-tour et m'en aller. Sauf que je vaux mieux que ça. Je vaux mieux que laisser des gens en plan à cause d'un problème sans importance. Parce que c'est ce qu'il est. Un problème. Sans importance. C'est du moins ce dont j'essaie de me convaincre. Je suis adulte, capable de mettre mes émotions et ma rancœur de côté. Et il est hors de question que je m'en aille la queue entre les jambes. Qu'est-ce que ça dirait de moi ? Que je suis un type sur qui on ne peut pas compter, qui n'a aucun sens des responsabilités et de la notion d'engagement. Or, je suis tout le contraire. Si j'ai appris quelque chose en grandissant dans l'univers du hockey, c'est que ces deux qualités, en plus d'une tonne d'autres, sont primordiales.

Je prends une profonde inspiration et m'apprête à sonner lorsqu'une voix bien trop familière s'élève derrière moi.

— On peut savoir ce que tu fous là ? grogne Sander.

Je me crispe et respire encore, cherchant à rester calme.

— Ça me fait plaisir de savoir que tu passes tellement de temps à me mater que tu me reconnais même de dos, répliqué-je en me retournant pour lui faire face.

Sander grimpe les trois marches qui nous séparent. Mon regard s'attarde malgré moi sur ses lèvres gercées desquelles s'échappe un souffle glacé, avant de revenir vers ses yeux. Il me toise un long moment.

— C'est toi le nouveau, c'est ça ?

— Gagné. Ça te dérange si on finit de s'engueuler à l'intérieur ? Je me les pèle.

Et surtout, je n'ai pas envie de continuer à me tenir si près de lui, parce que ça me tord le bide d'une manière pas vraiment agréable, et que le frisson qui parcourt mon échine lorsque son odeur s'insinue dans mes narines n'a rien à voir avec le froid.

Sander lève les yeux au ciel puis ouvre la porte, me précédant à l'intérieur. Bizarrement, le silence nous accueille. Moi qui pensais trouver un lieu en pleine effervescence, ce calme me rend nerveux. Surtout parce que je me rends compte que personne n'est là pour faire tampon entre Sander et moi.

Nous laissons nos manteaux dans l'entrée, puis je le suis jusqu'à une petite cuisine, dans laquelle il s'affaire pour trouver des capsules et se faire couler un café. Il met également la bouilloire en route.

— Une préférence ? demande-t-il en sortant une boîte en métal emplie de sachets de thé.

— Je...

...suis sur le cul. Prendre conscience que Sander sait que je ne bois pas de café me surprend tellement que j'en perds mes mots.

— C'est pas le choix de Sophie, c'est juste un sachet de thé.

Malgré l'agacement audible dans sa voix, j'ai du mal à refouler mon sourire. Je choisis un thé au pif et ouvre l'emballage pendant que Sander prépare une tasse. Nous restons un long moment silencieux. J'ai envie de danser d'un pied sur l'autre tellement je suis mal à l'aise.

— Alors, c'est toi mon mentor ? finis-je par demander.

— Hélas...

Une fois l'eau arrivée à ébullition, il remplit la tasse et me la tend. Je l'accepte avec gratitude, refermant mes mains autour pour profiter de la chaleur. Je ne relève pas sa pique, à quoi bon ?

Je le suis docilement lorsque nous quittons la cuisine.

— Je vais te faire visiter. Ensuite, je t'expliquerai plus en détail en quoi consiste ta mission.

Je hoche la tête et nous nous engageons dans un escalier dont les marches grincent sous notre poids. Nous remontons un couloir dont Sander ouvre une des portes. Elle donne sur une chambre mansardée disposant de deux lits simples, d'un placard et d'une petite télé. À voir les affaires qui traînent un peu partout, elle est habitée.

— On dispose de trois chambres pour les ados qui ont besoin de souffler, ceux qui ont fugué, par exemple. Ça leur permet d'être en sécurité, et de faire en sorte que les parents ne s'inquiètent pas trop.

Je hoche la tête, attentif aux informations que Sander me distille. Nous continuons la visite par les deux autres chambres puis par une salle de bains. Des tonnes de questions se bousculent dans ma tête, mais aucune ne franchit la barrière de mes lèvres. Je n'ai pas envie de briser la paix éphémère qui s'est instaurée avec Sander en me montrant trop curieux.

Nous descendons au rez-de-chaussée, où se trouvent, en plus de la cuisine, une salle commune, un salon et un bureau attenant à la salle à manger qui fait office de salle de réunion. Je n'aurais jamais cru que Sander puisse avoir créé une telle association. Découvrir cette facette de sa personnalité m'agace parce que, tout à coup, le détester devient très compliqué. Je l'ai toujours vu comme un gosse de riche, sans réels problèmes : du fric à la pelle, un entourage solide et une sexualité assumée. En fait, je l'ai toujours jalousé, mais en cet instant, le sentiment qui prévaut est l'admiration.

Nous nous installons autour de la table en bois de la salle de réunion et Sander me fait un topo rapide :

— En général, on demande des créneaux aux établissements scolaires pour faire de la sensibilisation. On essaie de faire connaître notre association auprès des jeunes en leur décrivant notre programme, en les informant des éléments que nous mettons à leur disposition en matière d'écoute, d'aide. On bosse avec des psys, des médecins, des professionnels de santé dont les gosses ont besoin, mais qui ne sont jamais pris en charge. On leur parle, on les écoute, on se bat avec eux, parfois.

Il ne me lâche jamais du regard tandis qu'il me briefe, je vois à quel point il est passionné, investi. Ici, notre inimitié n'a pas lieu d'être. Ici, il est un adulte, cherchant à tout prix à aider les jeunes en détresse. Plus les minutes passent, plus je me demande comment mon cerveau va réussir à différencier le connard que je dois supporter, celui qui cherche tous les moyens possibles pour me blesser, comme je l'ai blessé ce jour-là, et le type prévenant et généreux qu'il devient entre ces quatre murs. Je n'ai pas envie d'apprécier Sander, parce que mon cœur déjà trop malmené par sa proximité risquerait de finir en miettes. Pourtant, une partie de moi, celle qui a envie de croire que quelque chose est possible entre nous, que tout n'est pas cassé irrémédiablement, n'attend qu'à apprendre à le connaître plus profondément. Plus intimement. Je suis vraiment dans la merde.

— Est-ce que c'est clair pour toi ? me demande-t-il.

Je hoche la tête.

— Ouais. J'ai hâte de commencer.

Nos regards se verrouillent et je cesse de respirer un instant en avisant le sourire qui illumine son visage. Un sourire qui ne m'a pas été destiné depuis des mois, et que je n'espérais plus retrouver un jour. Je souris à mon tour, mais Sander finit par secouer la tête et reprendre une expression plus sombre, comme s'il s'en voulait de s'être laissé aller.

— On va attendre que tu sois plus présentable pour t'introduire auprès des gosses. Sinon, tu vas les faire fuir avec ta gueule tuméfiée.

Évidemment, l'accalmie ne pouvait pas durer bien longtemps.

— Peut-être que si ces connards ne t'avaient pas traité de pédé, je n'aurais pas fini dans cet état-là, rétorqué-je aussitôt.

Sander cligne des yeux et je me mords les lèvres. J'aurais mieux fait de la fermer, surtout quand je vois la tempête s'élever derrière son regard clair.

— Tu peux répéter ? gronde-t-il entre ses dents serrées.

Ouais, j'aurais carrément dû la fermer.

9

Sander

— Tu peux répéter ?

Mes mâchoires se sont instinctivement serrées et, au mouvement de recul effectué par Jeremiah, je prends conscience que j'ai sans doute parlé un peu trop fort. Il se renfrogne, baisse la tête pour éviter mon regard.

— Rien. Laisse tomber, lâche-t-il.

Que je laisse tomber ? C'est mal me connaître. Ce n'est pas du tout mon genre, surtout après la bombe qu'il vient de lâcher.

— Aucune chance. Tu t'es battu pour quelle raison ?

Je croise les bras sur mon torse et attends. Je patienterai toute la soirée s'il le faut, hors de question que je n'aille pas au fond de cette histoire avec lui. Il y a déjà bien assez de non-dits et d'animosité entre nous, pas la peine d'en rajouter.

Face à moi, Jer, sans doute furieux contre lui-même d'avoir ouvert la bouche pour laisser échapper ça, danse d'un pied sur l'autre. À plusieurs reprises, je crois qu'il va cracher le morceau, mais il ravale systématiquement les mots qu'il s'apprêtait à prononcer.

Après de longues minutes, il relève la tête, et plante son regard dans le mien.

— Des supporters de l'équipe adverse t'ont traité de pédé.

J'avais donc bien entendu la première fois. L'ambivalence de ce qu'il a fait ce soir-là me fout le tournis. Sans parler des quelques mots que je lui ai balancés à la tronche juste après.

— Et du coup, tu t'es fait casser la gueule pour me défendre ?

— J'aurais fait la même chose pour n'importe qui ! Ce n'est pas parce que je n'assume pas ce qu'on a fait tous les deux que je tolère ce genre d'attaque gratuite et homophobe.

Ma bouche s'entrouvre. Il n'avait jamais ouvertement parlé de cette fameuse soirée. Celle qui a tout fait basculer. Je ne m'attendais pas à ce qu'il le fasse aujourd'hui. À voir sa tête, lui non plus. Ses yeux sont écarquillés, ses joues ont pris une légère teinte rosée et moi, je n'ai plus envie que d'une chose : embrasser son visage qui porte encore les traces de son altercation avec ces connards. Je me retiens, évidemment. Il n'est plus question de ça entre nous, qu'il ait défendu mon honneur ou pas.

— Pourquoi tu ne m'as rien dit ? demandé-je d'une voix beaucoup plus posée.

— Ce n'est pas comme si tu m'avais laissé l'occasion d'en placer une, rétorque-t-il, acerbe. Tu as fait ce que tu sais faire le mieux avec moi : m'envoyer chier.

— Je...

Qu'est-ce que je pourrais dire pour ma défense ? Il a raison. Les piques, les engueulades, et parfois les coups de poing, sont devenus nos moyens de communication favoris. Parfois, je me demande comment on a fait pour en arriver là. Je me souviens avoir reçu son poing dans la gueule après l'avoir collé un peu trop à son goût lors d'une soirée, puis il a pris la fuite en me laissant comme un con. La plupart du temps, il n'en faut pas beaucoup plus pour faire de nouveau flamber ma colère. Pas ce soir, toutefois. Ce soir, je m'en veux vraiment, et j'ai envie de laisser de côté toute cette merde entre nous, ne serait-ce que pour un instant. Je m'approche petit à petit de lui, en espérant qu'il ne fuie pas de nouveau.

— Désolé, finis-je par lâcher. J'aurais pas dû te gueuler dessus en te voyant dans cet état dans notre cuisine.

Il hausse les épaules comme s'il ne savait pas trop comment réagir à mes excuses. Je le comprends, ce n'est pas quelque chose que je pratique souvent.

— Tes côtes sont toujours aussi tuméfiées ? reprends-je en faisant un nouveau pas en avant. Laisse-moi voir.

En sachant qu'il a récolté ces plaies pour moi, je me sens beaucoup plus concerné par la souffrance qu'il doit ressentir. Je ne peux m'empêcher de me sentir coupable, même si c'est ridicule. Je ne suis plus qu'à quelques centimètres de lui. Je tends le bras pour attraper l'ourlet de son tee-shirt à manches longues. Je veux juste voir, pas lui sauter dessus, mais manifestement Jeremiah interprète mon geste différemment. Il balaie ma main d'un geste brusque et recule presque jusque dans le couloir. Sa réaction me fout un violent coup à l'estomac, je sens mes poings se fermer instinctivement. Je me force à me contenir, si je permettais à ma maladie de prendre le dessus, je n'ai aucune idée de ce que je serais capable de faire à Jer. Il se comporte peut-être comme un lâche à mes yeux, mais il ne mérite quand même pas de se faire casser la gueule pour ça. Je ne vaudrais pas mieux que ces connards d'homophobes, sinon.

Non loin de moi se trouvent des cartes de visite sur lesquelles sont inscrites mes coordonnées ainsi que celles de l'association. J'en attrape une et la lui jette presque au visage. Il fait un geste pour l'éviter, puis se penche pour ramasser le morceau de carton tombé au sol.

— Mon mail se trouve dessus. Envoie-moi rapidement ton emploi du temps, que je puisse établir tes créneaux de permanence et te placer sur des interventions en établissement scolaire. Tu as plutôt intérêt à être sérieux, des ados en détresse comptent sur notre aide et je n'ai pas besoin d'un lâche ou d'un tire-au-flanc dans mon équipe.

Je reconnais à peine ma voix tant je serre les mâchoires. Je suis sans doute inutilement blessant, mais c'est mieux que de lui défoncer la tronche.

— Je ne suis ni l'un ni l'autre, crache-t-il.

— On verra ça. Maintenant, si tu pouvais dégager, j'ai des trucs plus importants à faire que me préoccuper de toi.

Il fait un pas en avant et nos regards se percutent. Je ne sais pas s'il avait l'intention de m'en foutre une ou d'argumenter davantage. Je ne le saurai sans doute jamais parce que ce qu'il lit dans mes yeux à cet instant le dissuade de faire quoi que ce soit. Je sais ce qu'il voit : l'abîme qui menace de m'engouffrer à tout moment, ce vide dans lequel je chuterai fatalement même si je lutte, sans savoir à quel moment et par quel moyen j'en sortirai. Il continue à me scruter pendant quelques longues secondes avant de tourner les talons, de récupérer son manteau, et de passer la porte.

Dans la salle de pause de notre local où j'ai trouvé refuge pour me passer de l'eau sur le visage et tenter de faire redescendre ma tension, je ferme les yeux et me mets à compter jusqu'à dix. Je tremble de partout et mon cœur bat à un rythme effréné. L'impression que ma cage thoracique est devenue trop petite pour lui est écrasante. Instinctivement, j'agrippe mon torse, comme si ça pouvait apaiser cette sensation d'étouffement. Évidemment, il n'en est rien. Je sais exactement ce qu'il va se passer, je suis encore assez lucide pour ça. Ça ne durera pas. Dans quelques secondes, l'impulsivité aura pris le dessus sur ma volonté et mes actions ne seront plus réfléchies.

Ma respiration s'alourdit. J'ouvre les paupières pour constater que ma vision s'est faite trouble, comme si je regardais au travers d'une vitre embuée. Je laisse tomber violemment mes deux mains sur la surface en bois de la table présente dans la pièce. Je n'ai pas conscience de m'être emparé du mug laissé là par Jeremiah avant que celui-ci ne s'écrase sur le mur en face de moi.

Le thé qui restait à l'intérieur s'écoule sur le mur, mais ça ne m'apaise pas pour autant. Ma tasse ne tarde pas à prendre le même chemin. Puis la bouilloire en métal subit le même sort. Dans un état second, je sens à peine le liquide bouillant qui m'éclabousse les bras. Tout ce qui me passe sous la main finit par voler. La rage qui a pris possession de moi me contrôle. Le sifflement qui enfle dans mes oreilles est la seule chose que je perçois encore.

C'est l'impact des articulations de ma main gauche contre un mur qui finit par me faire retrouver un semblant de conscience. Mon poing est en sang. Je ne sais pas depuis combien de temps je m'acharne sur cette cloison. Je me laisse tomber, dos au réfrigérateur, qui a miraculeusement survécu à ma première crise depuis des mois. Comme souvent, après cette violence que je déchaîne sur tout ce qui me tombe sous la main, j'ai honte. Honte des dégâts qui m'entourent. Honte de ne pas avoir pu me maîtriser.

Je secoue la tête et finis par me relever pour remettre un peu d'ordre autour de moi. Je vais devoir passer une commande de matériel pour remplacer la casse, mais ça vaut toujours mieux que la mâchoire ou le nez de Jeremiah. Armé d'un balai et d'une pelle, je mets tous les débris à la poubelle. Les morceaux de deux chaises que j'ai démolies rejoignent, eux, la grande benne à l'extérieur du bâtiment. Je frotte ensuite le mur pour qu'il ne garde pas de traces de ce que j'ai fait.

Une fois la cuisine de nouveau en ordre, j'attrape une poche de glace que je garde toujours dans le congélateur et me hisse péniblement jusqu'à une chambre d'accueil. Ce soir, c'est moi qui ai besoin d'y trouver refuge. Je me laisse tomber sur l'un des lits, mon poing – qui ne devrait pas être plus que tuméfié – recouvert de la poche de gel réfrigérée. Avant d'être trop fatigué pour ça, je compose le numéro d'urgence de ma psy. Elle m'a toujours dit que je pouvais l'appeler entre deux de nos séances en cas de crise. La sonnerie résonne un moment dans le vide avant que son répondeur ne s'enclenche. Je laisse un message, sachant qu'elle me rappellera aussi vite qu'elle le pourra.

La main sur mon cœur qui a repris un rythme plus normal, je me laisse happer par un sommeil qui m'offrira un peu du répit que je recherche. Lorsque mon cerveau se met en pause, je ne souffre plus de ce mal qui me ronge. Je ne risque plus de blesser les personnes les plus proches de moi.

10

Jeremiah

Alors que j'arrive à l'association après mon service au restaurant, pour assurer une garde auprès des jeunes qui ont trouvé refuge ici pour la nuit, je me fige sur le seuil, alerté par des éclats de voix. Je tends l'oreille, essayant de comprendre ce qui se passe, mais je ne parviens qu'à percevoir des cris de détresse. Merde !

Je referme la porte derrière moi, avance dans le couloir, puis monte les marches menant à l'étage, d'où provient la voix féminine qui semble sur le point de se briser. Alors que je m'apprête à pénétrer dans la chambre dont la porte est entrouverte, je m'immobilise en apercevant Sander à l'intérieur. Ses grands bras sont refermés autour d'un corps que je ne distingue pas, dissimulé par sa carrure impressionnante.

Je suis sur le point de frapper pour signaler ma présence, mais je suspends mon geste en entendant Sander parler :

— Je sais que c'est compliqué, ma puce, mais ça va s'arranger, OK ? Je suis là. Je suis là.

— Tu parles, c'est qu'un boulot pour toi ! T'en as rien à foutre de nous, au fond.

Cette jeune fille est à bout. Comme beaucoup de gosses qui finissent ici. La colère la pousse à refuser l'aide qui peut lui être apportée. On va devoir gagner sa confiance, lui prouver qu'on ne désire que son bien. Même en le sachant, une part de moi ne peut s'empêcher d'être blessé par ces mots injustes. Sander donne tellement pour ces enfants : son soutien, son argent, son temps... Il encaisse l'incompréhension et la rage des gosses sans jamais broncher, en cherchant constamment à les rassurer.

Sous mes yeux, il recule d'ailleurs en voyant que sa protégée se débat pour se libérer, puis il se met à genoux devant elle. Même dans cette position, il arrive pratiquement à sa hauteur. Ses grandes mains enveloppent les joues de la jeune fille et essuient les larmes qui y coulent tandis qu'elle est agitée de soubresauts.

— Non, Em. Ce n'est pas juste un boulot. C'est important pour moi, de prendre soin de vous.

— Pourquoi ? demande-t-elle en reniflant.

Entièrement concentrés l'un sur l'autre, aucun des deux ne me prête attention. Je m'appuie contre le chambranle pour les observer.

— Parce que j'ai connu ça, moi aussi, murmure-t-il d'une voix un peu éraillée... Je... Parfois, j'ai encore envie de tout casser et de fuir sans jamais me retourner.

Je frissonne en prenant conscience que lui aussi a besoin d'être rassuré. Je me retiens de faire quelques pas en avant et de le prendre dans mes bras, de le serrer fort contre moi pour combler momentanément ses failles. Je connais le Sander joyeux et toujours prêt à s'amuser, celui en colère... Pas l'homme abîmé.

— C'est vrai ? le questionne la fameuse Em.

Sander hoche la tête.

— Ouais.

— Qu'est-ce qui s'est passé ?

Les larmes de la jeune fille se sont taries, elle semble désormais surtout curieuse. Sander laisse échapper un soupir si profond, tellement empreint de douleur, que je peux presque le sentir se répercuter en moi.

— Quand j'étais au lycée, j'avais un super bon pote...

Je devrais partir. Je devrais tourner les talons et m'éloigner. Sander n'apprécierait pas de savoir que j'écoute aux portes. Encore moins que j'apprenne les maux de son passé alors qu'il n'a pas choisi de me les dévoiler.

Mais une force invisible me cloue sur place, je suis incapable d'esquisser le moindre geste.

— Il lui est arrivé des trucs vraiment moches, tu vois. Il a subi du harcèlement. Mais au lieu d'en parler, il a gardé ça pour lui et...

Il se tait, secoue la tête, et mon cœur se serre de nouveau. Il n'a pas besoin de finir sa phrase pour que je comprenne l'issue de son histoire. Sander a perdu quelqu'un d'important pour lui, et ça me fait mal de savoir qu'il a eu à endurer tout ça.

— C'est pour ça que c'est important de demander l'aide des adultes, Em. Tu comprends ? Pour ne pas en arriver là.

— Mais je ne veux pas être une victime, souffle-t-elle, ses yeux s'embuant de nouveau.

Sander caresse sa joue puis ouvre les bras, et la gamine se jette dedans, sanglotant tandis qu'il la berce doucement. Et moi, je reste là, un nœud à l'estomac et les larmes au bord des yeux, avec l'envie de les rejoindre. Pas uniquement pour les réconforter eux, mais pour me réconforter moi. Pour m'assurer que Sander va bien. Au lieu de ça, je les laisse à leur étreinte, recule doucement, et retourne sur mes pas, leur laissant l'intimité dont ils ont besoin, essayant de calmer mon cœur qui bat trop vite, trop fort, pour ce gosse brisé que Sander garde en lui.

***

Il caille toujours autant en ce début de février. On pourrait croire que je suis habitué, ayant passé ma vie dans le Missouri, ou que j'aime la neige, compte tenu du sport que je pratique, mais en réalité, je n'apprécie le froid que sur une patinoire. Sans le vent, sans la neige qui tombe et s'infiltre sous mon écharpe. D'ailleurs, en parlant de patinoire, c'est ici que j'ai rendez-vous. Avec Sander... et plusieurs lycéens.

Sander. Chaque fois que je me retrouve en sa présence, des sentiments contradictoires m'envahissent. J'ai envie de me rapprocher de lui, de trouver quoi faire, quoi dire, pour rompre cette haine qui semble former une barrière infranchissable entre nous, mais j'ai surtout envie de fuir le regard brûlant qu'il pose sur moi. Celui qui paraît constamment osciller entre « J'ai envie de te casser la gueule » et « J'ai envie de te baiser ».

Parfois, je l'observe alors qu'il discute avec les gosses. Il affiche souvent un large sourire et échange avec eux de sa voix amicale. Je regrette ce qui s'est passé. Je regrette que ma panique m'ait forcé à me montrer aussi violent envers lui. Est-ce que les choses auraient été différentes si je l'avais repoussé plus en douceur ? Après tout, la douceur n'a jamais caractérisé nos relations. Même avant que son corps se retrouve plaqué contre le mien, nous avons toujours éprouvé une certaine rivalité. Sur le plan sportif. Concernant notre amitié avec Leander. Je sais que je ne partagerai jamais la connexion qui les lie, et je ne le souhaite même pas, mais Sander a toujours eu du mal à accepter que Leander traîne avec moi. Parfois à son détriment. Quoi qu'il en soit, mon amitié avec Sander me manque. J'aimais passer des soirées à l'affronter aux jeux vidéo, à parler de sport avec lui, à défendre mes goûts musicaux face aux siens, douteux.

Depuis que j'ai rejoint son association, je le vois différemment. Je perçois le type altruiste et drôle qu'il peut être quand il est détendu. Je vois sa force de caractère et la manière dont il se bat pour aider ces jeunes.

— Jer !

Je suis sorti de mes souvenirs doux-amers par la voix fluette de Gregory qui s'avance vers moi. Ses cheveux blonds tombent devant ses yeux et son nez est du même rouge que son écharpe.

— Eh, mon pote ! le salué-je avec un check de la main. Prêt à enfiler tes patins ?

Il hoche vigoureusement la tête et son sourire s'élargit.

Avec Sander et mon *head coach,* nous nous sommes mis d'accord pour proposer à trois jeunes qui pratiquent le hockey de participer à un entraînement universitaire. Gregory a été le premier à sauter sur l'occasion, ce qui ne m'a pas surpris. J'adore ce gamin. C'est étonnant à quel point on peut s'attacher à quelqu'un en si peu de temps. La première fois que je l'ai rencontré, c'est lorsque nous sommes allés dans son lycée pour faire de la sensibilisation. Je l'ai tout de suite repéré, recroquevillé dans un coin de la classe, le regard dans le vide, en train de se mordre la lèvre sans arrêter de jouer avec son stylo. Il semblait paumé, si peu à sa place... ça a remué quelque chose à l'intérieur de moi. J'ai aussi remarqué sa casquette des Blues. Alors, quand je l'ai vu quitter précipitamment la classe après notre intervention, je l'ai alpagué en lui demandant ce qu'il avait pensé du dernier match que les Blues avaient joué. Il m'a toisé bizarrement, jusqu'à ce que je lui annonce que j'évoluais au sein d'une équipe universitaire de hockey. Son regard clair s'est illuminé, et il s'est approché de moi, timidement. Depuis, nous sommes restés en contact, et l'association l'a mis en relation avec une psychologue chargée de guérir ses troubles de l'anxiété. C'est à force de l'entendre me poser mille et une questions sur le hockey que j'ai eu cette idée. Étonnamment, lorsque j'ai soumis mon projet à Sander, il a aussitôt accepté. Et le sourire qu'il m'a offert à ce moment-là, si vrai, si sincère qu'il m'a tordu l'estomac, m'a fait éprouver de la fierté... et un peu de douleur, aussi. De constater qu'il était le seul à parvenir à faire battre mon cœur si vite. De me rappeler que j'aurais pu me voir offrir ce sourire plus souvent, si je n'avais pas merdé.

Sander arrive d'ailleurs dans notre direction, sa carrure si imposante aux côtés des deux autres lycéens venus aujourd'hui. Inconsciemment, j'observe ses lèvres légèrement gercées, puis remonte jusqu'à ses yeux dont les sourcils se froncent lorsqu'il m'aperçoit. Ça ne devrait pas me surprendre, c'est son expression quasi perpétuelle quand je suis dans les parages. Et comment lui en vouloir ? Je suis toujours aussi mortifié par la façon dont je l'ai rejeté lors de ma première visite à la P. B. Foundation.

Je ne sais pas ce qui m'a pris. Ou plutôt si... Si je l'avais laissé me toucher, j'aurais crevé quand il se serait éloigné. Alors, j'ai préféré le repousser. Encore. Parce que c'était plus facile de le garder à distance que de le laisser s'approcher, au risque de perdre le contrôle.

— Alors, Campbell, prêt à me montrer ce que tu vaux sur la glace ? le questionné-je en guise de salut.

Il fronce davantage les sourcils, si tant est que ce soit possible.

— Hors de question, gronde-t-il.

— Pourquoi ? Tu as peur de te ridiculiser ?

Il laisse échapper un ricanement.

— Il en faut bien plus pour me faire flipper.

— Vraiment ? demandé-je en haussant les sourcils. Alors, prouve-le.

Sander lève les yeux au ciel, puis me dépasse en me donnant un coup d'épaule. Je fais volte-face et lui emboîte le pas. Je parviens rapidement à sa hauteur, mais prends soin de ne pas trop le coller.

— Je prends ça pour un oui ?

Il me jette un regard en coin avant de déclarer :

— S'il m'arrive un accident, tu te démerderas avec mon coach. Et ne viens pas pleurer quand tu constateras que je suis meilleur que toi.

***

Cet enfoiré n'a pas menti. Il est loin d'avoir mon niveau mais, contre toute attente, il se débrouille plutôt pas mal. Même s'il est trop lent et semble un peu lourdaud sur des patins, il gère.

— Ça t'en bouche un coin, hein, Marner ?

Je me tourne vers Scott, qui observe Sander, les gosses et quatre de nos coéquipiers, se faire des passes et filer sur la glace pour tenter de marquer des buts.

— Bizarrement, ça ne m'étonne pas plus que ça.

Sander est un excellent joueur de football. Il possède la vitesse, l'agilité, un corps de sportif, des jambes musclées. Des qualités qui sont tout aussi primordiales au hockey.

— Eh, les groupies, au lieu de nous regarder, si vous veniez nous montrer ce que vous savez faire ! déclare Sander.

Scott éclate de rire et me lance un clin d'œil avant de se diriger vers la glace. Je le suis, m'arrêtant pour laisser passer Campbell qui se laisse tomber sur le banc. Je fais de mon mieux pour ne pas croiser son regard, je suis sûr qu'il pourrait y lire que je viens de passer une demi-heure à le reluquer.

Je saisis une crosse et m'avance au centre de la patinoire. Après quelques tours pour m'échauffer, il est temps de passer aux choses sérieuses. Je commence mon entraînement, mes lames brisent la glace à toute vitesse, je me surprends à vouloir me surpasser. À vouloir tout donner, sachant que les yeux de Sander sont rivés sur moi. À vouloir lui prouver à quel point je suis doué. Je veux qu'il m'admire, tout comme je l'admire lorsqu'il joue au football. Je sais que c'est ridicule, mais une part de moi veut qu'il ressente la même chose que ce que j'éprouve quand je le regarde évoluer sur le terrain. Je veux sentir son regard me brûler, jusqu'à me réduire en cendres.

11

Sander

Nous sommes en train de gagner, je n'en reviens toujours pas. Remporter un match en extérieur, c'est comme défier les statistiques. Il faut avoir le cran de braver les encouragements des supporters de l'équipe adverse, ne pas se laisser déconcentrer par leurs hourras et leurs cris, par leurs huées à notre encontre. Mais ce soir, j'hallucine de voir le nombre de pompons noir et doré présents dans les gradins. Malgré les quatre heures de route, les étudiants de Saint-Charles sont venus par centaines, par milliers peut-être. Les voir là, scandant le nom de notre équipe, chantant son hymne, hurlant leur confiance en nous, me donne foi en nos capacités, en *mes* capacités.

Le match ne va pas tarder à reprendre après la mi-temps. En attendant, notre équipe de *cheerleaders*, mon frère en tête, s'époumone, en alternant des sauts tous plus impressionnants les uns que les autres. De retour sur le bord du terrain, je lève la tête vers le ciel, aujourd'hui d'un bleu aussi glacial que la température extérieure. Des effluves me parviennent de toutes parts : hot-dogs et pop-corn sont au menu dans les gradins.

Chacun retrouve sa place sur le terrain, l'arbitre siffle la reprise. Ce sont les moments que je préfère. Les rares où je me sens libre, calme et serein. Pourtant, cette fois, mon esprit n'est pas du tout concentré sur le jeu. Heureusement, mon corps suit le mouvement automatiquement. J'intercepte au vol une passe de Leander, puis renvoie la balle d'un geste sûr et précis. C'est une chance que le corps ait une mémoire musculaire, parce que mon cerveau n'en a pas grand-chose à foutre du jeu. Je ne parviens pas à m'empêcher de scruter la vague noir et doré de notre public en délire pour tenter de le repérer. Lui, ma bête noire, mon talon d'Achille. Celui qui me déconcentre dans les moments cruciaux du match alors que toute mon équipe et tous nos supporters comptent sur moi.

Jeremiah n'est pas venu aujourd'hui. Je ne devrais pas m'attendre à le voir dans les gradins, mais je ne peux pas m'empêcher de le chercher depuis que je me suis rendu compte qu'il assistait à nos matchs, planqué au centre de la foule. Je ne peux me retenir de me demander si ce n'est pas un peu pour moi qu'il vient. S'il était dans le public pour encourager Leander ou accompagner Eva, il ne ferait pas ça en douce, si ? Je sais pertinemment qu'il travaille ce soir, même si j'ignore où, puisqu'il m'a envoyé ses horaires de boulot pour que je puisse faire son planning à l'association. J'ai donc pleinement conscience qu'il ne peut pas être présent dans les parages, ce qui ne change rien à mon manque de concentration sur le jeu. J'envoie chier ce type chaque fois que je le vois et quand je ne le vois pas, je me surprends à le chercher. *Putain, mais qu'est-ce qui ne va pas chez toi, Sander?* Les multiples possibilités de réponse à cette question ne peuvent pas se compter sur les doigts de mes deux mains.

Captant un regard de Leander, je reviens à l'instant présent. On a un match à finir. Je me pousse davantage que je ne l'ai jamais fait, juste pour faire taire ces pensées qui me parasitent. Je cours plus vite, saute plus haut et me dépasse pour être à la hauteur de ceux qui comptent sur moi.

Quand l'arbitre siffle la fin du temps de jeu, je sais qu'on a gagné, je l'entends à la foule qui se déchaîne, je le comprends à mes potes survoltés autour de moi.

On a gagné et je ne suis pas certain d'y être pour grand-chose. Ce doute me laisse un goût amer. Je ne suis pas vraiment moi-même en regagnant les vestiaires. Pas de petite danse de la victoire, pas de baiser sur la bouche de Leander, plus ou moins contre son gré. Ce dernier commence d'ailleurs à se rendre compte que quelque chose cloche, il m'observe du coin de l'œil pendant que nous attendons l'habituel discours de fin de match du coach.

Celui-là aussi me passe au-dessus de la tête. Aujourd'hui, je n'ai pas envie de faire semblant d'être un boute-en-train. Jer n'est pas le seul responsable de mon état morose, ma dernière crise m'a mis un coup au moral. Bien plus que je ne l'aurais cru. Être ingérable me pèse, j'ai peur de finir par devenir invivable. Je remets même en question ma décision de ne plus prendre de médocs pour jouer au foot. Cela en vaut-il la chandelle ? Je n'ai aucunement l'intention de devenir pro, ça n'a jamais été ma motivation, mais le foot a toujours été ma bouffée d'oxygène, un moyen de relâcher beaucoup de pression. Seulement voilà, je crains qu'un jour, ça ne suffise plus.

Le coach finit par nous laisser en nous ordonnant filer nous laver. Je me dirige directement vers ma place. Alors que je suis en train de récupérer mes affaires pour aller prendre une douche, Leander se place à mes côtés, son épaule appuyée contre le montant de bois qui sépare l'emplacement de chaque joueur.

— Ça va, mec ?

— Yep, ça roule, réponds-je avec mon habituel sourire de façade. On a gagné, mon pote !

Il me scrute comme si j'avais dit une énormité. Mon sourire n'est peut-être pas aussi convaincant que d'habitude.

— Tu sais que tu peux me parler, hein ? Pas seulement en tant que capitaine, mais surtout en tant qu'ami. On est amis, pas vrai ?

Ses doutes quant à mon amitié me font mal. Ce type est aussi important pour moi que mon propre frangin, mais j'ai vraiment une façon de merde de le lui montrer ces derniers temps.

— Désolé... Je n'étais pas vraiment dans mon assiette aujourd'hui. Ça doit être ce froid polaire qui persiste.

Il hoche la tête, mais je vois bien que je ne l'ai pas convaincu. Ses affaires de toilette en main, il se détourne et commence à se diriger vers les douches.

— Eh, Leander !

J'attends qu'il s'arrête et se retourne avant de poursuivre.

— Tu es comme un frère pour moi, n'en doute jamais.

Il me sourit, même si son inquiétude pour moi est toujours présente dans ses yeux. En le regardant s'éloigner de nouveau, je me rends compte qu'il serait peut-être temps que je me confie un peu plus aux personnes qui me sont chères.

Le reste de la journée se déroule dans une espèce de flou artistique assez habituel chez moi après un match de cette intensité. Une fois changés et habillés, nous regagnons les cars qui nous attendent pour nous emmener à l'aéroport Midway. La plupart de nos supporters sont venus en voiture ou en bus, à quelques exceptions près, comme Nyx et Dee qui ont opté pour un vol commercial payé par les miles de Leander. Quant aux Thunder et à l'équipe de *cheerleading*, notre avion privé nous attendait sur le tarmac. Je sais que c'est un peu ridicule, mais c'est assez classique dans les universités huppées comme Saint-Charles.

Durant le court trajet entre Chicago et Saint-Louis, je m'endors. Je suis donc à peine réveillé quand nous regagnons nos véhicules sur le parking de l'aéroport. Je crève aussi la dalle. Il faut absolument que je recharge mes batteries, et je connais la solution parfaite pour ça.

— Les mecs, ça vous dit d'aller vous faire un bon burger bien gras quelque part ? Je vais tomber si je ne mange rien.

— Ça m'étonnait aussi que tu ne te sois pas encore plaint ! me charrie Chase.

— Si tu avais couru autant que moi sur ce putain de terrain, tu comprendrais peut-être de quoi je parle, rétorqué-je aussitôt.

Leander passe à côté de moi en me mettant un coup dans le dos à me décoller la plèvre.

— Allez, suis-moi, mon petit Sander. Je connais un *diner* qui fait des burgers à tomber.

— Il a raison, renchérit Nyx qui a attendu avec Dee à l'aéroport jusqu'à ce qu'on arrive. Brutus, tu vas pouvoir reprendre du poil de la bête.

Je grimpe dans la voiture de Dante, Eva s'installe à l'arrière, et nous suivons la Jeep de Leander jusqu'à un petit fast-food d'apparence vintage, comme il s'en fait de moins en moins. Nous ne sommes qu'à quelques minutes du campus, mais je ne suis jamais venu ici, ce qui est assez surprenant compte tenu de mon amour pour la bouffe.

Tous les gars de la coloc sont présents, sans oublier Moustique, Dee et Eva. Nous nous entassons dans le plus grand box de ce petit resto qui ne paie pas de mine. Toutefois, mon estomac se contracte alors que je hume l'odeur s'échappant des cuisines. Il émet un gargouillis sonore assez disgracieux. Leander, assis à mes côtés, se penche pour s'adresser à mon ventre.

— Ne t'inquiète pas, tu vas avoir à manger très vite. Plein de viande, comme tu aimes.

— Oh ! Chaton, c'est mignon quand tu t'adresses à ma queue comme ça, mais je te l'ai déjà dit : en public, c'est embarrassant.

Toute la bande éclate de rire. Leander, absolument pas gêné par mes conneries dont il a l'habitude, passe un bras autour de mon cou pour me serrer contre lui.

— Ça fait du bien de te retrouver, mec !

Je lui souris, soulagé d'avoir pu faire taire ses inquiétudes.

— Bravo pour votre victoire, les gars ! lance une voix à ma droite.

Une voix que je ne connais que trop bien.

— Est-ce que je peux prendre votre commande ? poursuit notre serveur.

L'espace d'un instant, j'envisage de me lever et de me barrer. Je commençais seulement à retrouver un semblant d'entrain et il faut qu'on atterrisse dans le resto où Jer bosse, bordel ! Finalement, je décide de ne pas lui faire ce plaisir. Pour une fois, je peux être le plus mature de nous deux. Je me retourne alors vers ces yeux bleus que j'ai cherchés dans le public aujourd'hui, prêt à affronter celui qui me fait faire n'importe quoi et réagir n'importe comment.

12

Jeremiah

Qu'est-ce que j'ai fait pour mériter ça, exactement? Voilà la question que je me pose lorsque j'avise une partie des joueurs de l'équipe de football en train de franchir la porte vitrée de l'établissement dans lequel je bosse. Sérieusement? Ils chahutent ensemble, des sourires collés au visage. Je sais qu'ils ont gagné ce soir, et pas parce que je suis allé stalker l'Instagram d'un certain receveur, même si je l'ai bien fait. Mais parce que tout le monde en parle depuis quelques heures. Depuis ma place derrière le comptoir, je les observe avancer dans le restaurant. Ils semblent envahir tout l'espace avec leurs carrures. Surtout Knox. Ce gars est taillé dans un roc.

— Tu t'en occupes ou j'y vais? me demande Cameron, mon collègue.

Honnêtement, j'ai bien envie de lui laisser le plaisir de s'occuper d'eux. En temps normal, ça ne m'aurait pas dérangé de les voir, au contraire. Leander vient manger ici de temps de temps et, quand je suis de service, je tiens à être celui qui s'occupe de lui, même si je dois parfois m'incliner au profit d'une de mes collègues, chose qui n'arrive plus, bizarrement, depuis qu'il est accompagné de Nyx. Quels que soient ses moyens, Leander ne me regarde jamais de haut, contrairement à ce qui m'est déjà arrivé à plusieurs reprises. Certains types issus de familles friquées ne peuvent pas s'empêcher de faire des commentaires désobligeants sur notre différence de statut social, à croire que rabaisser les autres leur est nécessaire pour s'affirmer. Le *quarterback* de l'équipe de foot, lui, est aimable, poli, et très généreux en pourboires. Malgré ça, ce soir, je laisserais volontiers ma place à quelqu'un d'autre pour s'occuper de leur table. Et ce pour une seule raison : Sander Campbell.

À ma propre surprise, je décide de ne pas me laisser démonter. Il est hors de question que je reste planqué en cuisine à cause d'un mec. Et encore moins de lui. De toute façon, j'ai l'impression que nous passons notre vie ensemble ces derniers temps, alors une heure de plus ou de moins...

— Non, laisse, ce sont des potes, je vais m'en charger.

Tablette tactile à la main, j'avance jusqu'au box dans lequel ils se sont tous entassés, sourire aux lèvres.

— Bravo pour votre victoire, les gars ! Est-ce que je peux prendre votre commande ?

Tout le monde me salue aimablement. Sauf Sander. Pourtant, c'est plus fort que moi, alors que je pourrais regarder n'importe qui d'autre, mes yeux cherchent les siens. Pourtant, lorsque son regard se verrouille au mien, mon cœur rate un battement, et j'ai l'impression que mes poumons sont compressés. L'espace d'un instant, j'oublie la raison de ma présence ici, perdu dans ses iris qui me scrutent sans ciller.

— Trois pichets de bière, s'il te plaît. Et un grand Coca.

La voix de Chase me ramène à la réalité. Avec regret, je porte mon attention sur lui.

— Pas de souci. Je vous laisse regarder la carte pendant que je vous prépare ça.

— Merci, mec ! répond Dante avec un sourire.

Un sourire assez semblable à celui de son frère, à l'époque où il lui arrivait de me sourire de la même manière.

— Au fait, Jer, j'ai pas vu ta voiture sur le parking, s'étonne Eva. T'as encore eu une galère ?

C'est peu de le dire, en effet. Moi qui pensais qu'elle allait tenir au moins jusqu'au printemps, elle n'a pas daigné me faire cette faveur. Je croise maintenant les doigts pour qu'un mécanicien puisse la réparer.

—Ouais, je crois que l'alternateur est mort.

Leander se tourne vers moi et demande :

—Tu as besoin d'un chauffeur pour rentrer ?

—Zeus est super doué pour jouer les taxis, renchérit Nyx. C'est un réel passe-temps qu'il a développé.

Les gars éclatent de rire tandis que le *quarterback* lève les yeux au ciel.

—La prochaine fois, rappelle-moi de te laisser te geler le cul à l'arrêt de bus, grogne-t-il, avant d'insister auprès de moi. Sérieux, Jer. Ça ne me dérange pas.

Je lui souris avec reconnaissance.

—C'est gentil, mais Scott va venir me chercher.

C'est aussi lui qui m'a déposé. Il m'a même proposé de me prêter sa caisse les soirs où il n'en a pas besoin. À la mention de mon pote, les yeux d'Eva prennent une teinte plus foncée. Je sais qu'elle éprouve des sentiments contradictoires à son sujet : elle est amoureuse de lui depuis des mois, mais le déteste tout autant de ne pas lui rendre ses sentiments. Il semblerait qu'elle et moi soyons dans le même bateau.

—Je pourrais te tenir compagnie, si tu veux. On l'attendra ensemble, dit-elle.

Je secoue la tête. Mauvaise idée. Parce que tel que je le connais, il y a peu de chances pour que Scott vienne seul. Eva le devine à ma réaction, elle baisse les yeux avant que Sander passe un bras réconfortant autour de ses épaules. Je les laisse à leur discussion et fais volte-face pour m'en aller. En rejoignant les cuisines, je suis certain que cette brûlure sur ma nuque est due au regard de Sander braqué sur moi.

Évidemment, comme si mon karma n'était pas déjà suffisamment merdique comme ça, il faut qu'il le mette à nouveau sur ma route tandis que je rapporte leur bouffe.

Il est sur le point de pénétrer dans les toilettes tandis que je sors de la cuisine. Je m'arrête pour le laisser passer – le client est toujours prioritaire –, priant pour que notre rencontre finisse aussi vite qu'elle a commencé, mais un sourire insolent ourle ses lèvres avant qu'il déclare :

— Tu veux venir avec moi ? Ça va te rappeler des souvenirs.

Il accompagne sa tirade d'un clin d'œil et je dois serrer les dents pour ne pas hurler. Des souvenirs, j'en ai déjà suffisamment comme ça, merci. Notamment un qui me hante. Celui de sa bouche chaude contre la mienne, de ses grandes mains calleuses glissant sous mon tee-shirt, de sa langue dansant avec la mienne tandis que je lui offrais mes gémissements, de nos queues frottant l'une contre l'autre tandis que nous nous dévorions. De la manière dont je me suis enfui quand la panique m'a envahi.

Je me rends compte que je ne me suis jamais excusé pour mon comportement ce soir-là. Peut-être que ce n'est pas le bon endroit pour ça, mais en cet instant, j'ai besoin de remédier à ça. Alors c'est là, les mains chargées, dans le couloir de ce foutu restaurant, que je m'entends souffler :

— Je suis désolé.

Le sourire de Sander disparaît aussitôt, pour faire place à de la stupeur. Il cligne des paupières plusieurs fois, comme s'il avait besoin d'assimiler.

— Hein ?

— Je suis désolé... pour ce qui s'est passé... entre nous.

Bordel. Je ne pensais pas que ces deux derniers mots seraient aussi compliqués à sortir. Sander le voit, et il émet un ricanement méchant.

— Tu parles de la partie où tu m'as collé contre un mur pour m'embrasser ? Celle où tu crevais d'envie que je te baise ? Celle où tu m'as frappé ? Celle où tu t'es barré en courant ? Ou peut-être celle où tu m'as scruté avec un air tellement dégoûté que je me suis senti comme la pire des merdes ? Sois plus clair, Marner.

Ses mots me blessent, parce qu'ils sont vrais. Je prends conscience de combien lui aussi est blessé. Je pensais qu'il était passé à autre chose en un rien de temps, au contraire de moi qui n'ai pas arrêté de penser à lui. Constamment. Mais ce soir, dans ce putain de couloir, je me rends compte que ce n'est pas le cas. Je n'ai pas été qu'un plan raté, une déception momentanée.

Il fait un pas en avant. La seule chose qui nous sépare désormais, c'est ce foutu plateau qui sent le gras et la friture.

— Alors ? Quelle partie ?

Ma gorge est sèche. Son regard noir, presque furieux, provoque un frisson qui court le long de mon échine.

— Ouais, t'as raison, renchérit-il d'un ton cinglant. Mieux vaut que tu ne répondes pas à cette question.

Puis il avise mon plateau d'un signe de tête.

— Tu ferais mieux d'aller leur apporter ça avant que ça refroidisse.

Même si j'attends encore une heure ici, jamais la nourriture ne pourra être aussi glaciale que l'atmosphère qui nous enveloppe. Sans ajouter un mot, j'affiche un sourire factice alors que tout ce dont j'ai envie, c'est de me rouler en boule et de m'effondrer, puis je lui tourne le dos et m'éloigne.

À la fin de mon service, je suis lessivé. Et pas uniquement parce que le restaurant n'a pas désempli de la soirée, mais surtout à cause de ma lutte constante pour contrôler mes émotions en présence de Sander. Sans compter cette foutue conversation qui m'a mis les nerfs à vif, et l'esprit sens dessus dessous, me rappelant à quel point j'ai merdé avec lui.

Tous mes collègues sont partis, je suis le dernier encore sur place. Ce n'est pas la première fois que ça m'arrive, et en tant que junior manager du restaurant, c'est souvent à moi qu'il incombe de faire la fermeture.

Après avoir récupéré l'addition de la table de Leander pour finir de faire la caisse, je dois recompter à trois reprises la liasse de billets à moitié chiffonnée. Mon regard passe de l'argent à la somme sur le bout de papier. Il y a environ six cents dollars en trop de pourboire ! Je lève la tête, comme si je m'attendais à ce que quelqu'un vienne les récupérer. Sauf que je sais très bien que ça n'arrivera pas. Alors je reporte mon regard ahuri sur les billets que je tiens toujours dans les mains.

Même si au bas de l'addition figure un petit mot rédigé d'une écriture ronde que je reconnais comme celle d'Eva, disant : « Merci pour ce super service, on reviendra ! », je devine que je dois ce cadeau à Leander. Je revois son visage chiffonné quand j'ai parlé de mes problèmes de caisse, et l'émotion m'étreint. Je sais qu'il n'attend rien en retour, tout comme lui sait que je ne lui aurais jamais demandé de me prêter de l'argent. Ce n'est pas dans mon caractère, de réclamer l'aumône à mes potes. Pourtant, je sais que la plupart n'hésiteraient pas à me venir en aide. La majorité des types que je fréquente sont pleins aux as, contrairement à moi.

Finalement, peut-être que mon karma n'est pas si pourri. En tout cas, j'ai de la chance d'avoir des amis tels que ceux-là.

13

SANDER

— Sander ?

La voix du Dr Monroe me ramène à la réalité. Notre séance hebdomadaire me permet de trouver un peu de calme et de sérénité dans un quotidien au rythme effréné. Assis sur un des fauteuils colorés qui décorent son bureau, j'ai fermé les yeux et basculé la tête un instant sur le dossier. Seulement je ne sais plus combien de temps a duré cet instant.

J'ouvre les paupières et observe pendant quelques secondes la psychiatre qui a pris soin d'écouter mes envies et mes besoins sans m'assommer de médicaments. Je ne sais pas où j'en serais aujourd'hui si le hasard ne l'avait pas mise sur mon chemin. Elle hausse un sourcil, je comprends qu'elle attend la réponse à une question que je n'ai pas entendue.

— Désolé. Je suis un peu crevé, et pas vraiment attentif.

La plupart des gens pensent qu'en après-saison on ne fait plus rien, mais ce n'est pas du tout le cas. Les entraînements avec l'équipe, les matchs et mon investissement à la P. B. Foundation repoussent mes limites côté fatigue. Et cet hiver glacial n'arrange rien. Je commence à avoir besoin de soleil. Furtivement, une idée germe dans mon esprit, mais je la repousse dans un coin de ma tête pour plus tard.

— On s'est parlé juste après ta dernière crise, reprend le Dr Monroe, mais j'aimerais qu'on revienne sur le contexte dans lequel elle est arrivée. Est-ce que tu sais ce qui l'a déclenchée ?

Je baisse la tête, ferme de nouveau les yeux un instant. Derrière mes paupières closes, des images de Jeremiah apparaissent, celles de ces quelques minutes à l'association que je préférerais oublier. De son mouvement de recul quand j'ai voulu le toucher. Un air de panique s'est affiché sur son visage.

—Juste... Rien de très important. Depuis quand mes crises suivent une logique, de toute façon ?

—Tout est important, Sander. Tu es important. Savoir ce qui déclenche ces moments où tu n'as plus aucune prise sur toi l'est aussi.

Elle a raison. C'est ce qui est agaçant avec elle, elle a toujours raison.

—Un type que je connais... L'année dernière, il s'est passé quelque chose entre nous. Ça n'est pas allé loin, il m'a repoussé. Il n'assume pas du tout le fait d'être attiré par un mec. L'autre jour, il était au local de l'assoc et je... Il était blessé et j'ai voulu m'assurer qu'il allait bien. Je me suis approché et... C'est son rejet qui a tout déclenché.

L'impression d'en avoir trop dit est écrasante. Toutefois, il y a quelque chose que je ne peux pas m'empêcher d'ajouter :

—Ce n'est pas sa faute. Ça couvait depuis un moment déjà. La dernière crise date vraiment... J'avoue que je m'étais convaincu que je pouvais être tranquille. J'ai bêtement songé que j'en avais fini avec tout ça, que les scientifiques avaient tort et que je pouvais me débarrasser de ce trouble. C'est un peu ridicule, quand on y pense.

Le Dr Monroe secoue la tête.

—Rien n'est ridicule quand on souffre, ce n'est pas moi qui vais te l'apprendre. Des jeunes en souffrance, tu en vois assez.

Elle semble réfléchir, comme si elle pesait le pour et le contre avant d'ajouter quelque chose. C'est la seule psy que j'ai rencontrée qui a conscience de l'impact de ses mots. On n'imagine pas le nombre d'adultes qui se cachent derrière leur joli diplôme de Harvard ou de Stanford pour dire des trucs horribles.

— Ce jeune homme dont tu me parles, est-ce qu'il te rappelle Parker ?

Quatre ans se sont écoulés, pourtant entendre ce prénom me met toujours autant l'estomac en vrac. Je me fige, harassé par des souvenirs douloureux qui ne me quitteront jamais. Malgré cette souffrance, j'essaie de réfléchir à la question qu'elle vient de me poser. *Est-ce que Jer me fait penser à Parker ?*

— Oui, sans doute un peu, finis-je par répondre. Leurs personnalités sont complètement différentes, mais... Cette honte d'être eux-mêmes, que le monde sache qui ils sont vraiment... là-dessus, on peut dire qu'ils se ressemblent.

Je n'avais jamais pensé à ça avant. Est-ce ce qui m'attire irrésistiblement vers Jer ?

— Cet homme...

— Jeremiah, soufflé-je avant de pouvoir m'en empêcher, poussé par un besoin de prononcer son prénom.

— Est-ce que quelque chose d'autre vous lie, avec Jeremiah ? Est-ce qu'il fait partie de l'équipe de foot, lui aussi ? Est-ce qu'il vit à la coloc ?

Je m'esclaffe en imaginant le carnage si c'était le cas. Jer et moi sous le même toit, la maison n'y survivrait pas.

— Rien de tout ça. Il est hockeyeur. Mais nous étions potes avant... Avant tout ça.

— Est-ce que vous ne pourriez pas envisager de redevenir potes ? D'enterrer la hache de guerre et d'en apprendre plus l'un sur l'autre ?

On pourrait, oui. Essayer de ne plus se foutre sur la gueule à la moindre occasion, étouffer ce désir omniprésent dès que nous sommes en présence l'un de l'autre... On pourrait, mais je sais que c'est surtout à moi de faire des efforts. Suis-je prêt à ça ? À renoncer à cette alchimie de dingue, à ce qui aurait pu se passer entre nous ?

— Comment se passe la poterie ? me demande-t-elle en comprenant sûrement qu'elle n'obtiendra pas de réponse à sa dernière question.

J'éclate de rire en repensant à mes tentatives de transformer un bloc de glaise en quelque chose qui ne ressemble pas à un épouvantail.

— Euh... C'est intéressant. Je ne suis pas très doué, mais je dois reconnaître que le travail de la glaise a un côté relaxant. En tout cas, quand je me concentre là-dessus, je ne pense pas à tout briser autour de moi.

J'ai prononcé ces derniers mots avec un ras-le-bol flagrant. En effet, j'en ai marre de devoir être toujours sur mes gardes. Le Dr Monroe en a pleinement conscience.

— Tu sais que si un jour tu préfères reprendre un traitement médicamenteux, c'est tout à fait possible. Tu n'as jamais aimé la sensation que cela te procurait, mais de nouvelles possibilités voient le jour régulièrement. La médecine est en constante évolution, y compris pour des pathologies comme la tienne.

Je hausse les épaules. Ce qu'elle dit est sans doute vrai, mais j'aurais l'impression d'avoir échoué si je devais reprendre un traitement.

— J'en ai conscience, mais je ne suis pas prêt à ça. J'ai l'impression que ce qu'on a mis en place marche, les crises s'espacent. Je ne veux pas abandonner.

Elle hoche la tête, et je peux presque lire dans ses yeux quelque chose qu'elle me dit fréquemment : « Reprendre un traitement, ne serait pas synonyme d'abandonner, Sander. Ce n'est pas une solution de facilité. » Cependant, aujourd'hui, elle ne me le répète pas, sans doute consciente du fait que je n'ai pas envie de l'entendre à nouveau.

Je sors du cabinet et brave le froid glacial jusqu'à ma voiture garée sur le seul parking à peu près déneigé du coin. D'habitude, je n'utilise pas mon bébé par ce temps, mais Dante ne pouvait pas me prêter sa caisse aujourd'hui.

Alors que j'avance à grands pas sur le trottoir, les mains dans les poches de ma veste pour essayer de les réchauffer, l'idée qui a éclos sur le fauteuil de ma psy me revient en mémoire. Le *spring break* est dans moins d'un mois et je suis certain que le *Summer camp* de la famille Campbell sera vide à cette époque de l'année.

Quand Dante et moi étions ados, nos parents ont acheté un ancien camp de vacances abandonné. Ils ont rénové tous les bungalows ainsi que le bâtiment principal. C'est désormais une résidence secondaire de luxe, au bord d'un lac, dans le Tennessee, mais on a coutume d'appeler ça le *Summer camp*.

Je presse alors un peu plus le pas, impatient d'aller proposer à toute la bande un petit tour chez les Campbell pour les vacances de printemps. Aucune chance que qui que ce soit refuse l'invitation !

14

Jeremiah

Il fait déjà nuit lorsque je quitte la patinoire. Je suis le dernier de l'équipe à en franchir les portes, étant resté pour voir Steve, notre physiothérapeute, suite à un choc violent lorsque j'ai percuté l'un de mes coéquipiers. Heureusement, plus de peur que de mal. Je pourrai jouer notre prochain match ce week-end.

Je me dirige d'un pas pressé en direction de ma nouvelle voiture : une Chevrolet bleu passé qui a connu des jours meilleurs, mais que j'ai pu m'acheter en revendant mon épave et grâce au – plus que généreux – pourboire de Leander. Celui-ci a froncé les sourcils et m'a répondu d'un « Laisse tomber, c'est rien » quand je l'ai remercié. Désormais, je n'ai plus besoin d'attendre des heures que le moteur chauffe avant de pouvoir rouler. Et, comble du luxe, mon bolide possède même l'ouverture centralisée.

Alors que je pensais être seul sur le parking de la patinoire, mon attention est attirée par une caisse dont les phares sont allumés, tandis que le moteur ronronne doucement. Je n'ai pas le temps de me poser davantage de questions que Dante en sort et se dirige vers moi. Parfois, le regarder me fait un peu mal. Même s'il n'est pas la copie conforme de son frère, leurs traits sont suffisamment ressemblants pour que je perçoive Sander dans le sourire de Dante et dans le vert de ses yeux. Je le laisse approcher, la mine perplexe.

— Pourquoi tu me regardes comme ça ? s'enquiert-il en arrivant à ma hauteur.

— Excuse-moi de trouver ta présence ici étrange...

Il balaie ma remarque d'un geste avant de répondre :

— Je voulais te parler d'un truc.

— On dirait plutôt que tu es venu me vendre de la drogue. Qui se retrouve sur un parking désert à la tombée de la nuit pour discuter ? Déjà en été, ça serait étrange, mais là, il caille vraiment. Si on reste dehors, on risque des engelures. Dante éclate de rire, je frissonne en constatant que son rire est similaire à celui de son frère...

— Ta voiture ou la mienne ?

Je fronce les sourcils.

— Pour quoi faire, exactement ? demandé-je, de plus en plus perplexe.

Dante ricane et secoue la tête.

— Allez, viens.

Il n'attend pas ma réponse avant de se diriger vers sa vieille Mustang. Je lève les yeux au ciel et ouvre mon coffre pour déposer mon sac de sport avant de trottiner pour le rejoindre.

La chaleur qui me frappe le visage lorsque je m'enfonce dans le cuir du siège passager me fait soupirer de bonheur. J'ôte mon bonnet et passe une main dans mes cheveux, toujours humides de ma douche. Le silence s'installe quelques secondes avant que je ne le brise.

— Alors, de quoi tu voulais me parler ?

Il scrute le vide un instant, comme s'il avait oublié, puis il se tourne vers moi.

— Mes parents possèdent un camp de vacances dans le Tennessee, m'informe-t-il.

D'accord... Et qu'est-ce que je suis censé faire de cette information ? Je suppose qu'il n'est pas venu là juste pour m'en informer.

— Tu m'en vois ravi, réponds-je.

— J'espère bien ! Parce qu'on a prévu de passer le *spring break* là-bas. Et on s'est dit que tu serais peut-être partant pour te joindre à nous.

Dante m'observe, un sourire au coin des lèvres. Je trouve ça de plus en plus suspicieux.

— C'est qui, « on » ?

— Leander, principalement. Scott aussi, vu qu'il sera de la partie. Et Eva, bien sûr. Bref, ça serait cool que tu viennes avec nous. Sans compter qu'il y aura aussi Chase, Nyx et Dee. Ça va être génial de passer du temps tous ensemble.

Leander. Scott. Eva. Étrangement, un pic de déception m'envahit en constatant qu'il n'a pas prononcé le seul prénom que j'aurais aimé entendre. Dire que je suis surpris par cette invitation serait un euphémisme. Non que je sois étonné que Leander ait pensé à moi, au contraire, mais...

— Ton frère ne vient pas ?

Je ne vois pas ce qui aurait pu lui faire accepter ma présence. Même si son meilleur pote a plaidé ma cause, il n'aurait jamais cédé. La dernière fois que je l'ai croisé, j'ai bien vu qu'il n'avait qu'une envie : refermer ses doigts autour de ma gorge, et pas du tout d'une manière érotique.

Le regard de Dante vacille un instant. Même s'il se reprend rapidement, j'ai eu le temps de deviner la réponse.

— Il n'est pas au courant, soufflé-je.

Il acquiesce. J'ai vu juste.

— Tu dois te venger de quelque chose ?

C'est la seule raison à laquelle je puisse penser, même si elle est carrément tordue. Je sais que les jumeaux ne s'entendent pas toujours très bien, même s'ils s'aiment profondément.

— Alors, ouais, y'a un tas de crasses pour lesquelles je voudrais me venger. Pas plus tard qu'hier, il a glissé une putain d'araignée dans ma chaussure. Une araignée ! Je déteste ces bestioles.

Je m'esclaffe en avisant la mine dégoûtée de Dante.

— D'accord, donc c'est à cause de l'araignée ?

— Pas du tout !

Il secoue la tête puis me scrute avec tant d'intensité que je me sens carrément mal à l'aise. Puis il finit par soupirer.

— Est-ce qu'on peut parler franchement ?

D'un signe, je lui fais comprendre que oui. Même si mon cœur bat un peu trop vite, tout à coup. S'il y a un sujet que je ne pensais jamais aborder seul à seul avec Dante dans une voiture sur un parking désert, c'est bien celui de son frère.

— Il... Il est en colère, soupire-t-il.

— Je sais.

— Contre toi.

Je tressaille et baisse les yeux.

— Ça aussi, je sais.

Soudain, la culpabilité que je ressens chaque fois que je vois Sander enfle en moi, alors qu'il n'est même pas là. Et ça me tue, putain. J'ai l'impression d'avoir gâché quelque chose d'important. De rare. La tension entre nous a crépité depuis le jour où nos regards se sont croisés pour la première fois. Cette connexion est inexplicable. Je ne la comprends pas, parce que ça ne m'est arrivé qu'avec lui. Une force invisible nous pousse l'un vers l'autre, et j'ai eu beau lutter, encore et toujours plus fort, la fin était inéluctable. Une fin qui aurait pu signifier un commencement, mais j'ai préféré fuir plutôt que me risquer à découvrir ce qui aurait pu se passer.

— Contre le monde entier aussi, parfois. Mais en ce moment, surtout contre toi.

Les mots de Dante m'incitent à sortir de mes pensées moroses. « Contre le monde entier ». Qu'est-ce que c'est supposé vouloir dire, putain ?

— Je... je ne sais pas quoi te dire.

— Alors laisse-moi parler, d'accord ?

Je hoche la tête.

— Sander et moi, on a été très proches, un jour. Et puis quelque chose s'est brisé, et même si on essaie de retrouver ce qu'on a perdu, il y a des sujets qu'on évite d'aborder.

Le regret est audible dans sa voix. La curiosité me pousserait presque à lui demander de s'expliquer, mais je la refoule, parce qu'après tout, ce n'est pas la raison de sa venue, pas vrai ?

— Mais je le connais. Et tout ce qu'il ressent, j'ai parfois l'impression de le ressentir aussi. Je suppose que c'est un truc de jumeaux, ajoute-t-il en haussant les épaules. Bref... Ce que j'essaie de te dire, c'est que, même s'il ne m'en a jamais parlé, je sais qu'il y a une histoire entre vous. Laquelle ? Aucune idée. Et je ne lui demanderai pas de me la raconter.

Mes muscles se tendent, je me force à garder mes pieds plaqués au sol pour ne pas faire sautiller mes jambes comme je le fais lorsque je suis nerveux.

— Cette haine mêlée de désir que je vois dans ses yeux lorsqu'il les pose sur toi, je la reconnais. Et j'aimerais... Je ne sais pas. J'aimerais que les choses aillent mieux entre vous. Je sais que c'est ce qu'il voudrait, même s'il est trop fier ou borné pour l'admettre.

Dante ancre son regard au mien. J'ai honte, tout à coup. Honte de la manière dont je me suis comporté avec Sander. Honte d'avoir agi comme un lâche alors que j'aurais pu me montrer honnête et lui avouer que je n'étais pas prêt à me laisser aller avec lui. Peu importe combien j'en crevais d'envie. Combien j'en crève toujours d'envie.

— C'est ma faute, finis-je par souffler.

La surprise de Dante est palpable. C'est la première fois que je fais cet aveu à voix haute. Étrangement, c'est assez libérateur. Ses sourcils levés, il attend que je continue.

Je secoue la tête et déglutis, chassant la boule qui cherche à se loger dans ma gorge.

— Je suis terrifié à l'idée qu'on apprenne que je suis attiré par les mecs.

— Pourquoi ? À cause du hockey ?

— Ouais. Je sais que les choses changent, que la NHL est devenue plus inclusive et tout ça, mais... je ne veux pas être le premier.

En assumant mon orientation sexuelle, je braquerais tous les regards sur moi. Aucun joueur en activité n'a encore fait son *coming out*, que ce soit en NHL[3] ou en NCAA[4]. Et imaginer les projecteurs braqués sur moi me bloque. Mais ce n'est pas la seule raison.

— Je suis certain que ça ne nuirait pas à ta future carrière, déclare Dante.

Je me mords les lèvres et secoue la tête.

— Je ne pense pas non plus. Au contraire. Et tout le problème est là.

Le frère de Sander semble perdu, alors je m'oblige à continuer :

— Je n'ai pas envie d'être un porte-parole. Et surtout, je n'ai pas envie d'être sélectionné parce que je suis bi. Je refuse de servir de porte-étendard à une équipe qui m'aurait drafté non pas pour mes performances mais pour ma sexualité.

J'ai beaucoup réfléchi à la question. Je sais que des tas de gens se battent tous les jours, pour faire entendre leur voix, pour montrer que le talent d'un joueur ne dépend pas de son orientation sexuelle. Qu'un joueur de premier plan assume sa bisexualité pourrait faire progresser les mentalités dans ce sens. Mais je ne me sens pas le courage de faire peser ça sur mes épaules. Je veux qu'on me connaisse pour mes résultats. Point. Les équipes désireuses de redorer leur image en recrutant *le* joueur bi du milieu ne m'intéressent pas.

Dante hoche la tête.

---

3. Ligue nationale de hockey.

4. National Collegiate Athletic Association (association sportive des universités américaines).

— Je comprends, oui. Et tu sais, je pense que si mon frère avait voulu faire carrière, peut-être qu'il n'aurait pas affiché sa sexualité. Mais ça m'aurait vraiment fait chier parce que j'aurais détesté le voir lutter pour faire semblant d'être quelqu'un d'autre.

— Ce n'est pas mon cas, dis-je après quelques secondes de silence.

— Non, parce que tu es bi, pas gay, mais tu dissimules quand même une part de toi. Ça pourrait ne pas être gênant... sauf quand tu craques pour la personne pour laquelle tu ne devrais pas.

Un sourire se forme au coin de ses lèvres, et je souris à mon tour.

— Ouais, soufflé-je en laissant reposer ma tête contre le siège passager.

Je ferme brièvement les paupières. Souvent, je fantasme sur ma relation avec Sander. Dans les films qui se déroulent dans mon esprit, je ne l'ai pas repoussé. Je lui ai rendu ses baisers, ses caresses, ses gémissements. Je me suis laissé aller dans ses bras et j'ai aimé chaque seconde passée avec lui. Je me suis aussi imaginé ce que serait l'après, et ça m'a conforté à penser que, nous deux, c'était une mauvaise idée. Pourquoi risquer ma carrière pour un coup d'un soir ? Parce que s'il y a une chose dont je suis parfaitement au courant avec Sander, c'est qu'il ne fait pas dans les relations. Il préfère les baises éphémères. Ce que je tiens à expliquer à son frère. Je suis peut-être un lâche, mais tous les paramètres sont à prendre en compte.

— C'est tout le cœur du problème. Je craque pour Sander. Depuis des mois. Mais je ne peux pas tout risquer juste pour une histoire sans lendemain, tu comprends ?

Il ricane et répond :

— Ouais, clairement. Mon frangin n'est pas doué pour les relations. Je crois qu'en fait, il n'essaie même pas. C'est plus facile, tu vois. Juste du sexe. Du bon temps partagé, et pas de cœur brisé.

— J'imagine que c'est la même chose pour toi.

Sur ce point, les frères Campbell sont exactement pareils. Des coureurs qui sautent sur tout ce qui bouge, mais ne s'attardent jamais bien longtemps. Dante me sourit et m'adresse un clin d'œil.

— Qui sait ? Peut-être que je n'ai pas encore trouvé la bonne.

— Peut-être... réponds-je, même si je ne suis pas franchement convaincu.

— Et peut-être que Sander refuse de voir qu'il pourrait avoir trouvé le bon.

Je frissonne et mon cœur rate un battement. Même si je refuse de m'attarder sur les paroles de Dante, je sais qu'il est trop tard, elles reviendront constamment me hanter.

— Du coup, qui sait ? Il y a une chance pour qu'il ouvre enfin les yeux. Et quoi de mieux que quelques jours loin du campus avec toi pour le faire ?

Je dois avouer que ses mots me font espérer qu'une telle chose est possible. Sûrement en vain, mais après tout, qui ne tente rien n'a rien.

— Alors, tu es partant ? finit par demander Dante devant mon silence prolongé.

Je hoche la tête.

— C'est d'accord. Tu peux compter sur moi.

Quelque chose me dit que je vais vite le regretter.

15

Sander

Je suis sur le point de quitter la salle de sport quand mon portable se met à sonner. Je relâche la poignée de la porte et recule de quelques pas dans le hall d'entrée. Hors de question de répondre au téléphone en me gelant le cul. Je ne reconnais pas le numéro sur l'écran tactile, mais c'est quelque chose qui arrive fréquemment avec l'association.

— Allô ?

— Sander ?

Je ferme les yeux un instant en entendant le son de cette voix que j'ai fini par redouter. Je suis partagé entre le regret d'avoir répondu et cette sensation unique que j'éprouve malgré moi en sa présence.

— Tu n'as pas l'air sûr de toi, Marner, c'est pourtant toi qui as composé mon numéro, non ? attaqué-je.

Parfois – souvent –, je me foutrais des baffes. Pourquoi je ne parviens pas à m'empêcher de l'envoyer balader ? Même si je regrette, je ravale mes excuses, juste pour ne pas lui donner de mauvaises habitudes, et attends qu'il poursuive. Quelques secondes passent sans qu'il reprenne la parole. Je comprends qu'il ne sait pas sur quel pied danser avec moi. Qui pourrait le lui reprocher ?

— Je suis d'astreinte à l'assoc cet après-midi et Gregory Bowman est arrivé, il y a environ trente minutes.

J'essaie de resituer ce nom. Nous voyons beaucoup de jeunes à l'association, mais je prends toujours le temps de rédiger quelques notes sur chacun d'entre eux dans un petit carnet. *Je sais !* Il s'agit du fan de hockey avec lequel nous avons fait un entraînement il n'y a pas si longtemps. Il regardait Jer avec de grands yeux admiratifs.

— Je t'écoute, lâché-je, soudain beaucoup plus sérieux.

— Il va vraiment mal. Il s'est fait harceler par des connards de son lycée aujourd'hui et son anxiété est à son comble. Pete devait prendre le relais il y a quinze minutes pour que je puisse partir bosser, mais il n'est pas encore là. J'ai essayé de l'appeler, mais...

J'étouffe un juron entre mes dents. Pete est en dernière année de psychologie, il est top avec les ados que l'on reçoit, mais il ne se pointe jamais à l'heure. Il nous a même déjà plantés plusieurs fois. Sans prévenir. Je suis prêt à parier qu'il va nous refaire le coup aujourd'hui.

— Je suis à dix minutes des locaux, j'arrive aussi vite que je peux.

En parlant, j'ai de nouveau ouvert la porte de la salle de sport et me dirige à grands pas vers ma voiture.

— Je voulais juste que tu sois au courant, reprend Jer. Je peux essayer de trouver une solution avec un collègue pour décaler mes horaires au restau.

— Je suis en route. Pete devait assurer la permanence toute la nuit, je ne peux pas te demander de le remplacer.

Je raccroche pour ne pas lui laisser le temps d'argumenter davantage. C'est mon boulot de palier ce genre de problèmes. La *Parker Barnes Fondation*, c'est un peu mon bébé. Je ne me dégage jamais de mes responsabilités en les faisant reposer sur d'autres, d'autant plus que je suis bien placé pour savoir que ce job, Jeremiah en a besoin.

Huit minutes après la fin de notre coup de fil, je me gare sur le parking à l'arrière du bâtiment abritant l'association. J'ai roulé trop vite, mais le stress m'empêche souvent de réfléchir aux conséquences de mes actions. Jer ne fait que débuter et, même si j'ai pu remarquer qu'il est à l'aise avec les jeunes que nous rencontrons, je ne peux quand même pas lui demander d'assurer une astreinte de nuit avec un ado en crise.

Je sors mon trousseau de clés et déverrouille la porte d'entrée, soulagé de constater qu'il a tout de même pensé de la fermer à dix-huit heures. Je ne perçois aucun son dans notre petite cuisine, ni dans aucune des pièces qui parsèment le rez-de-chaussée. Ils sont sûrement à l'étage. J'emprunte l'escalier et m'arrête devant la première chambre, que nous réservons pour les urgences de ce genre. La porte est entrouverte, je peux sans mal distinguer Gregory assis sur l'un des lits, son dos appuyé contre le mur, ses genoux repliés contre son torse. Assis sur une chaise face à lui, les coudes en appui sur ses cuisses, Jeremiah lui parle d'une voix posée et pleine d'assurance. Je ne peux entendre que des bribes de leur conversation, mais je comprends que Jer essaie de désamorcer la crise qui a amené Gregory à se réfugier ici. Pour ce que je peux en juger, il utilise à bon escient les techniques expliquées par la psy qui se charge de former tous les bénévoles de l'association. Jer a créé une proximité avec l'ado en face de lui, sans pour autant envahir son espace personnel. Il ne surréagit pas, sans toutefois minimiser les craintes et les angoisses de son interlocuteur.

Tout doucement, je finis par frapper à la porte. L'ado lève vers moi un visage strié de larmes. La panique que je vois dans ses yeux me serre le bide. La peur contracte ses traits quand il tourne brusquement son visage vers Jer et qu'il comprend que je suis ici pour remplacer ce dernier.

— Tu pars ? Tu ne peux pas partir ! Tu ne peux pas me laisser !

— Je...

Le désespoir brise la voix de Gregory. Je remarque tout de suite que Jeremiah est aussi surpris que moi par sa réaction. J'ai déjà vu à quel point il peut parvenir à tisser des liens avec certains ados, et j'en ai la preuve une nouvelle fois.

L'adolescent en détresse se lève du lit sur lequel il était assis et esquisse un mouvement vers la porte.

— Si tu pars, alors moi aussi. J'avais confiance en toi !

Ses larmes se sont remises à couler. Je m'approche lentement de lui pour essayer d'apaiser les choses.

— Tu peux avoir confiance en moi aussi, Gregory.

— Je n'ai confiance en personne, me crache-t-il au visage.

— Et si quelqu'un peut comprendre ça, c'est bien moi. Mais tu dois laisser Jeremiah partir. Il doit aller travailler.

Son visage est fermé, je me demande si j'arriverai à lui faire entendre raison. S'il se retrouve dans les rues dans cet état, je crains qu'il ne lui arrive quelque chose ou qu'il se mette délibérément en danger. Si je me souviens bien, la mère de Gregory travaille énormément et elle élève son fils seule, il se retrouvera donc probablement livré à lui-même, ce que nous devons à tout prix éviter.

Jeremiah s'approche de nous.

— Laisse-moi au moins aller prévenir mon employeur que je vais être en retard, d'accord Gregory ?

Ce dernier hoche la tête sans prononcer un mot et regarde Jer se glisser dans le couloir, avec une lueur de panique dans les yeux. Il s'éloigne de moi pour se laisser retomber sur le lit. Prenant une nouvelle chaise dans un coin de la pièce, je la dispose à côté de celle qu'occupait Jeremiah et prends place face à l'ado.

— Je suis content que tu aies pensé à venir à l'association. C'était la bonne décision. Est-ce que la psy que tu as vue a pu t'aider ?

Il relève la tête qu'il avait appuyée sur ses genoux et me jette un regard plein de méfiance. Puis il hausse les épaules avant de reprendre sa position initiale.

— Est-ce que tu veux me dire pourquoi tu as éprouvé le besoin de venir aujourd'hui ?

— Je préfère attendre Jeremiah, répond-il, sans bouger cette fois.

Ça arrive régulièrement qu'un ado ait plus d'affinités avec un bénévole qu'un autre, mais je reconnais que je me sens un peu démuni, ce soir.

Lorsque Jeremiah revient, je me lève pour discuter rapidement avec lui en aparté, ne refermant cependant pas totalement la porte derrière nous pour garder un œil sur Gregory.

—Ton boss n'était pas trop furax ?

Il secoue la tête pour seule réponse.

—Tu peux rester jusqu'à quelle heure ?

—Je me suis fait remplacer. Je ne me voyais pas le laisser comme ça, même si tu es là.

J'ai toutes les peines du monde à retenir un soupir de soulagement. Je ne vois pas comment j'aurais pu être utile à un ado qui ne veut pas me parler et n'a absolument pas confiance en moi.

Jer m'adresse un léger hochement de tête avant d'aller reprendre sa place devant Gregory.

Je reste cette fois à l'écart. Après un long moment, l'adolescent finit par se confier. Il avait surtout besoin que quelqu'un l'écoute et reconnaisse sa souffrance. Ce dernier a été victime d'une crise de panique quand quelques types de son lycée s'en sont pris à lui, plus tôt dans la journée. Des joueurs de foot, nous avoue-t-il avant de se lancer dans une grande tirade concernant les rivalités entre joueurs de hockey et joueurs de foot dans son lycée, chacun se croyant meilleur que l'autre. Je ne peux pas m'empêcher de regarder Jer qui me balance un clin d'œil et un sourire de connivence. Ce que cette expression fait à mon cœur est inexplicable. J'essaie de rester stoïque alors que j'ai la sensation que ce dernier fait des saltos dans ma cage thoracique.

Alors que les heures passent, la tension semble quitter Gregory. Jer y est pour beaucoup, je ne peux que le reconnaître.

Son attitude m'a épaté et je ne peux pas exprimer ce que ça m'a fait de le voir dans cet environnement qui est d'habitude le mien.

Je m'éclipse pour appeler la mère de Gregory, après que celui-ci nous a avoué qu'elle est en déplacement professionnel. Il a beau avoir 17 ans, j'estime que ce n'est pas une bonne idée qu'il passe la nuit seul chez lui après ce qu'il s'est passé. Très à l'écoute, sa mère donne son accord pour qu'il passe la nuit à l'association et que je l'emmène moi-même au lycée demain.

Quand je reviens dans la petite chambre, un faible sourire est apparu sur le visage de Gregory. Son ventre émet un gargouillis sonore. Je crois qu'aucun de nous ne s'en est rendu compte mais il est déjà tard.

— Ça vous dit que je commande des pizzas ? Perso, je pourrais manger un bœuf, là. Mais si vous n'avez pas faim, vous pourrez me regarder.

Le hockeyeur me scrute avec une interrogation dans ses iris bleus. « Je suis invité aussi ? » semble-t-il me demander.

— Jer, une préférence ?

Je vois le choc se peindre sur ses traits. Je ne l'appelle plus par son prénom depuis cette soirée où j'ai gémi à son oreille.

— Euh... Non, finit-il par répondre. Et toi, Gregory ?

— C'est vrai que j'ai un peu faim, rétorque timidement ce dernier. J'aime tout, tu peux commander n'importe quoi.

Jeremiah se lève alors de la position qu'il n'a pas quittée pendant plusieurs heures.

— Tu viens avec moi mettre la table ? demande-t-il au jeune homme face à lui.

Ce dernier acquiesce et le précède dans le couloir. J'en profite pour me tourner vers Jeremiah qui s'apprête à le suivre.

— Merci d'être resté, commencé-je. Je... je ne suis pas certain que je serais arrivé à quoi que ce soit avec lui. Ta présence a eu un impact énorme aujourd'hui.

Il hoche la tête.

— C'est toi qui as un impact énorme sur ces jeunes avec la fondation, Sander. J'aurais aimé que ce genre de lieu d'écoute existe quand j'avais l'âge de Gregory. Merci à toi.

Il pose sa main sur mon épaule et la serre comme s'il essayait d'accentuer ses mots. Je reste figé, incapable d'esquisser le moindre mouvement. Le lycéen m'a dit de commander n'importe quoi et il est fort possible que ça soit exactement ce que je fasse. Décidément, quand Jer est dans les parages, je ne maîtrise plus rien. Ni mon agressivité, ni mon cœur qui bat la chamade, ni mes tripes qui me poussent à lui pardonner et à tout recommencer de zéro.

16

Jeremiah

Gregory a fini par s'endormir, roulé en boule dans le petit lit de l'association. Après avoir fini notre pizza, lui et moi sommes retournés dans la chambre tandis que Sander s'est éclipsé dans une autre pièce pour s'occuper de quelques papiers.

Une fois la crise passée, l'adolescent m'a répété que je pouvais rentrer, qu'il allait rester. J'ai failli accepter, mais finalement je préfère garder un œil sur lui pour m'assurer qu'il va bien. Je n'ai jamais eu à accompagner de jeune en crise, ni qui que ce soit d'autre, d'ailleurs. Au début, je me suis senti désemparé, impuissant. Cette douleur dans les yeux de Gregory, cette colère qui grondait en lui, je ne savais pas comment y faire face. Sa détresse m'a retourné le bide. Je ne sais pas si c'est ma seule présence qui a fini par le calmer, ou les paroles avec lesquelles j'ai tenté de l'apaiser, toujours est-il qu'une fois la crise passée, nous avons discuté jusqu'à l'arrivée de Sander.

À présent, j'observe ce jeune homme blotti sous la couette, et une bouffée d'affection m'envahit. Je devrais descendre, retrouver Sander, lui demander s'il a encore besoin de moi ou si je peux rentrer, pourtant je n'arrive pas à quitter cette chambre. Je me coule dans mon siège et sors mon portable de ma poche.

Alors que je scrolle sur Instagram, mon regard s'arrête sur une photo récente de Sander. Elle date de cet après-midi. J'ai suivi son compte à l'époque où nous étions encore potes, et je n'ai pas eu la force de me désabonner, même si mon cœur rate un battement chaque fois que son visage apparaît sur mon *feed.* Sur le cliché, son bras est passé autour de celui de Leander, tous les deux encore en tenue de football. Son sourire est rayonnant alors qu'il prend le selfie. Je passe mon doigt sur ses lèvres, et les mots de Dante me reviennent en mémoire.

« Il est en colère contre toi. Contre le monde entier aussi, parfois. » Je ferme les yeux, me demandant où il voulait en venir. *Qu'est-ce que tu ne me dis pas, Sander Campbell?*

Pris d'une impulsion, je clique sur son compte, laissant apparaître des tonnes de photos. La plupart de lui et de ses potes, avec tout leur attirail ou en simple jean. Des photos de son frère, certains réels pris en plein entraînement... Plus bas, je reconnais le bâtiment de brique dans lequel je me trouve actuellement. « Tellement fier ! #P.B.Foundation #association #nouveauprojet », légende le post.

J'abandonne Instagram pour ouvrir une page web, et tape « Parker Barnes ». Jusqu'ici, je n'avais jamais cherché à savoir d'où venait le nom de l'association. J'étais trop concentré sur le fait de découvrir son fonctionnement pour m'intéresser à ses origines.

Le titre du premier article qui apparaît dans mon moteur de recherche me saute aux yeux :

« Drame dans le Connecticut. Un adolescent retrouvé mort. » Ma gorge se noue en découvrant son contenu.

« En ce jeudi 16 janvier, le corps de Parker Barnes, un adolescent originaire de New Haven, a été retrouvé mort d'une balle dans la tête. Découvert par un de ses amis en fin d'après-midi, le jeune lycéen a, semble-t-il, mis fin à ses jours. »

L'article est accompagné d'une photo. Dessus, le garçon qui sourit est beau, avec une dent de travers et des lunettes sur son nez recouvert de taches de rousseur. Alors que je suis sur le point de continuer à parcourir l'article, un raclement de gorge me fait sursauter. Je me tourne et découvre Sander, adossé contre le chambranle.

— J'ai préparé du thé… T'en veux ?

Je hoche la tête et glisse mon téléphone dans ma poche.

— Je peux te l'apporter, si tu préfères rester ici, chuchote-t-il.

Je jette un coup d'œil à Gregory, dont le corps s'est détendu. Il dort profondément, ses traits sont apaisés, je crois que je ne risque rien à le laisser tranquille.

Je tente de sourire à Sander mais, en retour, il se contente de me scruter, attendant ma réponse. Je soupire, puis passe une main dans mes cheveux avant de me lever, signe que je suis prêt à le suivre. Il disparaît aussitôt et je lui emboîte le pas.

Lorsque je le rejoins dans la petite cuisine, il est en train de verser le thé dans deux tasses.

— Toujours sans sucre et sans lait ? demande-t-il.

Je hoche la tête tandis qu'il ouvre le frigo, se penchant pour en sortir une brique de lait. Malgré moi, mon regard s'attarde sur les muscles de son dos, sur sa grande main agrippée au réfrigérateur, sur son cul ferme moulé dans son jean. Je ne devrais pas fantasmer sur Sander, parce qu'au final, ça me fait plus de mal que de bien. Ça me rappelle que j'aurais pu profiter de tout ça, et de son sourire, au moins l'espace de quelques heures.

— Jer ?

Je cligne des paupières, et me rends compte qu'il est passé à autre chose et tend une tasse vers moi. J'étais totalement perdu dans mes pensées. Nos doigts se frôlent lorsque je prends mon thé et, l'espace d'un instant, nos regards se verrouillent l'un à l'autre. Est-ce que c'est moi qui me fais des films et imagine cette flamme brûlante dans son regard ? Cette flamme qui dit : « Je te veux. »

Sûrement. Si je n'ai pas arrêté de penser à Sander depuis le soir où sa bouche s'est posée sur la mienne, et qu'il nourrit constamment mes fantasmes, lui doit être passé à autre chose depuis un sacré bout de temps. Il n'a certainement pas besoin de donner le change. Contrairement à moi qui baise des filles dont les prénoms et les visages se confondent dans mon esprit. Parce que c'est plus facile, plus sécurisant, plus lâche aussi, que de me jeter dans le vide... La chute me fait bien trop flipper pour que j'ose ne serait-ce que m'approcher du précipice.

— Alors, commencé-je.

— Tu as... commence-t-il en même temps.

Nous nous arrêtons tout aussi simultanément. Je baisse les yeux vers ma tasse avant de prendre une gorgée. Le silence nous enveloppe. Un silence fait de gêne et de non-dits, que j'ai de plus en plus de mal à supporter. Il y a tant de choses que j'aimerais lui dire. *Je suis désolé. Je regrette. On devrait repartir de zéro. Réapprendre à se connaître. À s'apprécier.* Mais mes mots refusent de sortir.

Je lève de nouveau la tête et me mords les lèvres. En réalité, la vraie question qui me brûle depuis ce jour où nos corps sont entrés en collision, et où je me suis rendu compte que je n'avais jamais ressenti un tel désir, une telle connexion, dans un simple baiser, c'est : est-ce que je ne suis qu'un parmi tant d'autres, un type que tu baiseras et que tu oublieras aussitôt ? Je n'ai pas envie d'être ce type-là. Ce qui est assez ironique, vu que c'est exactement ce que toutes ces filles de passage sont pour moi.

— Tu as vraiment géré avec Gregory. Et merci d'être resté là, à veiller sur lui...

C'est la seconde fois qu'il me remercie ce soir, mon estomac se serre tout autant que la première face à cette vague de reconnaissance.

— C'est un chouette gamin.

— C'est vrai, acquiesce Sander.

Je hoche la tête et replonge le nez dans mon thé.

— Tu devrais rentrer. Je vais passer la nuit ici, de toute façon, précise-t-il.

— Ça ne me dérange pas de rester.

Au contraire, j'en ai envie. Pas uniquement pour prolonger cet instant avec Sander, malgré le malaise ambiant, mais parce que veiller sur Gregory me tient à cœur. Sander me scrute, les yeux légèrement plissés, puis il hoche la tête.

— Comme tu veux. Je vais te filer quelques affaires.

Je le suis en dehors de la cuisine, puis jusqu'à la petite pièce faiblement éclairée qui lui sert de bureau. Des papiers sont éparpillés sur la table, à côté d'une part de pizza à moitié mangée et d'une boisson énergisante. Sander fouille dans un placard et me tend une brosse à dents et un dentifrice, emballés, comme ceux que l'on peut trouver dans les hôtels. Puis il relève la tête et plisse à nouveau les yeux.

— Est-ce que tu veux aussi un tee-shirt ou… ?

Je me retiens de sourire.

— Non, c'est bon, je dors sans.

L'espace d'un instant, son regard parcourt mon torse. Je me demande s'il est en train de m'imaginer nu. Puis ses iris sondent les miens et un léger sourire ourle ses lèvres. Un sourire qui fait battre mon cœur un peu trop vite. Sauf que, comme toujours, il disparaît très rapidement.

— OK.

De nouveau, ce putain de silence qui finira par me tuer. C'est dingue, je peux presque sentir la tension dans l'air tellement elle est palpable, presque étouffante. Et dans ce silence, je peux presque nous entendre crier.

Je te veux.

Tu aurais pu m'avoir.

Je regrette.

C'est trop tard.

Accorde-moi une seconde chance.

Tout à coup, malgré mes doutes, ma peur, et malgré le fait que je ne suis peut-être pas aussi important pour lui qu'il l'est pour moi, je ne parviens plus à me retenir. J'avance d'un pas. Le corps de Sander se crispe. D'un autre. Ses épaules se tendent. *À ton tour. S'il te plaît. Comble cette distance. Parce que je suis trop lâche pour le faire moi-même.*

— Jer... souffle Sander.

Je suis persuadé de ne pas imaginer la douleur dans sa voix. Une douleur mêlée de désir qui me fait frissonner. Je tends le bras, crevant d'envie de le toucher. Mais un cri soudain nous fait sursauter. Et alors que nous nous précipitons dans l'escalier, je me demande si le hurlement de Gregory n'est pas arrivé à point nommé.

17

Sander

Allongé sur l'un des lits réservés aux bénévoles d'astreinte, je peine à émerger. Il n'est que sept heures et la nuit a été rude, ce n'est rien de le dire. Quand Gregory s'est réveillé en hurlant, il nous a fallu une bonne heure pour parvenir à le calmer à nouveau. L'engagement moral que nous prenons auprès de chaque jeune suivi ici me contraint à ne pas parler directement de ce qui s'est passé à la psychologue qui a commencé à le suivre récemment, mais je ne vais bien sûr pas manquer de conseiller à l'adolescent de s'ouvrir à elle. Ça ne pourrait lui faire que le plus grand bien. Ce gamin est bourré d'une anxiété qui fait mal à voir.

Est-ce que la présence de Jer dans la chambre voisine m'a également empêché de dormir ? Sans aucun doute. Je n'ai cessé de revoir la lueur de désir dans son regard hier soir. Et je n'ai bien sûr pas pu m'empêcher d'essayer d'analyser ce qui pouvait bien se passer dans sa tête. Il m'a repoussé, pas le contraire, et même si je songe souvent à enterrer la hache de guerre, dans cette querelle entre nous qui commence à avoir de moins en moins de sens, je pensais qu'il était passé à autre chose. J'en doute maintenant. Ce matin, quelque chose pèse sur mon estomac. Peut-être est-ce mon cœur, je ne sais pas trop. Je n'arrive pas à m'enlever de la tête l'image de Jer prenant soin de ce gosse, la douceur de sa voix. Je me suis rappelé nos moments de complicité avant que je fasse la connerie d'essayer de l'embrasser. Je me suis rappelé à quel point j'apprécie ce type.

Alors que j'essaie de me foutre un coup de pied au cul pour me lever, j'entends frapper doucement à ma porte. Avant que je ne puisse dire quoi que ce soit, la voix de Jer retentit de l'autre côté du battant.

— Sander ?

— Ouais ? lancé-je d'un timbre encore chargé de sommeil.

Je pourrais faire l'effort d'ouvrir le battant pour lui parler en face mais ai-je envie d'affronter Jeremiah et ses non-dits qui épaississent l'atmosphère entre nous ? Absolument pas. J'ai eu mon quota pour quelques jours, voire semaines.

— Il faudrait que je repasse chez moi avant d'aller en cours. Gregory dort encore, tu veux que je le réveille ?

C'est vrai qu'il ne faudrait pas trop qu'il tarde à se lever s'il ne veut pas être en retard au lycée où je dois le déposer.

— Non, laisse-lui encore cinq minutes, le temps que je me prépare. Tu peux y aller. Merci encore pour hier.

— OK. Bon alors… à plus.

— À plus.

J'attends encore quelques minutes puis, lorsque j'entends des pas dans l'escalier et la porte de notre local qui claque, je relâche un souffle que je n'avais même pas conscience d'avoir retenu. Je m'empresse de me lever et de me préparer. Gregory n'a déjà pas autant confiance en moi qu'en Jer, si en plus je l'emmène à la bourre au lycée, ça ne risque pas d'aller en s'arrangeant.

Je me glisse dans la petite salle de bains glacée et allume le chauffage d'appoint pour que Gregory n'ait pas à se geler quand il voudra se préparer. De mon côté, content de retrouver mes esprits, je savoure presque l'air polaire de la petite pièce en attendant que l'eau de la douche chauffe.

Je ne perds pas une minute sous le jet bouillant, conscient d'avoir déjà assez traîné au lit. Une fois vêtu des affaires de rechange que je garde toujours dans mon sac de sport, je me dirige jusqu'à la porte de la chambre dans laquelle a dormi Gregory.

Je frappe sur le battant un moment avant que la voix rauque et encore ensommeillée de l'ado finisse par me répondre. Si je me plains d'avoir passé une sale nuit, je n'ose pas imaginer ce que ça va être de son côté.

— C'est Sander. Il faudrait que tu te prépares si tu ne veux pas être en retard. Je vais aller faire couler du café.

— Ouais... OK.

— La salle de bains est au bout du couloir, j'y ai laissé une brosse à dents neuve et une serviette de toilette propre. Tu voudras qu'on passe chez toi chercher des affaires ?

— Non, pas besoin.

— OK. Je serai dans la cuisine. Retrouve-moi quand tu auras fini.

Sans attendre de réponse, je dévale l'escalier et m'attelle à préparer de quoi nous réveiller.

Quand Gregory apparaît, il ne semble pas plus décidé à se confier à moi qu'hier. Ni même à m'adresser simplement la parole, d'ailleurs. Ça ne me dérange pas, tant que je sais qu'il a quelqu'un à qui se confier. Le fait d'avoir pu constater que Jeremiah assure même dans des situations critiques me tranquillise aussi.

— Tu as récupéré toutes tes affaires ? lui demandé-je une fois son café terminé.

Il hoche la tête, toujours enfermé dans son mutisme. Toutefois, il me paraît plus apaisé qu'hier.

— Tu sais que tu peux revenir ici quand tu en éprouves le besoin. Il y aura toujours quelqu'un si tu veux parler ou juste souffler.

— Je sais. Merci.

C'est sans doute tout ce que j'arriverai à tirer de lui aujourd'hui. J'attrape donc mon sac et lui fais signe de me suivre. Une fois dehors, je me retourne pour fermer le local à clé. Il n'y aura personne pendant environ une heure, mais je ne peux pas faire autrement pour accompagner Gregory au lycée.

Il ouvre des yeux ronds comme des soucoupes quand il voit ma voiture.

— Euh... C'est ta caisse ?

— Oui. Je n'ai pas l'habitude de voler celle des autres.

— Tu vas me déposer au lycée avec ça ?

— Oui. À moins que ça pose un problème.

Il secoue vivement la tête et ouvre la portière avec précaution avant de se glisser sur le siège passager.

— C'est cool, finit-il par lâcher, un minuscule sourire au coin des lèvres.

J'aurais peut-être dû lui montrer ma voiture plus tôt, ça a l'air de le rendre un peu plus volubile avec moi. Je le regarde, puis lui rends son sourire avant de démarrer.

Je roule en silence pendant plusieurs minutes, amusé de voir Gregory détailler les différents accessoires présents dans l'habitacle. Je m'insère rapidement dans la file d'attente des parents qui déposent leur progéniture à l'école et ricane en voyant tous les ados jeter des regards envieux à ma bagnole. Gregory, sur le siège passager, a relevé la tête et se tient bien plus droit que quand nous sommes partis.

La file avance lentement, alors j'en profite pour voir si je peux l'aider davantage.

— Est-ce que tu veux que je passe un coup de fil à la psy qui te suit ? Peut-être qu'elle pourrait te voir en urgence. Si tu souhaites lui parler d'hier, évidemment.

— Non, c'est pas la peine, répond-il en secouant la tête. J'ai rendez-vous avec elle demain, de toute façon. Et puis, ça m'a déjà fait du bien d'avoir quelqu'un à qui parler.

— On est là pour ça.

Arrivé au bout de la file, je me tourne vers lui en attendant qu'il récupère ses affaires. Son sourire s'est encore agrandi et je me rends compte que même s'il ne me fait pas encore vraiment confiance et qu'il ne se confie pas à moi comme à Jer, je n'aurai au moins pas fait de mal à sa cote de popularité ce matin. Il descend de ma voiture et je lui adresse un signe de la main, attendant qu'il s'éloigne avant de redémarrer.

J'arrive au stop pour sortir du parking du lycée quand mon téléphone se met à sonner. Je déclenche le kit mains libres et la voix de Nyx résonne alors autour de moi.

— Sander ? Tu es dans un avion ou quoi ?

— C'est le bruit du moteur de ma voiture, Moustique. Tu l'as déjà traitée de boîte à sardines la dernière fois, il va falloir que tu fasses attention à toi si tu ne veux pas avoir des problèmes !

Elle ricane, je l'imagine parfaitement lever les yeux au ciel.

— Dis, je suis en train de préparer ma valise et je voulais savoir s'il fallait prévoir d'emporter un maillot de bain au camp de vacances Campbell ?

C'est à mon tour de rire. Nyx, si elle n'existait pas, il faudrait l'inventer.

— Tu as conscience qu'on ne part pas avant une semaine, Moucheron ? Tu fais déjà ta valise, toi ?

— Tu te rappelles que j'ai été élevée par un pasteur coincé du cul et sa femme ? Je ne suis jamais partie en vacances de ma vie, Brutus. Ça me stresse, j'ai pas envie de me louper.

Elle a le chic pour me rappeler que tout le monde n'a pas eu l'adolescence dorée et insouciante dont j'ai bénéficié. C'est pour ça que j'adore cette fille : elle n'hésite jamais à me faire redescendre de la planète Sander.

— Oui, tu peux prendre un maillot de bain. Il y a un lac qui ne sera sûrement pas très chaud, mais il y a aussi un énorme Jacuzzi.

— Il y a souvent des Jacuzzi dans les camps de vacances ? demande-t-elle, dubitative.

— Non, pas que je sache. Mes parents ont rénové après avoir acheté.

— C'est cool, en tout cas ! Ça va changer du froid polaire et de la neige. J'en peux plus.

— Oui, j'ai hâte aussi. Et pour tout t'avouer, je ne suis pas mécontent de m'éloigner de Jeremiah pendant quelques jours. Ça va vraiment me faire du bien de ne plus réfléchir à ce que je ressens quand il est dans les parages.

Au bout du fil, Nyx se racle la gorge.

— Quoi ?

— La future psy en moi se retient très fortement de te dire que fuir tes problèmes ne les résoudra pas. Ta pote qui s'est sauvée de l'Alabama, par contre, te promet de gros pichets de margarita pour oublier ton hockeyeur.

— T'es la meilleure, Moustique.

— Si seulement tout le monde pouvait en avoir conscience, ajoute-t-elle avant de raccrocher.

Je ris un moment en silence avant de repenser à ses paroles. Elle a raison, je fuis. Le Tennessee arrive à point nommé, à un moment où je ne sais plus ce que je pense ni ce que je ressens. J'en ai marre d'avoir toujours le cul entre deux chaises concernant Jeremiah. Marre de devoir sans cesse me répéter que je ne peux plus me permettre de me laisser aller avec lui, même s'il m'en offrait l'opportunité. J'ai déjà bien trop souffert la dernière fois qu'il m'a rejeté comme une merde. Si ça se reproduisait, je ne m'en remettrais pas.

18

Jeremiah

La maison est étrangement calme lorsque je passe la porte d'entrée après mon service au restaurant. Je suis le seul de mes colocataires – et coéquipiers – à être encore sur le campus. Carter et Blake doivent avoir embarqué pour Cancún, et Scott est sûrement en train d'avaler les derniers kilomètres qui le séparent de sa destination. Et de la mienne. J'ai eu beau aller voir Dante pour lui annoncer que j'avais changé d'avis et que je préférais ne pas venir, il n'a pas accepté ma réponse.

— Mec, tu viens. Fin de la conversation.

J'ai eu beau arguer que ce n'était pas une bonne idée, que je n'avais pas envie de gâcher les vacances de Sander, tout ce qu'il a rétorqué, c'est :

— Ce camp fait des centaines d'hectares. Pour un peu, vous ne serez même pas obligés de vous croiser.

Évidemment, ses mots ne m'ont pas convaincu une seule seconde. Nous savions tous les deux qu'à moins de m'isoler dans les bois, je passerais plusieurs heures en compagnie de son frère. Constatant que mon plan A avait foiré, j'ai voulu passer au plan B : avertir Sander de l'invitation de Dante et le laisser se démerder avec lui pour m'évincer. Je sais qu'il l'aurait fait. Tout comme je peux déjà imaginer sa tête quand il me verra.

Cette pensée ne me quitte pas tandis que, prêt à prendre un peu de repos avant de tailler la route, je me glisse sous mes draps alors que la nuit tombe. Elle ne m'a toujours pas quitté lorsque j'avale mon thé ce matin, que je balance mon sac dans mon coffre et que je laisse le campus endormi. Mon sommeil a été chaotique, mais j'ai promis à Dante d'être là en début d'après-midi, alors je ne peux plus différer mon départ.

Je peux presque entendre la voix de Sander résonner dans ma tête. *Qu'est-ce que tu fous, Marner? T'es pas le bienvenu ici. Rentre chez toi.* Même si je suis persuadé du contraire, je pourrais être surpris. Après tout, ces dernières semaines, Sander et moi avons atteint un certain *statu quo*. Certes, c'est loin d'être de l'amour fou, pas même l'amitié que nous avons autrefois partagée et que nous ne retrouverons jamais, mais j'ai l'impression que les limites entre notre haine et le désir que nous ressentons l'un pour l'autre sont de plus en plus floues. Ces sentiments contradictoires, je peux presque les sentir nous envahir lorsque nous nous retrouvons dans la même pièce et que nos regards se verrouillent un peu trop longuement. Parfois, je dois lutter pour ne pas le plaquer contre un mur et l'embrasser. Parce que j'en meurs tellement d'envie que c'en est douloureux, mais peut-être pas autant que le serait sa réaction s'il venait à me repousser. Alors nous tâtonnons, essayant chacun de mettre de l'eau dans notre vin pour nous entendre, même si je suis conscient qu'il ne faudrait pas grand-chose pour nous faire basculer.

Lorsque j'arrive devant l'immense barrière en bois du domaine, j'avise plusieurs voitures garées dans l'herbe, dont la Jeep de Leander et la Mustang de Dante. Mon estomac se noue. Encore une fois, j'hésite à faire demi-tour, ce qui serait vraiment très con après avoir roulé pendant près de huit heures. Je me rencogne sur mon siège et passe une main dans mes cheveux, essayant de calmer le tremblement soudain de mes mains. J'attrape mon téléphone et appelle Dante pour le prévenir que je suis arrivé.

— Ne bouge pas, je suis là dans trente secondes.

En effet, il ne faut pas longtemps pour que j'entende le bruit d'un moteur avant de voir Dante débouler sur un quad. Il me fait signe avant de déverrouiller le portail fermé par un lourd cadenas en fer et de me laisser entrer. Je me gare à côté de la Jeep de Leander, et à peine suis-je sorti de la voiture que mon regard embrasse les hectares de terrain qui m'entourent. Mon souffle se coupe lorsque je découvre les centaines d'arbres formant un bois, ainsi que l'immense lac scintillant dans le lointain. Le vent porte des rires jusqu'à moi, rapidement étouffés par le bruit du véhicule de Dante.

— Allez, grimpe.

Je récupère mon sac dans le coffre et, après une dernière inspiration, saute derrière mon chauffeur. Voilà, il est trop tard pour reculer, désormais.

Durant le court trajet jusqu'au bâtiment principal tout en bois, je ne sais plus où donner de la tête. Cet endroit est incroyable.

Des visages souriants me saluent lorsque je m'avance vers eux. Leander m'offre une accolade, tandis que Chase et Scott me font signe depuis le Jacuzzi dans lequel ils se prélassent.

— Tu as fait bonne route ? demande Leander en me tendant une bière que j'accepte avec gratitude.

Peut-être qu'elle m'aidera à ôter la boule qui me noue la gorge.

— Ouais, mais j'ai la dalle.

— Ça tombe bien, déclare Dante en passant un bras autour de mon épaule. Knox est en train de s'occuper du barbecue.

Il n'est pas loin de quatorze heures, mais je suppose qu'ils ont dû arriver tard hier et faire la grasse matinée. Je tourne la tête, cherchant Sander du regard malgré moi. Il n'est nulle part en vue.

— Il est au lac avec Nyx, Eva, et Dee, murmure Dante à mon oreille.

Ils se baignent? Certes, le soleil est radieux, mais il fait tout de même froid.

— Tu veux faire le tour du propriétaire et déposer tes affaires ? Je vais te montrer ton chalet.

Mon chalet? C'est une blague?

Apparemment non. Nous remontons sur le quad pour traverser une vaste étendue herbeuse jusqu'à une rangée de petites cabines en bois. J'en compte sept en tout, dans ce coin du parc. Peut-être y en a-t-il ailleurs.

Docilement, je suis Dante jusqu'à la mienne. Lorsque je pénètre à l'intérieur, je remarque qu'elle est inoccupée. Aucune fringue ne traîne, indiquant que quelqu'un d'autre dormirait ici.

— Estime-toi chanceux, tu as le chalet pour toi tout seul.

Je souris en avisant son visage amusé.

— Merci, mec.

— Arrête de me remercier. Ça me fait plaisir que tu sois là.

— Pas sûr que ce soit le cas de tout le monde, ne puis-je m'empêcher de grommeler.

Plus les minutes défilent, plus le stress monte.

— Eh. Tu es mon invité, je me fous de ce que mon frère en pense.

J'aimerais me convaincre que je m'en fous tout autant, mais la vérité, c'est que je flippe. J'aimerais que cette semaine nous permette de... Je ne sais pas vraiment, en fait. Nous rapprocher? Parler à cœur ouvert? Cette simple idée me fait grimacer.

— Allez, viens. Allons dire bonjour aux filles.

Et à Sander, même s'il ne le dit pas. Je sens que je vais rapidement m'en mordre les doigts.

Je comprends vite l'intérêt des quads pour circuler dans le domaine. Même si tout est faisable à pied, le camp est tellement étendu que le véhicule est un gain de temps important.

Une fois devant le lac, on rejoint les filles qui sont sorties de l'eau et discutent sur l'herbe, emmitouflées dans des serviettes.

— Tu nous rapportes à boire ? demande Eva en avisant Dante.

— Mieux que ça, répond-il en se poussant pour qu'elles me voient.

Le visage d'Eva s'illumine et elle se relève avec agilité avant de me foncer dessus. Ses bras s'enroulent autour de mon cou et je la serre contre moi.

— Je ne savais pas que tu viendrais ! murmure-t-elle.

— J'ai hésité, pour être honnête.

Je finis par la relâcher et plisse les yeux en entendant le bruit d'un jet-ski fendant l'eau. Mon cœur rate un battement en découvrant Sander filer sur le lac, éclaboussant tout autour de lui.

— Je crois que le déjeuner est bientôt prêt, les filles. Vous venez ?

Dee et Nyx se lèvent. Alors que cette dernière passe devant moi, elle me fait signe de me pencher vers elle. Elle est si petite que je dois presque me plier en deux pour être à sa hauteur.

— C'est ta chance, Jer. Et la sienne aussi. Ne vous entretuez pas.

J'ai à peine le temps de comprendre ce qu'elle a voulu dire que tout le monde s'éclipse, me laissant seul. *Seul ? Pas vraiment.*

Doucement, je m'approche de l'eau, et observe Sander faire des pirouettes avec son jet-ski. Je m'attarde sur ses cuisses puissantes, ses cheveux mouillés qui rebiquent dans tous les sens. Je profite du fait qu'il ne m'ait pas encore remarqué pour me gorger de la vision de ce type ne portant pour tout vêtement qu'un short de bain, de ses épaules nues et carrées, de son dos musclé, de ses fesses parfaites tandis qu'il se penche vers l'avant.

Je suis tellement perdu dans ma contemplation que je ne remarque pas que le moteur s'est arrêté, plongeant le lac dans un silence total. Je cligne des paupières.

Lorsqu'il approche de la rive, je manque de m'étouffer avec ma salive. C'est la première fois que je le vois torse nu, des gouttes d'eau dévalant sa peau et, alors que mon regard s'attarde sur ses pectoraux bien développés, sur ses abdominaux ciselés, sur ce V qui m'oblige à baisser les yeux jusqu'à son short... je commence à bander. Une érection qui se flétrit aussi vite qu'elle est apparue lorsque je remonte vers son visage et croise son regard vert braqué sur moi.

— On peut savoir ce que tu fous là ?

Je l'aurais parié.

19

Sander

Au milieu du lac, debout sur mon jet-ski, je scrute Jeremiah qui se tient au bord de l'eau face à moi. Je me rends vaguement compte que le moteur de mon engin est éteint et je comprends que j'ai dû tirer sur la ficelle d'arrêt d'urgence machinalement. Le choc, sans doute. La stupeur de le voir ici, à huit heures de route de Saint-Louis. Je ne sens même pas le froid alors que, malgré le soleil, la température ne doit pas excéder vingt degrés, sans parler de l'eau glacée du lac.

— Qu'est-ce que tu fous là ? répété-je après m'être approché et avoir déjà posé la question une première fois.

Il ne peut pas vraiment être là, si ? Il est en route pour une autre destination et a voulu dire bonjour à Eva. C'est l'unique explication à sa présence *chez moi*. Mais toutes mes belles illusions s'envolent en quelques secondes quand il me répond :

— Dante m'a invité.

Dante ? Comment mon frère aurait-il pu faire ça ? Me *faire ça ? Il devait se douter que ça allait me faire péter un plomb, non ?*

Je tente encore pendant un moment de me convaincre que je suis en train de rêver – de cauchemarder, plutôt – et que Jeremiah n'est pas vraiment sur la rive de *mon* lac. J'inspire à pleins poumons pour ne pas me laisser envahir par la rage. À cet instant précis, je n'ai plus aucun sentiment ambivalent à l'égard de Jer. Je ne suis que colère, et celle-ci me fait trembler de tous mes membres.

À moins que ce ne soit le froid de l'eau sur mon torse et dans mes cheveux ?

Je finis par remettre le contact du jet-ski et le dirige jusqu'au ponton pour pouvoir l'y attacher.

En marchant jusqu'à la plage et mes affaires qui se trouvent à moins d'un mètre de Jer, je remarque que celui-ci se tourne dans ma direction et qu'il est sur le point d'ouvrir la bouche, mais je ne peux pas le laisser s'exprimer maintenant. Je secoue donc la tête et lui adresse un regard noir. Je ne veux pas l'entendre. Je suis bien trop en rogne, je ne sais pas de quoi je pourrais être capable. Qu'est-ce qu'il s'imaginait en débarquant ici ? Que j'allais l'accueillir les bras ouverts ? Moi qui voulais une semaine de relaxation totale, loin de Jeremiah et de ce foutoir d'émotions contradictoires qu'il fait toujours naître dans ma tête, c'est raté ! L'espace d'une seconde, j'envisage de reprendre la route, direction Saint-Louis. Je pourrais prendre la Mustang de Dante, ça lui ferait les pieds. J'écarte cependant vite cette possibilité. Ici, je suis chez moi et il n'est pas né, celui qui me fera fuir de mon propre camp de vacances.

Je me sèche rapidement les cheveux et enfile un sweat-shirt sans me soucier de mon short de bain trempé. Je m'empare de mes affaires et me dirige à grandes enjambées jusqu'au quad avec lequel je suis venu. Les filles ne sont plus en vue, j'imagine qu'elles sont reparties avec ce traître de Dante.

Je suis tellement en colère après mon frère qu'il vaut mieux que je ne rentre pas directement au chalet principal. J'enfourche la selle de mon véhicule tout-terrain, et fais démarrer le moteur, vaguement conscient du « Sander ! » que Jer crie derrière moi pour essayer de m'arrêter mais que je préfère ignorer.

Je ne me soucie pas de la direction que je prends. Je roule à toute vitesse sur les chemins du camp. Le lac, les arbres et les chalets se mélangeant dans une espèce d'image floue. J'essaie de respirer à fond, de compter jusqu'à dix, mais aujourd'hui, rien à faire, je ne parviens pas à me calmer.

Il faut que je me confronte à mon frère. Je ne peux pas rester sans lui dire ce que j'ai sur le cœur, sinon ma rage risque de prendre des proportions démesurées. Je n'ai pas besoin que mes foutus troubles psy viennent foutre la merde pendant ces vacances que j'attendais avec impatience depuis des semaines, alors j'opère un demi-tour et fais ralentir mon engin pour rouler à une vitesse beaucoup plus mesurée. Je prends la direction du bâtiment principal, apercevant rapidement mes amis qui sont en train de mettre la table et de boire des bières. Je devrais être parmi eux, à rire et déconner. Au lieu de ça, je laisse ma colère me priver des meilleurs moments de ma vie. J'en ai conscience, pourtant je n'ai aucune idée de comment arrêter cette spirale infernale.

En descendant du quad, j'essaie encore de me raisonner. Une lointaine petite voix m'encourage à passer à autre chose. Malheureusement, elle est bien trop faible pour que je l'écoute.

Je marche jusqu'au chalet, puis monte les quelques marches jusqu'à la terrasse. J'entends à peine les autres qui m'alpaguent pour me demander ce que je foutais. Mon frère passe les immenses portes vitrées, et je ne suis plus vraiment au contrôle de mes propres actions quand je le plaque contre le mur extérieur. Je le maintiens par son tee-shirt roulé en boule dans mes points serrés. Autour de moi, j'entends des concerts d'exclamations. Il me semble que Leander fait un geste pour aider Dante, mais Nyx l'en empêche.

— Tu t'es dit que je n'avais pas assez de raisons pour péter les plombs ? Tu penses que ce n'est pas suffisamment difficile de me contrôler au quotidien pour en rajouter ?

Face à moi, mon frère a pris une expression stoïque que je lui connais trop bien. Il n'essaie même pas de se défendre.

— Tu veux savoir pourquoi je l'ai invité ?

Je ne réponds pas, sa question est sans aucun doute rhétorique. Il me fournira la réponse d'une seconde à l'autre.

— C'est le putain de camp de vacances Campbell, Sander ! Je suis encore un Campbell que je sache. Ici, c'est aussi chez moi. Et j'invite les amis que je veux.

Il a raison, bien sûr. Sauf que Jeremiah n'a jamais été son meilleur pote. Alors pourquoi l'avoir fait venir, si ce n'est pour me faire chier ? Quoi qu'il en soit, je ne suis pas certain d'être encore capable de réfléchir avec lucidité. Je ne ferais jamais de mal physiquement à Dante et il le sait, mais à quel point suis-je capable de détruire ce lien fraternel qui a toujours été fort entre nous ? À quel point suis-je capable de gâcher les vacances de tout le monde ?

— Sander…

Jer, que je n'ai pas entendu arriver, pose sa main sur mon épaule. Cela me ramène à la réalité et me permet de me rendre compte de ce que je suis en train de faire. Je lâche alors Dante avant de me dégager violemment de ce contact qui n'attise pas ma colère comme je l'aurais cru.

— Toi, tu me fous la paix, sifflé-je froidement en pointant un doigt dans sa direction.

Je me détourne et redescends les marches de la terrasse. Sans réfléchir, j'emprunte le petit chemin qui grimpe derrière le chalet principal.

Ma randonnée improvisée est courte, mais je suis essoufflé quand j'arrive en haut de la butte qui surplombe tout le camp de vacances. J'essuie mes joues des larmes que je n'avais pas senties couler. Je m'assieds sur un rocher, ferme les yeux et me laisse baigner par le soleil.

Je n'en avais pas pris conscience, mais je suis gelé, mon short de bain trempé toujours sur moi.

Je garde les paupières fermées, même quand j'entends des pas provenant du sentier par lequel je suis arrivé. Je reconnais le parfum musqué de Jeremiah et ne réagis pas. Je ne l'envoie pas balader, je crois que je me suis suffisamment comporté comme un connard égoïste aujourd'hui.

Je sais qu'il est à quelques centimètres de moi, mais je garde ma position : les bras tendus derrière moi, le visage offert au soleil.

— J'ai longtemps hésité avant de venir, finit-il par lâcher.

Je ne réponds pas, je n'en ai pas envie. Je ne lui dis pas de la fermer non plus, ce qui pourrait déjà être considéré comme un progrès.

— Puis je me suis dit, peut-être à tort, que si on arrivait à bosser ensemble, on arriverait sans doute à se supporter assez pour passer des vacances au même endroit.

Sa voix est douce, comme quand il essayait de calmer Gregory l'autre jour. Qui pourrait lui reprocher d'utiliser le même ton avec moi ? Je suis largement plus instable que la plupart des ados que nous recevons à la fondation.

— Et puis ton frère a fait remarquer, à juste titre, que le camp était immense. Si tu veux qu'on s'évite, ça doit pouvoir se faire.

Je ne peux pas m'en empêcher, je ricane. Puis, je me mets à rire franchement. Quand j'ouvre enfin les yeux, Jer me regarde comme si j'avais perdu la raison pour de bon. Il n'a peut-être pas tort, toutefois je viens de me rendre brusquement compte du point auquel tout ça me paraît ridicule. Cette animosité et cette tension entre nous me font péter un plomb devant mes potes jusqu'à risquer de blesser mon frère.

Je plante mon regard dans le sien, à deux doigts de lui dire que je suis désolé. Désolé d'être celui que je suis, de ne pas pouvoir surmonter ce qui s'est passé entre nous. Mais j'en suis empêché par Nyx qui apparaît derrière Jeremiah.

— Je venais juste voir si tout le monde était encore vivant ! lance-t-elle avec son naturel habituel. Mais bon, je remarque que je me suis tapé une côte de la mort et qu'il ne vous manque aucune dent.

— J'aurais l'air de quoi, Moustique, avec une dent en moins ?

— D'un idiot. Vous venez manger ? Ce drama m'a ouvert l'appétit et je crois que Knox a fait cuire l'équivalent d'un bœuf.

Elle fait demi-tour avant de repartir en direction du chalet. Je me tourne une dernière fois vers le paysage. À mes côtés, Jer fait de même.

— Je l'aime bien, cette fille, déclare-t-il.

— Moi aussi. Et elle a raison, je crève la dalle. On va manger ?

J'essaie de faire comme si de rien n'était. Je prends peut-être mes désirs pour des réalités, mais si j'arrive à mettre toute mon agressivité de côté, je me dis qu'on pourrait peut-être finir par s'entendre, retrouver un semblant de cette amitié qui nous unissait avant.

20

Jeremiah

Je ne cesse de découvrir à quel point le camp de vacances est étendu, et magnifique. En plus du lac, du Jacuzzi installé sur l'immense terrasse en bois et du coin barbecue situé de l'autre côté du bâtiment principal, cet endroit possède un terrain de golf, une piscine de taille olympique et des hectares de forêt.

Pendant le déjeuner, je n'ai pas pu m'empêcher d'interroger Dante sur cet endroit. Il m'a expliqué que ses parents ont racheté ce camp abandonné il y a des années et, après avoir beaucoup investi pour le restaurer, ils l'utilisent désormais pour la famille ou pour le boulot. Ils organisent des séminaires et des week-ends de *team building*.

Bien que j'aie toujours su que les jumeaux viennent d'une famille riche, je ne m'étais jamais rendu compte à quel point.

— Il te manque quand même le plus important, déclaré-je à Dante en avalant une gorgée de bière.

Nous sommes tous installés devant un immense brasero sur les rives du lac, observant le soleil se coucher à l'horizon. Le ciel est magnifique, mêlé de couleurs orangées qui se fondent dans le ciel bleuté.

— Ah ouais ? Et quoi ?

Je n'ai pas le temps de répondre que Sander intervient :

— À ton avis, frangin ? Une patinoire.

Je tourne la tête vers Sander, surpris qu'il ait aussi rapidement deviné ce que je m'apprêtais à dire. Lorsque mon regard croise le sien, il se contente de hausser les épaules, comme si c'était évident. Mais pour moi, c'est plus que ça. C'est la preuve qu'il sait combien j'aime être sur la glace. Patiner est ma passion depuis que je suis gosse. Qu'il en ait cerné l'importance dans mon quotidien me noue la gorge.

Sander détourne rapidement les yeux au moment où Scott ajoute :

— Je suis complètement d'accord. Faites construire une patinoire et je passerai toutes mes vacances ici.

— Si c'était ton moyen pour les convaincre, tu t'es planté, ricane Leander.

Scott lui répond par un doigt d'honneur et j'éclate de rire. Des voix excitées me font lever les yeux. J'avise Dee et Eva en train de se rapprocher de nous, encombrées de sachets de guimauves et de plaids. Elles nous les balancent plus ou moins à la figure avant de s'asseoir. Eva se glisse près de moi et nous emmitoufle ensemble. Je souris et passe mon bras autour de ses épaules pour la serrer contre moi. Je sais que, même si elle adore être avec moi, c'est à quelqu'un d'autre qu'elle aurait préféré être collée ce soir. Et comment lui en vouloir ? Je suis dans le même cas. Elle pose sa tête sur mon épaule et je respire l'odeur de son shampoing à la pomme verte.

— De quoi vous parliez ? demande Dee en ouvrant un sachet de guimauves avant de commencer à préparer des brochettes.

— De la patinoire qui prendra bientôt place dans le parc, réplique Nyx avec un clin d'œil.

— Je te laisse appeler nos parents pour les prévenir, Moustique, renchérit Sander.

Sa pote lui répond par un grand sourire avant de tendre la main dans sa direction.

— File-moi ton portable, je le fais maintenant.

— Le pire, c'est qu'elle en est capable, déclare Leander.

Ils continuent à discuter avec animation pendant que j'observe tout ce petit monde. Je ne peux m'empêcher de jeter un coup d'œil à Sander, qui joue avec l'étiquette de sa bière, tout en discutant à voix basse avec Nyx. Son visage est détendu, je vois à quel point il est dans son élément, entouré de son frère et de ses meilleurs amis. Mais je me demande de plus en plus quelles blessures il cache derrière ce sourire affable. Je repense à son pétage de plombs de tout à l'heure, quand il s'en est pris à Dante pour m'avoir invité. Je me souviens de l'ambiance tendue, tout le monde retenant son souffle, se demandant s'ils allaient en venir aux mains. Je me rappelle ses muscles crispés, son regard enflammé... Et plus tard, ces larmes qu'il n'a pas vraiment eu le temps de sécher avant que je le rejoigne. *Qui es-tu, Sander Campbell? Qui es-tu vraiment?* Je ne cesse de me le demander. Ses éclats de colère sont loin d'être rares, mais est-ce uniquement moi qui les provoque ou y a-t-il autre chose?

J'ignore s'il sent mon attention sur lui, ou si lui non plus ne peut pas s'empêcher de me lancer des regards, toujours est-il qu'il finit par lever les yeux et croiser les miens. L'espace de quelques instants, nous restons prisonniers l'un de l'autre, comme si le monde autour de nous avait cessé d'exister.

— Un chamallow?

Je cligne des paupières lorsque Chase me tend un pic dégoulinant de guimauve grillée. Finalement, je ne regrette pas d'avoir accepté de venir. Parce qu'être entouré de cette bande, c'est un super moyen de passer mes vacances. Sans compter que, malgré notre faux départ avec Sander cet après-midi, notre brève discussion quand je l'ai rejoint nous a permis, en quelque sorte, d'enterrer la hache de guerre. Tout n'est pas gagné, et je ne sais pas de quoi demain sera fait, mais ce soir, j'ai juste envie de profiter.

Mes paupières sont de plus en plus lourdes, j'ai du mal à garder les yeux ouverts. Il faut dire qu'entre ma courte nuit, mes huit heures de route, et l'après-midi fort en émotions, je suis épuisé. Je passe une main sur mon visage et dissimule un bâillement derrière ma main.

— Déjà prêt à aller te pieuter, Marner ? ricane Scott.

Je lève les yeux au ciel et réponds :

— Certains ont bossé tard hier et se sont levés tôt. J'ai besoin de récupérer.

— Laisse tomber, Jer. La majorité d'entre eux ne connaît pas la définition de « travailler pour payer ses factures », rétorque Nyx.

Je lui souris tandis que les autres se rebiffent gentiment. C'est vrai, parfois, j'oublie combien ils sont privilégiés. Parce qu'ils ne le montrent presque pas. Certes, le domaine où nous nous trouvons prouve que la famille Campbell n'est pas dans le besoin, mais au quotidien, il suffit de leur enlever leurs belles bagnoles et ces gars-là sont comme tout le monde. Je crois que c'est pour ça que nous nous entendons tous si bien. Ils n'affichent pas leurs privilèges. Certes, Leander m'a laissé un pourboire de six cents dollars récemment, mais je ne vais pas cracher là-dessus.

— Peut-être qu'on ne bosse pas, Moustique, mais je suis certain que mes œuvres en poterie rapporteront un joli tas de fric, un jour.

Je fronce les sourcils. Ses œuvres ? Quelles œuvres ? Depuis quand est-il artiste ?

— Tu parles de tes échecs avec la glaise ? le taquine Nyx.

— Tu n'y comprends rien, c'est tout, répond-il en haussant les épaules. C'est de l'art contemporain.

Des éclats de rire s'élèvent autour du brasero, et le sourire de Sander s'étire.

— Si ça te rassure de croire ça, répond Nyx. Si tu veux, la prochaine fois, je prends une photo de ton « art » pour lancer des enchères sur Insta.

— Fais pas ça, les gens sont susceptibles de l'acheter juste parce que c'est lui qu'il l'aura créé, répond Leander. Et son ego n'a pas besoin de ça.

Tout le monde ne peut qu'acquiescer. Inutile de se voiler la face, à Saint-Charles, les footballeurs ne sont considérés comme rien de moins que des dieux. Ils ont leurs groupies et, sur les réseaux sociaux, des comptes de fans prêts à tout pour leurs idoles. Parfois, je suis un peu jaloux de leur notoriété. Ils sont bons, certes. Même s'ils n'ont pas gagné le championnat NCAA cette année. Mais notre équipe de hockey est tout aussi bonne. Nous enchaînons les victoires, nos stats sont parmi les meilleures de la ligue, cependant nous ne jouissons pas du même engouement du public. Je crois que c'est une des raisons pour lesquelles, si je parviens à percer en NHL, j'aimerais évoluer dans une équipe canadienne. Là-bas, ils ont le hockey dans le sang.

— C'est toi qui parles d'ego ? rétorque Sander. C'est l'hôpital qui se fout de la charité, mec.

J'observe leur échange d'un air amusé. Je ne sais pas comment la conversation a dévié de « Je vais aller me pieuter » à « Des enchères pour Sander sur Insta », mais c'est divertissant. Et déstabilisant. Parce que depuis que j'ai appris que Sander fait de la poterie – de la poterie, pour l'amour du ciel –, je ne peux effacer les images qui s'impriment dans mon esprit. Ses grandes mains recouvertes d'argile en train de sculpter son « art ». Ses grandes mains sur moi, me caressant, m'effleurant...

Un coup de coude me fait sursauter, me sortant de mon fantasme qui est sur le point de me faire bander.

— T'étais parti où ?

Je me tourne vers Eva qui m'observe, les yeux plissés.

— Désolé... C'est la fatigue. Je crois qu'il faut vraiment que j'aille me coucher.

Joignant le geste à la parole, je me lève et souhaite une bonne nuit à tout le monde avant de me diriger vers l'un des quads. Je presse le pas pour aller me pieuter... et avant ça, me branler.

21

Sander

Installé sur la terrasse autour de la grande table extérieure, je déguste mon café et profite du soleil. Les températures du Tennessee sont beaucoup plus clémentes que celles du Missouri. De plus, cette journée s'annonce exceptionnellement chaude. Chase, Dee, Knox, Dante et Eva sont à mes côtés, en train de prendre leur petit déjeuner. Leander et Nyx dorment encore, je suppose que Scott aussi, même si je ne suis pas allé vérifier.

— Où est Jer ? me questionne mon frère.

— Qu'est-ce que j'en sais ? Je ne suis pas sa baby-sitter, que je sache.

Je lui adresse un grand sourire pour lui faire comprendre que malgré sa capacité à m'agacer, je l'aime.

En réalité, je sais parfaitement où se trouve Jeremiah. Mon chalet, légèrement en hauteur, a une vue plongeante sur le sien. Je l'ai vu partir ce matin, baskets aux pieds. Pas que je l'espionne ou quoi que ce soit du genre... *Mon petit Sander, même à toi-même, tu mens très mal.*

Ça fait d'ailleurs presque deux heures qu'il est parti, je commence à me demander ce qu'il fout. Mais après tout, il a pu décider de piquer une tête dans le lac depuis le chemin qui en fait le tour.

Je repose ma tasse sur la table quand le portable de Dante se met à sonner.

— Tu tombes bien, mec ! On se demandait justement ce que tu foutais. Tu t'es perdu entre ton bungalow et le chalet principal ?

Je comprends aux paroles de mon frère qu'il discute avec Jeremiah. Je tends l'oreille, tout en faisant semblant de ne pas être intéressé par leur conversation.

—Ah merde ! Euh... C'est pas trop mon domaine, ça. Je vais te passer mon frère, c'est son truc, les bestioles.

Les bestioles ?

Je me retourne vers Dante en fronçant les sourcils, celui-ci me tend le téléphone sans me fournir d'explication. Je souffle suffisamment fort pour que le hockeyeur en vadrouille m'entende, puis je m'empare de l'appareil. Autour de la table, toute l'attention s'est portée sur moi.

—Allô ?

—Euh... Sander ?

Au bout du fil, la voix de Jeremiah est légèrement tremblante.

—Le seul et l'unique ! Un problème ?

—Oui. Mais je voudrais pas te déranger.

Qu'est-ce qu'il me fait, là ? Depuis mon gros pétage de plombs à son arrivée, on a mis en place une sorte de trêve. On est toujours pas meilleurs potes, mais je n'ai plus envie de lui coller mon poing dans la figure à tout bout de champ. Ça me paraît donc vraiment bizarre qu'il ait l'air si peu sûr de lui.

—Crache le morceau, Jer ! J'aimerais bien pouvoir finir mon café.

Je ne peux pas m'empêcher d'être désagréable quand on me prive de caféine.

—Y a un énorme serpent qui me barre le chemin, débite-t-il à toute vitesse.

—Contourne-le.

—Il est complètement en travers du sentier, Sander. Je ne peux pas le contourner.

La panique fait monter sa voix dans les aigus. Apparemment, il n'est pas un fan des serpents.

—Alors fais demi-tour.

—Il... il me regarde, Sander. Il va forcément me suivre.

Je suis tenté de lui demander s'il court si lentement pour se faire rattraper par un reptile sans jambes, mais j'ai compris au timbre de sa voix que ce n'est pas le moment de me foutre de sa gueule.

— OK. Je vais venir te chercher en quad. Tu es où?

Je me lève de table alors qu'il commence à m'expliquer combien de temps il a couru avant de tomber sur le serpent et quels sont les repères dans le paysage, autour de lui, qui pourraient m'aider à déterminer sa position. Je pourrais lui demander de me partager sa localisation avec son téléphone, mais je ne suis pas certain que ce soit très précis au bord du lac.

— Je pense voir où tu te trouves, finis-je par lui répondre. Ne bouge pas.

— Ça ne risque pas.

Sans prendre le temps d'expliquer quoi que ce soit à personne, je rentre dans le chalet et me dirige jusqu'au panneau où les clés des quads sont accrochées. J'en saisis une et sors en trombe du bâtiment. Les quads sont tous garés au même endroit, j'enfourche celui qui correspond à la clé que j'ai dans la main. Je ne peux pas emprunter le sentier qui borde le lac, il est souvent trop étroit et n'est parfois composé que de planches sur pilotis, j'opte donc pour le chemin de terre qui sillonne le bois.

Je roule à vitesse réduite et repère rapidement ce dont Jeremiah m'a parlé au téléphone. Je coupe le moteur de mon véhicule tout-terrain avant d'en descendre, puis je me dirige entre les arbres en direction de la rive du lac.

Je m'arrête dès l'instant où j'aperçois Jer. Il est perché sur un gigantesque tronc d'arbre tombé suite à la dernière tempête, les yeux rivés au sol. Dans n'importe quelle autre circonstance, j'aurais ri, mais je sais à quel point les phobies ne se contrôlent pas. Je continue alors à avancer lentement jusqu'à repérer le reptile fauteur de troubles. C'est un mocassin d'eau, un serpent de la famille des vipères. Pour le coup, Jeremiah a eu du bol de ne pas marcher dessus par inadvertance. L'animal l'aurait inévitablement mordu, alors que son venin est potentiellement mortel. Cela dit, il ne barre pas vraiment le chemin puisqu'en signe de défense, le serpent s'est enroulé sur lui-même et siffle en montrant ses crochets.

Sur le bord du chemin, je ramasse un long morceau de bois. Je m'approche ensuite derrière l'animal, faisant signe à Jeremiah de ne pas faire de bruit. Ses yeux s'agrandissent de terreur quand il comprend ce que je suis sur le point de faire.

D'un mouvement rapide, je place le bout de bois sur la tête du mocassin avant de me pencher et de le saisir au plus près de sa mâchoire. Il n'est pas spécialement ravi de mon traitement, je m'empresse donc d'aller le relâcher dans un buisson près des bords du lac. Quand je dis relâcher, cela ressemble plutôt à « lancer aussi loin que je peux ». Je ne crains pas les serpents, mais je n'ai pas envie de me faire mordre pour autant.

Quand je reviens vers Jer, il est toujours perché sur le tronc de l'arbre.

— Tu peux descendre, maintenant.

— Tu es sûr ? Je veux dire, il ne risque pas de revenir pour se venger ?

Cette fois, je ris pour de bon.

— Je t'assure qu'il avait sans doute aussi peur de toi que toi de lui.

— Permets-moi d'en douter fortement.

Il finit par descendre de son perchoir, blanc comme un linge. Des gouttes de sueur coulent le long de ses tempes, et je suis presque certain que ce n'est pas dû à son footing matinal.

— Tu ne vas pas tomber dans les pommes, quand même ? le questionné-je.

Il me lance un regard noir dans lequel je pourrais presque lire : « Excuse-moi d'avoir eu la trouille de me faire attaquer par un féroce reptile. »

— Je ne sais pas.

— On peut s'asseoir un moment, si tu veux.

Je n'attends pas sa réponse et me pose sur le sable de la petite plage. Jeremiah me regarde avec méfiance, visiblement peu convaincu par l'idée de rester dans le coin. Je lui montre le morceau de bois que je tiens toujours dans les mains :

— Tu peux venir, je suis armé.

Il se résout à me rejoindre, en scrutant autour de lui, en quête d'un animal rampant. Il s'installe à quelques centimètres de moi et pousse un soupir de soulagement avant de s'allonger sur le sable chauffé par les rayons du soleil.

— Merci, lâche-t-il après un long silence.

Je hausse les épaules. Je me demande un instant comment nous avons pu passer d'une animosité ouverte à la paix qui s'est désormais installée entre nous. Je n'ai pas de réponse, mais je trouve ça beaucoup plus agréable que cette rage qui m'habitait avant.

— Comment ça se fait que tu aies su exactement comment attraper ce... truc ?

— C'était un mocassin d'eau. Potentiellement mortel. Tu as bien fait d'appeler Dante, mais il a aussi peur des serpents que toi. La prochaine fois, appelle-moi directement.

— Il n'y aura pas de prochaine fois, je me passerai de courir jusqu'à mon départ. Alors ? Comment tu sais tout ça ?

Je ne réponds pas immédiatement à sa question, savourant la facilité avec laquelle nous arrivons à discuter.

— J'ai toujours aimé les animaux. De toutes sortes. Avec eux, pas de faux-semblant. Je voudrais être vétérinaire, on verra si j'arrive à être pris dans une école.

Jeremiah se redresse et plonge son regard dans le mien. Il affiche un air surpris qui me déroute un instant.

— Je n'aurais jamais imaginé que c'était ton truc. Vu le but de l'association que tu as créée, je croyais que tu te dirigerais vers la psychologie ou la psychiatrie.

Je secoue la tête avant de reporter mon attention sur la surface de l'eau devant moi.

— Non. J'aime faire ça en associatif, et je savais qu'il y avait des besoins dans le domaine. Certains lycées sont vraiment pauvrement fournis en aide psychologique. Mais je ne pourrais pas y dédier ma vie, ça nécessite beaucoup trop de contacts avec les gens...

— Tu as pourtant l'air d'être à l'aise avec les autres, rétorque-t-il.

De nouveau, je hausse les épaules. Ce n'est qu'une façade, et je sais au ton de sa voix qu'il l'a compris. Le silence s'étire. Aucun de nous deux ne cherche à le briser. Nous sommes perdus dans nos pensées respectives.

Je ne sais pas depuis combien de temps nous sommes assis là quand Jer finit par me poser *la* question que je redoute depuis son premier jour à l'association.

— Si je te demandais pourquoi tu as appelé la fondation « Parker Barnes », tu me répondrais quoi ?

Aurai-je toujours cette impression qu'on me plante un poignard dans le bide quand j'entendrai son nom dans dix ans ? Dans vingt ans ?

— Non.

Ma réponse est sans appel, et je suis reconnaissant envers Jeremiah de ne pas insister pour avoir une explication. C'est une histoire que je ne suis pas prêt à raconter. Seul Dante est au courant.

— Des pizzas, ça te tente, ce soir ?

Le changement de conversation improvisé par Jer me surprend tellement que je me tourne pour le scruter. Une lueur brille dans ses yeux rieurs. J'adore lui voir cette expression, ce que je me garde évidemment de lui dire.

— Pour me faire pardonner de t'avoir fait venir jusqu'ici, précise-t-il.

— Tu as conscience qu'on est au milieu de nulle part ? Personne ne viendra nous livrer de pizzas.

— J'ai vu de la levure fraîche au congélateur.

Je hausse les sourcils. Je ne savais même pas ce qu'on a au congélateur, ici. En général, c'est Leander et Knox qui gèrent la bouffe à la coloc, et mes parents ou Dante ici. La levure est sans doute un reste d'une lubie de ma mère. Elle a eu une longue période « pain maison ».

— Tu veux dire que tu vas faire de la pizza avec tes mains ?

— C'est beaucoup plus pratique qu'avec les pieds.

Je ne sais pas pourquoi imaginer les mains de Jer en train de pétrir la pâte est soudainement si sensuel, mais mon corps aime beaucoup l'idée, en tout cas. Je ferme fort les paupières pour chasser ces images teintées d'érotisme. C'est casse-gueule, nous le savons tous les deux, et je ne veux pas faire exploser le semblant de paix qui est revenu entre nous. L'amitié de Jer, c'est ce dont je devrai me contenter. Quand je rouvre les yeux et que mon regard tombe directement dans le sien, je comprends à quel point rien ne sera plus compliqué que ça.

22

Jeremiah

Je dois me rendre à l'évidence, je suis nul au football. Allongé sur le sol recouvert d'herbe, j'observe du coin de l'œil Knox courir aussi vite que le vent, ballon en main. J'entends des cris lorsqu'il marque un *touchdown* dans la *end zone* délimitée par des plots.

— Bah alors, Marner, tu comptes roupiller ici ? me crie Sander qui arrive à ma hauteur en trottinant.

Franchement, ça ne me dérangerait pas plus que ça. Depuis le début du match, j'ai passé plus de temps par terre que debout.

— Eh ! N'abîmez pas Jer ! Contrairement à vous, on a encore un championnat à jouer ! s'exclame Scott, qui a préféré rester assis à boire des bières plutôt que jouer avec nous.

La grande main de Sander avance dans mon champ de vision, je l'attrape pour qu'il m'aide à me relever. Je le remercie d'un sourire, auquel il répond par un signe de tête. Lorsque sa paume se détache de la mienne, je me rends compte qu'il aurait pu me libérer bien plus tôt. Je déglutis sous son regard qui me scrute sans sourciller.

Depuis deux jours, l'atmosphère entre nous a changé. Elle est moins hostile, plus amicale… mais plus étouffante également. Il y a une sorte d'attente suspendue dans l'air, comme si chacun espérait que l'autre fasse le premier pas. Je me demande s'il en a autant conscience que moi.

— S'il est aussi doué avec un palet qu'il l'est avec un ballon, je ne donne pas cher de votre peau pendant le championnat, ricane Chase.

— J'aimerais bien t'y voir, tiens, avec des patins aux pieds, grommelé-je en passant une main sur mon front pour dégager mes mèches humides.

En tant que sportifs, ils devraient être les premiers à comprendre les efforts que doit fournir notre corps en période de compétition. Surtout dans le hockey. Notre discipline est l'une des plus physiques. Elle demande de la vitesse, de l'équilibre, et une concentration de chaque instant, raison pour laquelle les changements sur la glace sont fréquents.

— Vos putains de plaquages, c'est de la tarte comparé à ce qu'on se prend, nargue Scott, histoire de rajouter de l'huile sur le feu.

— *Dixit* le mec qui préfère nous regarder plutôt que se ridiculiser, raille Leander.

— Quand vous aurez fini votre guerre d'ego, vous serez priés d'aller prendre une douche, j'ai préparé de la margarita, déclare Nyx en arrivant près de nous.

Apparemment, elle vient de prononcer le mot magique, puisque Sander lui fonce dessus et la serre dans ses bras.

— Beurk ! Brutus, tu transpires de partout, c'est crade ! s'exclame-t-elle avec une grimace.

— Moi qui pensais que tu aimais les hommes en sueur, renchérit Sander.

— Seulement le mien. Alors, va te laver !

Je jette un coup d'œil à Leander qui sourit en regardant Nyx, et je sens mon bide se serrer. Son expression, la manière dont ses traits s'adoucissent, ses yeux qui la scrutent comme si elle était ce qu'il a de plus précieux au monde… Je passe une main sur mon visage et soupire. Depuis que les choses vont – relativement – mieux avec Sander, je me demande si je ne préférerais pas retrouver notre inimitié. Finalement, être son ennemi est bien plus facile qu'être son ami. Désormais, les frontières sont trop floues, ce qui m'incite à espérer que les choses évoluent encore entre nous, tout en sachant que ça n'arrivera jamais.

— Jer ? On t'a perdu ?

Je tourne la tête vers Knox, qui m'observe, les sourcils froncés. Il tient toujours le ballon dans sa grande main, et son tee-shirt est couvert de terre.

— Ouais, désolé, je...

Je grimace lorsque je commence à bouger et sens une légère douleur au flanc. Je soulève mon tee-shirt et avise l'hématome qui commence à se former sur ma peau. Merde !

— Vous voyez, les gars, vous avez abîmé Jeremiah ! s'écrie Scott.

Je lève les yeux au ciel. *Comme si je n'avais pas connu pire !*

— Tu veux de la crème ? demande Dante, les cheveux bruns hirsutes et le visage rougi.

Je me demande si ce n'est pas lui le responsable de cette ecchymose. Il y a quelques minutes, le gars a foncé sur moi et m'a plaqué de tout son poids. Pour un *cheerleader*, il a une sacrée maîtrise du football.

— Je suis pas en sucre, mais merci de t'inquiéter, grogné-je, vexé qu'ils me considèrent tous comme une petite nature.

J'ai presque envie que les jumeaux prennent Scott au mot et fassent construire une patinoire. Ils se marreraient moins.

— Allez, déclare Leander en passant une main autour de mes épaules. Allons prendre une douche.

— C'est une invitation ? ricane Chase.

Je m'immobilise en entendant ses mots. Je sais qu'il plaisante, mais l'idée même qu'il puisse n'avoir ne serait-ce que le moindre soupçon me fige. Faire croire au monde que je suis cent pour cent hétéro m'a demandé beaucoup d'efforts, je n'ai pas envie de les voir gâcher par une simple blague.

— Mec ? Je rigole, pas la peine de tirer une tronche de six pieds de long, poursuit-il en voyant que ça ne me fait pas rire.

— Apparemment, Jer n'aime pas qu'on puisse penser qu'il aime les mecs, renchérit Sander d'un ton mauvais.

Mes poils se hérissent. Je lève la tête pour croiser son regard. Qu'est-ce qui lui prend tout à coup de me balancer ça à la gueule ?

— On peut savoir ce que tu insinues ? craché-je entre mes dents.

Mes mains se serrent en poings, je suis à deux doigts de lui en coller une. Qu'est-ce qu'il cherche à faire, exactement ? À me faire passer pour un putain d'homophobe ? S'il y en a un ici qui sait que ce n'est pas le cas, c'est bien lui. Mais peut-être qu'en fait, tout le problème est là. Et je ne peux empêcher mon cœur de se serrer à ce constat. Il préférerait sûrement que je sois comme lui, que je me foute du regard des autres, des conséquences. Peut-être cherche-t-il à m'enfoncer car il est dégoûté de ne pas avoir réussi à me mettre dans son lit. Parce que cette défaite lui a laissé un goût amer. Pour être honnête, à moi aussi, mais... je ne peux pas. Je ne peux pas.

— Rien du tout, c'était une simple supposition au vu de la grimace sur ton putain de visage suite au sous-entendu de Chase.

J'ouvre la bouche pour répliquer, mais je n'en ai pas le temps.

— Eh, petit frère, tu nous fais quoi, là ? intervient Dante. Fous-lui la paix.

Je me tourne vers ce dernier, qui m'observe d'un air désolé.

— Ah ouais ? Tu vas prendre sa défense, maintenant ? crache Sander.

— Il n'y a pas de défense à prendre, Sander ! Tu sais parfaitement que ni Jer ni qui que ce soit d'autre dans ce camp n'est homophobe !

Sander écarquille les yeux, comme s'il venait de se rendre compte de la portée de ses propos. J'ai dû me tromper. Il voulait certainement simplement me faire sortir de mes gonds, parce que c'est ce qu'il sait faire de mieux. Et dire que je me suis pris des coups pour l'avoir défendu, il n'y a pas si longtemps. C'est à croire que ce type possède une mémoire sélective.

Un silence de plomb accueille les mots de Sander. Tous les yeux sont braqués sur nous, comme s'ils attendaient qu'on se saute à la gorge et se tenaient prêts à nous séparer.

— Jer, je... commence Sander sur un ton désolé, certainement pour s'excuser.

Mais c'est trop tard. Il est allé trop loin.

— Va te faire foutre, sifflé-je entre mes dents.

Sans attendre, je fais volte-face et me dirige rapidement vers mon chalet, pressé de disparaître. Pressé d'être seul et de laisser la colère qui bout en moi refluer.

Je passe un temps infini sous la douche, pas seulement pour délier mes muscles noués, mais aussi pour prendre le temps de me calmer. Hélas, les paroles de Sander ne cessent de tourner en boucle dans ma tête, et j'ai beau fermer les yeux très fort en une tentative de faire le vide dans mon esprit, elles ne veulent pas me laisser en paix. Acceptant que cette lutte se solde par un échec, j'éteins le jet et m'essuie rapidement avant de sortir de la salle de bains.

Assis sur le lit, toujours en serviette, j'enfouis ma tête entre mes mains et prends de profondes inspirations. Autant se rendre à l'évidence, ça ne marche pas. Sander et moi, nous sommes incompatibles. Il y a trop de colère, trop de rancœur entre nous pour que nous puissions enterrer la hache de guerre durablement. Après chaque accalmie arrive un putain d'ouragan qui me laisse toujours un peu plus détruit.

Des coups sur la porte du chalet m'incitent à relever la tête. Je me lève et avance, hésitant avant d'ouvrir. C'est certainement Sander qui débarque pour régler ses comptes. Sans grande surprise, je le découvre sur le seuil. Fraîchement douché, ses cheveux châtains toujours humides, il danse d'un pied sur l'autre, l'air mal à l'aise. Ça, c'est inattendu. Je m'imaginais plutôt me manger un pain dans la figure à peine la porte ouverte. Sauf que loin d'être serrée en poing, sa main droite est refermée sur un tube, qui s'avère être de la pommade.

— Je t'ai apporté ça, précise-t-il en le tendant dans ma direction.

Mes yeux dévient de son visage à sa main, puis reviennent à son visage. J'arrache presque le tube de sa prise et recule, m'apprêtant à refermer la porte, mais Sander la retient avec son pied. Je lui jette un regard noir, n'ayant pas envie de gâcher ma salive pour lui ordonner de dégager. Apparemment, je ne suis pas franchement doué pour le langage non verbal, puisqu'au lieu de faire volte-face et de s'en aller, il pénètre à l'intérieur et referme la porte derrière lui.

— Je suis désolé, pour tout à l'heure. Je... je sais que j'ai abusé.

Je cligne des paupières, étonné. Non par le fait qu'il s'en rende compte mais qu'il me l'avoue. Pourtant, ça ne suffit pas. J'ai besoin qu'il aille plus loin que ça. Qu'il crache ce qu'il a sur le cœur. Une bonne fois pour toutes.

— Mais tu le pensais, pas vrai ? Tes mots, ils... C'est ça, l'opinion que tu as de moi.

Sander se mord la lèvre, comme s'il était gêné que j'aie vu clair dans son jeu. Et ça fait mal, putain. Ça fait un mal de chien. Une douleur qui me prend aux tripes et remonte dans ma gorge, laissant un goût âcre sur ma langue. Une douleur qui ne cesse de se propager lorsqu'au lieu de répondre, Sander préfère changer de sujet.

— Laisse-moi t'aider avec ça, dit-il en pointant la crème du menton.

Je voudrais le foutre dehors, lui hurler de s'en aller, mais la perspective qu'il me touche, même brièvement, m'oblige à la fermer. Je suis pathétique, certes, mais je crève d'envie d'avoir un contact avec lui. Ça me hante depuis la dernière fois que j'ai senti ses mains sur moi. J'en ai besoin. Alors je hoche la tête et lui tends le tube. Il en extrait un peu de pommade, tandis que je me tourne légèrement pour lui permettre d'accéder à mon flanc. Nous savons tous les deux que je pourrais parfaitement me débrouiller moi-même, et que si j'ai accepté, c'était parce que je le voulais. Je retiens ma respiration, anticipant de sentir ses doigts effleurer ma peau mais, la noisette de crème sur le bout des doigts, il reste immobile et m'observe.

— T'as jamais vu de type à moitié nu ? grommelé-je, essayant de ne pas m'enflammer sous son regard brûlant.

Sander sourit et secoue la tête.

— Des tas.

Génial. *Rappelle-moi combien de mecs tu t'es tapé, enfoiré ! Enfonce le couteau dans la plaie. Tu es doué pour ça.*

— Mais ils n'avaient rien à voir avec toi, ajoute-t-il.

Je me demande s'il ne fait référence qu'à mon physique, mais j'ai envie de me persuader que non. En fait, je crois que je devrais juste arrêter de réfléchir et simplement profiter.

Touche-moi, Sander. S'il te plaît. Comme s'il avait entendu mes pensées, il tend le bras et dépose la pommade sur ma peau. Un frisson parcourt mon échine mais je reste immobile, les yeux grands ouverts, observant Sander qui fait doucement pénétrer la crème d'un air concentré. Je retiens une grimace lorsqu'il appuie un peu trop fort, de peur qu'il retire sa main.

Seuls nos souffles hachés rompent le silence du chalet. La tension est si palpable que je pourrais pratiquement me rouler dedans.

— Je crois que ça devrait aller, déclare Sander après un long moment.

Nous savons l'un comme l'autre qu'il aurait pu s'arrêter bien avant. Il lève la tête et nos yeux se verrouillent.

— Merci, soufflé-je.

— De rien. Tu devrais… t'habiller. Les autres vont se demander ce qu'on fabrique.

— T'as raison. N'oublions pas que je n'aime pas qu'on puisse penser que je pourrais être attiré par les mecs, renchéris-je.

— Je t'ai dit que j'étais désolé, soupire Sander.

— Ouais, je sais.

Sans plus attendre, je m'éloigne de lui et me dirige vers l'armoire pour m'habiller. Alors que je pense qu'il a compris qu'il était temps pour lui de se barrer, il reste là, immobile, en plein milieu du chalet.

— Je suis *vraiment* désolé, insiste-t-il, comme pour me prouver sa sincérité.

Je laisse tomber ma serviette, passe un jean, enfile un pull et referme les portes du placard avant de me poster devant lui.

— Ouais. Mais tu ne comprends pas.

— Je ne comprends pas quoi, au juste ?

Une de mes mains se perd dans mes cheveux, je suis frustré de devoir avoir cette conversation.

— Je ne suis pas comme toi, Sander. Je ne suis pas prêt à révéler ma bisexualité.

— Je sais. Je sais et je n'aurais pas dû être aussi mesquin. C'est juste que…

Il passe ses doigts dans ses cheveux à son tour avant de pousser un profond soupir. Ses yeux s'ancrent aux miens et je vois sa pomme d'Adam bouger lorsqu'il déglutit.

— C'est juste que quoi ? demandé-je, crevant d'envie qu'il termine sa phrase pour savoir ce qui tourne dans son esprit.

— C'est du gâchis, Jer. Voilà. Et ça me tue, que tu ne puisses pas assumer qui tu es.

— T'es sérieusement en train de me le reprocher, là ?

— Non ! Non, putain !

— Pourtant, c'est exactement ce que tu es en train de faire.

Je peux sentir la frustration émaner de lui par vagues, et venir se heurter à la mienne. Nous ne sommes pas doués pour parler. Nous sommes incapables de nous comprendre. À chaque tentative, c'est comme si nous nous retrouvions face à un mur, et je ne sais pas quoi faire pour le briser.

— Ce n'est pas mon intention ! Mais merde, Jer, je voudrais juste que tu puisses être toi, c'est tout.

— Pourquoi ça t'importe tellement ? Tu es si dégoûté que ça de ne pas avoir réussi à me baiser ? Qu'est-ce que tu veux au fond ? M'ajouter sur ton putain de tableau de chasse ?

— Comment tu peux dire une chose pareille ? gronde-t-il.

— Parce que c'est tout ce que j'ai l'impression d'être pour toi !

— C'est vraiment ce que tu penses de moi ?

Je me mords les lèvres.

— Je ne sais pas quoi penser, Sander, finis-je par soupirer.

D'un pas, il se rapproche de moi. Ses doigts glissent sous mon menton pour m'obliger à le regarder. Je retiens mon souffle en découvrant la douleur dans ses yeux.

— C'est simplement que... Parfois, tu me rappelles Parker. Et que ça me fait peur.

Parker ? Parker Barnes, retrouvé mort dans sa chambre. Parker qui s'est suicidé. Que son ami a retrouvé. Soudain, ça me frappe de plein fouet.

— Il était gay, c'est ça ? Et c'est toi qui l'as trouvé...

Les yeux verts de Sander commencent à s'embuer dangereusement, puis il hoche la tête. Mon cœur se brise en mille morceaux lorsque je prends conscience de ce qu'il a vécu. Je voudrais dire quelque chose. N'importe quoi. Mais la main de Sander glisse sur ma joue, me coupant net.

— On devrait vraiment y aller, déclare-t-il avec un petit sourire, signe que la conversation est terminée.

Je n'insiste pas, c'est inutile. J'attrape mon blouson en cuir et l'enfile avant d'emboîter le pas à Sander.

Lorsque je ferme la porte du chalet, je ne peux m'empêcher de me demander jusqu'à quand cette nouvelle accalmie va durer, et si la prochaine tempête sera celle qui m'achèvera.

23

Sander

Les soirées feu de camp sur la plage du Cottonmouth Lake sont vraiment celles que je préfère ici, et celle-ci s'annonce particulièrement réussie. La chaleur du brasier réchauffe mon visage, tandis que l'odeur des burgers et des hot-dogs que Knox a fait cuire sur le barbecue de camping me fait saliver d'avance. J'aime le scintillement des milliers d'étoiles dans le ciel, les rires de mes amis. Rien ne saurait égaler ce genre de moment. Mais ce soir, ce que j'apprécie plus que tout, c'est la présence de Jeremiah à mes côtés. Quand il est arrivé sur la plage juste après moi, il s'est installé suffisamment loin pour que nous ne soyons pas collés, mais assez près pour que personne ne puisse se mettre entre nous, à moins de se retrouver sur les genoux de l'un ou de l'autre.

Les conversations sur le match de l'après-midi vont bon train, mais je ne les écoute même pas. Ce putain de jeu m'a fait encore déborder. Mes mots ont été blessants. Est-ce qu'un jour j'arriverai à ne pas en envoyer plein la gueule à Jeremiah à la moindre occasion ? Les paris sont ouverts.

— Bon, c'est bien beau, tout ça, mais votre conversation m'ennuie profondément, les mecs, lance Nyx. Et vous savez ce que vous risquez en contrariant la déesse Margarita !

Je me lève d'un bond et mets un genou à terre.

— Ça ne va pas, bande de rustres, on ne déconne pas avec Moustique ! rétorqué-je, faussement horrifié.

Déesse, lequel de ces manants veux-tu que je sacrifie sur le bûcher ?

Nyx peine à conserver son sérieux, et je crois même entendre Jer ricaner à ma droite.

— Brave Brutus, laissons-les vivre pour l'instant, me répond-elle avec emphase avant de reprendre une voix normale. Je voudrais surtout qu'on reparle de la virée à Nashville qu'on avait évoquée. Sander et Dante, c'est vous qui connaissez mieux la ville, quel est le meilleur moment pour s'y rendre ?

Je souris en reprenant ma position initiale. Tout le monde est très emballé par cette idée, et la conversation prend un tournant beaucoup plus enjoué. Dante se lance dans un descriptif des meilleurs bars de la ville et on convient d'aller y fait un tour demain. Comme tous, je suis excité à l'idée de retrouver un peu de civilisation. J'adore le camp, mais j'aime aussi voir du monde de temps en temps, et il n'y a pas meilleur endroit que Nashville avec ses rues pleines de bars et d'étudiants faisant la fête pour ça.

Je sirote ma margarita en me laissant porter par le bruit des voix de mes amis. Les heures défilent, certains commencent à se lever pour aller se coucher. Pour une fois, je ne suis pas du tout fatigué et je n'ai aucune envie de quitter la chaleur du brasier. Ou la proximité de Jer, si je dois être honnête avec moi-même. Lui non plus ne me donne pas l'impression de désirer que cette soirée prenne fin.

Je finis mon verre alors qu'il ne reste plus autour du feu que Scott et Eva, ainsi que Knox et Dante qui discutent tranquillement. Jer est toujours assis en silence non loin de moi, le regard perdu dans le lac sur lequel les flammes se reflètent. Qu'est-ce que je ne donnerais pas pour savoir à quoi il pense ?

Je me mets debout et lui montre mon verre vide.

— Je vais me resservir, tu veux quelque chose ? Une bière ? Tu devrais goûter la margarita de Moucheron, c'est la meilleure.

Il a l'air presque surpris par ma question. Je peux le comprendre, étant donné que je ne fais pas la même proposition aux autres personnes encore présentes.

— Va pour une margarita, je te fais confiance.

Ces derniers mots résonnent encore dans ma tête alors que je passe le seuil du chalet principal. Je ne peux pas m'empêcher de leur trouver un double sens et je ne suis pas certain que je sois digne de cette confiance. Je secoue la tête pour chasser ces pensées de mon esprit, sors un nouveau gobelet pour Jeremiah, et le remplis avec le pichet que Nyx a laissé au réfrigérateur. Je fais de même avec mon verre puis, à la dernière minute, j'embarque le pichet. Je n'ai pas l'intention de me soûler, mais je pense qu'un ou deux cocktails pourraient effacer un peu de cette nervosité que je ressens aux côtés de Jer. *Le grand Sander Campbell, nerveux ! On aura tout vu.*

Je presse le pas, craignant qu'il soit reparti dans son chalet avant mon retour. Je ne sais pas ce que j'ai ce soir, mais j'éprouve le besoin de cette proximité qu'il a instaurée en s'asseyant à côté de moi. Un courant semble passer entre nous depuis le début de la soirée et j'en suis sans doute responsable avec mon massage tout à l'heure. Comme si les choses n'étaient pas assez compliquées entre nous ! J'ai maintenant le souvenir de la sensation de sa peau sous mes doigts, de son frisson quand j'ai appuyé un peu trop fort, de... *Tu tournes en boucle, Sander ! Il ne se passera rien, il n'est pas prêt pour ça.* Même si je veux considérer comme un progrès le fait qu'il m'ait laissé le toucher sans fuir, il faut que je me rende à l'évidence : Jer n'est pas apte à assumer celui qu'il est au fond de lui.

Alors que j'arrive près du lac, je pousse un soupir de soulagement en constatant que Jeremiah est toujours là. Il n'a pas bougé, alors qu'autour de lui tout le monde a quitté le navire. Les deux derniers à s'en aller sont Scott et Eva, qui se dirigent main dans la main en direction du chalet de cette dernière.

Je m'assieds au même endroit que tout à l'heure et tends son gobelet à Jer. Il ne fait pas attention à moi, trop occupé à observer d'un air noir ce couple inédit.

— J'ai comme l'impression que tu n'apprécies pas beaucoup ton capitaine, à cet instant.

Comme pris sur le fait, Jer détourne vivement le regard. Il me jette un rapide coup d'œil, saisit le verre et boit une gorgée de margarita avant de se focaliser sur les flammes.

— Je me trompe ? insisté-je.

— Non, tu as raison. Eva est ma meilleure amie. J'adore Scott, mais il va immanquablement lui briser le cœur.

Je lorgne le couple que je vois encore s'éloigner au loin.

— Tu ne peux pas en être sûr. Certaines personnes sont capables du pire comme du meilleur. Peut-être que Scott va te surprendre.

Je ne suis pas absolument certain de parler uniquement pour Scott. À mes côtés, Jer hausse les épaules, peu convaincu par ce que j'avance. Le silence s'installe entre nous. Seuls les bruits des braises qui crépitent et des grillons retentissent. Puis, n'y tenant plus, je lui pose la question qui me démange depuis cet après-midi, après mon passage dans son chalet.

— Comment tu savais pour Parker ?

Je sens Jer se figer à mes côtés, je ne peux pas dire que je sois très détendu moi-même. Je déteste aborder ce sujet, mais je ne veux pas non plus qu'il s'imagine le pire, ce qui pourrait être le cas.

— Je...

Il se tait, le regard toujours rivé sur le feu, puis il pousse un grand soupir avant de se lancer.

— Google. Un jour, je me suis demandé d'où venait le nom de l'association et… J'ai trouvé des articles en ligne.

Il finit par se tourner vers moi, rive ses yeux aux miens.

— Tout à l'heure, tu as dit que je te faisais penser à Parker, alors j'ai additionné un plus un.

Je hoche la tête, soudain muet de nouveau. J'en ai trop dit pour m'arrêter là, Jer a besoin d'entendre cette histoire pour comprendre que se cacher ne sert à rien.

— J'ai fait la connaissance de Parker en première année de lycée, lors des essais pour rentrer dans l'équipe de foot, commencé-je à raconter.

Jer est toujours tourné vers moi, mais je choisis de contempler le lac. C'est plus simple comme ça.

— On venait du même milieu, même si nos parents ne se connaissaient pas, et ça a tout de suite matché entre nous. Je n'avais pas beaucoup d'autres potes au lycée, mais lui, il m'acceptait comme j'étais, avec mes défauts.

Alors que je parle, des images défilent dans ma tête. Celles d'une époque bénie.

— Une fois, il est venu passer une soirée à la maison, comme ça arrivait souvent. On avait l'habitude de s'enfermer dans la salle cinéma, de commander des pizzas et de faire un marathon de films. Pourquoi ce soir-là spécialement ? Aucune idée. Les choses ont dérapé, on s'est embrassés. Je ne peux pas dire lequel de nous deux a été le plus surpris, au départ. Je savais déjà que j'étais attiré par les mecs, mais c'était mon meilleur pote, alors il m'a fallu aussi un moment pour l'accepter.

Je secoue la tête, noyé dans les souvenirs de cette soirée, ceux du goût des lèvres de Parker, de mon cœur qui battait à cent à l'heure.

— Mais pour Parker, ça a été différent. Il était terrifié que quelqu'un finisse par l'apprendre… Entre nous, il y avait ce magnétisme, on ne pouvait pas s'empêcher d'être l'un avec l'autre. Je ne pouvais pas me passer de lui, même si ça signifiait cacher les sentiments que j'avais pour lui à tout le monde.

Je frissonne alors même que ma peau est rendue brûlante par la proximité du feu. Aujourd'hui, tout ce qui me reste de lui me fait mal : les regards que nous échangions, les moments que nous passions ensemble dans notre petite bulle.

— Ça a duré trois ans. Trois ans à s'aimer en secret. Ça me bouffait, mais j'aurais tout fait pour lui... Et un jour, des mecs de l'équipe de basket, des gros cons avec qui on ne s'entendait déjà pas, nous ont vus. Ils ont pris des photos à notre insu, et les ont fait circuler dans tout le lycée. Perso, je m'en foutais, mais Parker...

Je m'interromps une seconde, la gorge nouée, les yeux pleins de larmes. C'est toujours aussi difficile à revivre.

— Il s'est suicidé une semaine plus tard, dans sa chambre.

Je vide mon verre d'un trait, puis le remplis à nouveau, juste pour me donner le courage de finir.

— Ce jour-là, il n'était pas en cours et ne répondait pas au téléphone. Je suis allé chez lui pour voir ce qu'il avait, la boule au ventre, parce qu'une infime partie de moi avait déjà deviné. Je savais de quoi il était capable.

La main de Jer se pose sur mon bras, me permettant de me rendre compte à quel point mes mains tremblent. Chaque fois, revivre ces moments, les plus douloureux de ma vie, me déchire le cœur. Me remémorer que le mec que j'aimais a décidé d'en finir avec la vie, que je ne le reverrai plus jamais, me provoque une douleur indescriptible. Alors je laisse Jeremiah, par son contact, m'apaiser un instant. Je ferme les yeux, tâche de me resituer dans le moment présent. Je suis au camp, avec Jer, sur la plage. Jer n'est pas Parker, même s'ils ont des points communs. Jeremiah n'a pas cette fragilité que

Parker dissimulait aisément sous une montagne de muscles et les sourires qu'il distribuait à tout-va.

— Il s'est passé quoi avec les types ? Ceux de l'équipe de basket.

— Comment tu sais qu'il s'est passé quelque chose ?

Il hausse les épaules, évite mon regard.

— Il y a une rage en toi, quelque chose qui frémit en permanence sous la surface. Je sais que tu es capable d'une immense maîtrise, mais je n'imagine pas le moment où tu t'es retrouvé face à ces types.

Il ne peut pas savoir à quel point il a raison et tort à la fois.

— Trouble Explosif Intermittent. Voilà ce qui frémit en permanence en moi. Quand je me suis retrouvé dans la même pièce qu'eux, le lendemain de la mort de Parker, j'ai lancé une chaise sur l'un d'eux. La suite, je ne m'en souviens plus vraiment. Quand je fais une crise, tout devient flou. Mais mon frangin était dans les parages pour dire aux mecs de se barrer et empêcher quiconque de m'approcher. Apparemment, j'ai cassé trois bureaux, quatre chaises, une vitre. Je me suis aussi pété la main gauche et l'arcade sourcilière...

Les yeux de Jer sont revenus sur moi. Il n'évite plus mon regard et me scrute au contraire avec une expression farouche que j'ai du mal à analyser.

— Ce n'est pas ta faute, tu sais, finit-il par dire.

— Quoi ?

Je sais ce qu'il veut dire, mais je ne suis pas apte à l'entendre.

— Parker.

Ma respiration s'accélère, j'ai soudainement trop chaud près des flammes.

— Bien sûr que si, sifflé-je.

Si j'avais mis fin à ce qu'il y avait entre nous, si j'avais ouvert les yeux sur les signes avant-coureurs, Parker serait sans doute encore là.

— Non, Sander.

— Arrête.

Mes poings se serrent, mes mâchoires se crispent, mais je lis dans ses yeux une détermination nouvelle.

— Ce n'est pas ta faute, mais celle de la société, des adultes qui aimeraient nous mouler à leur image même quand c'est impossible.

Je me lève d'un bond. C'est trop, beaucoup trop. Je ne peux pas le laisser me pousser comme ça, il n'a absolument aucune idée de la réaction que je pourrais avoir.

Je ne marche pas jusqu'à mon chalet, je cours, ne répondant pas aux appels de Jer derrière moi. Je ne m'arrête qu'une fois à l'intérieur et pousse un cri que j'aimerais libérateur. Mais ce n'est pas le cas. J'ai la sensation que ma peau est trop petite pour tout ce que je contiens à l'intérieur, l'impression que je vais exploser.

Je passe les mains dans mes cheveux, tire dessus suffisamment fort pour me les arracher. La porte d'entrée de mon bungalow qui claque contre le mur en s'ouvrant violemment me fait prendre conscience du point auquel ma respiration est erratique, le rythme de mes battements cardiaques, anarchique. Dans l'encadrement de la porte se tient Jer, cette même détermination farouche dans le regard.

— Va-t'en, soufflé-je. Tu ne sais absolument pas de quoi je suis capable.

— Peut-être pas. Mais je sais une chose : tu ne me feras jamais de mal.

24

Jeremiah

Je suis tellement sous le choc de tout ce que je viens d'apprendre que je ne parviens pas à réagir lorsque Sander se fait la malle. Il se met debout et court, s'éloignant de moi à toute vitesse. Je cligne des yeux, refoulant les larmes qui menacent de me submerger, puis je me lève à mon tour.

— Sander !

Je crie, mais je ne sais pas s'il m'entend, trop perdu dans sa douleur, dans sa colère.

— Sander !

Jamais il ne ralentit le pas. Et tandis que je vois sa silhouette disparaître dans l'obscurité, je prends l'unique décision possible. Je le suis. Ce soir, il n'y a plus de place pour la fuite ni pour l'hésitation. Je dois le rejoindre. Il s'agit d'un besoin viscéral qui me noue les tripes, alors le rythme de mes pas accélère. Je ne peux pas le laisser seul. Pas maintenant. Pas après tout ce qu'il m'a dit.

La porte de son chalet est ouverte lorsque j'arrive à proximité. Là encore, je ne prends pas le temps de réfléchir avant de grimper les trois marches menant à l'intérieur. Lorsque je pousse la porte et pénètre dans le bâtiment, Sander se tourne vers moi. Ses yeux sont rouges et gonflés, ses cheveux, en vrac. Il me scrute avec une certaine bestialité dans le regard, comme s'il voulait me faire fuir. Je vois le vrai lui, celui qu'il s'efforce de cacher au monde, derrière son sourire constant, ses blagues graveleuses et ses rires sonores. Ce soir, plus rien de tout ça n'existe. Le masque est tombé, pour laisser apparaître un homme brisé, empli de rage, qui souffre tellement qu'il ne parvient plus à se contrôler.

J'avance d'un pas, son regard ancré au mien.

— Va-t'en, murmure-t-il. Tu ne sais absolument pas de quoi je suis capable.

C'est vrai. Je n'en ai aucune idée. Mais s'il croit que ça va m'effrayer et me faire fuir, il ne me connaît pas.

— Peut-être pas. Mais je sais une chose : tu ne me feras jamais de mal.

Sander émet un ricanement sournois.

— Vraiment ? Pourtant, c'est déjà arrivé.

Il a raison. Mais il n'est pas le seul responsable de ça. Moi aussi, je lui ai fait du mal, alors je suppose que nous sommes à égalité.

— C'est vrai. Mais il faut croire que ça n'a pas suffi à m'éloigner.

Sander se rapproche de moi, ses yeux brillent d'une folie dangereuse que je ne sais pas comment arrêter.

— Dégage, Jer. Dégage, putain !

Il crie. D'une voix déchirante qui me file la chair de poule. Mais je ne bouge pas d'un pouce.

— Non.

Je suis déterminé à rester à ses côtés. Des heures s'il le faut. Je suis même prêt à sentir son poing s'enfoncer dans mon visage. Même si une part de moi reste persuadée qu'il n'ira pas jusque-là.

— Qu'est-ce que tu attends de moi, hein ? Qu'est-ce que tu attends de moi ?

Il gronde plus qu'il ne parle, tel un animal blessé qui espère qu'on l'achève, pour ne plus souffrir, pour que tout s'arrête.

— Je veux juste être là pour toi.

L'éclat de rire qui résonne dans la pièce m'arrache un frisson.

— Va te faire foutre, crache-t-il.

— Arrête, soufflé-je. Arrête de me rejeter.

Sander écarquille les yeux, puis les plisse après m'avoir dévisagé un trop long moment, la respiration hachée, les narines dilatées.

— Dernier avertissement, Jer. Va-t'en.

— Sinon quoi ?

Je ne cherche pas à le provoquer, je veux simplement l'obliger à faire face. Se noyer dans ses ténèbres ne lui fera aucun bien, il a besoin d'exorciser son mal. Et si je le laisse seul, j'ai peur de la façon dont il finira. Je peux déjà imaginer ses mains couvertes de sang à force de cogner dans tout ce qui l'entoure. Et s'il se blessait sérieusement ? Peut-être que c'est ce qu'il cherche, après tout. Peut-être que la douleur physique est un moindre mal, comparée à celle qui doit l'accompagner dans sa tête constamment.

Sander avance d'un autre pas. On se retrouve si près l'un de l'autre que nos torses sont pratiquement collés. Puis, avant que je puisse bouger, il m'attrape par les pans de mon blouson et me plaque violemment contre le mur. Le choc me coupe le souffle, mais pas autant que ce que je découvre lorsque mon regard se verrouille au sien. Mêlée à la rage, je distingue une faim que je crève de pouvoir rassasier.

Le silence nous entoure, uniquement perturbé par nos souffles erratiques. Je voudrais parler, mais ma gorge est trop sèche, et mon cœur bat si fort qu'il résonne jusque dans mes tempes. Les doigts de Sander se crispent sur mon blouson. Je me lèche les lèvres, hésitant entre crainte et impatience. Heureusement, je n'attends pas très longtemps. Alors que j'ai l'impression que l'électricité crépitant entre nous va avoir raison de moi, sa bouche percute la mienne. Aussitôt, un gémissement s'échappe de mes lèvres, et Sander en profite pour y glisser sa langue. Cette fois-ci, je ne le repousse pas. Je me noie dans ce baiser. Mes mains agrippent ses hanches pour le plaquer fermement contre moi. Nos langues se caressent, se découvrent, comme si c'était la première fois. Nos lèvres glissent les unes contre les autres. Nos bouches soudées, Sander glisse ses mains sous mon blouson pour me l'ôter. Nos doigts luttent pour nous déshabiller. J'agrippe le bas de son sweat-shirt, n'arrêtant de l'embrasser que le temps de le passer par-dessus sa tête.

Nos mouvements sont empressés. Lorsque nous nous retrouvons torse nu, j'attrape Sander par la nuque pour l'embrasser furieusement. Je plante mes dents dans sa lèvre inférieure avant de la lécher, aimant le grognement qui s'échappe de sa gorge. Ses mains découvrent mon corps : mon torse, mes flancs, mes abdos. Il se rue contre moi et son érection s'enfonce dans mon ventre. Je saisis ses cheveux et rejette la tête en arrière, laissant sa langue glisser le long de ma mâchoire puis de ma gorge. Il aspire ma pomme d'Adam, mord ma peau. Je gémis. Un son rauque de plaisir pur.

Sa bouche s'empare de nouveau de la mienne, de manière intense. J'enfouis une main entre nos corps pour trouver le bouton de son jean avant de plonger à l'intérieur de son boxer. Sander gémit lorsque mon poing se referme autour de son membre. Puis il recule, cherche mon regard. Lorsqu'il le trouve, il ne le lâche plus. Je me perds dans ses iris d'un vert intense.

Il saisit mon menton et me scrute avec gravité.

— Si tu veux te rétracter, Jer, c'est maintenant ou jamais.

Je déglutis, mon corps est parcouru de frissons brûlants. Jamais. Je sais qu'il craint que je me défile, et je ne peux pas lui en tenir rigueur. Mais pas ce soir. Pas maintenant. Pas alors que mon corps brûle qu'il me touche, hurle qu'il me prenne. Je veux le sentir en moi. Je veux me perdre en lui et le laisser se perdre en moi. Je veux tout. Tout et plus encore.

— Non.

Ma voix est rauque, le mot m'échappant presque comme une supplication. Un sourire insolent recourbe ses lèvres, puis il agrippe mes cheveux tout en plaquant sa queue érigée contre la mienne, encore dans mon jean. Son souffle contre mon oreille est chaud, lorsqu'il murmure :

— Je vais te baiser, Jeremiah. Vite et fort.

Je suis sur le point de me liquéfier. *Jeremiah.* Depuis combien de temps ne m'a-t-il pas appelé ainsi ? Le simple fait de l'entendre prononcer mon prénom complet, c'est comme s'il avait appuyé sur un interrupteur que je pensais cassé. J'attrape sa gorge et tire Sander contre moi. Nos bouches se percutent de nouveau, puis il saisit ma taille et m'incite à faire volte-face. Je me retrouve face au mur, les paumes en appui sur le bois. La langue de Sander glisse le long de mes épaules nues, de ma colonne vertébrale. Je me cambre en gémissant, me frottant contre son érection. Il ricane avant de planter ses dents dans mon épaule. Ses mains s'enroulent autour de ma taille puis défont mon pantalon, qu'il baisse en même temps que mon boxer jusqu'à mes chevilles. Sa main caresse mon dos.

— Tellement magnifique, souffle-t-il.

Je tourne la tête et le vois cracher sur ses doigts. Je me tends, anticipant ce qui va suivre. Je ravale un cri lorsque ses doigts me pénètrent. Puis je me pousse contre lui. Son bras enlace ma taille et nous nous embrassons encore, avec fièvre. Sans jamais qu'il cesse d'aller et venir en moi.

Nos grognements emplissent la pièce. Je saisis ma queue, mon gland suinte déjà, je récolte le liquide préséminal pour faciliter le glissement de mon poing. La main de Sander remplace rapidement la mienne, il me caresse au rythme de ses doigts qui vont et viennent en moi.

— Baise-moi, Sander, soufflé-je entre deux baisers.

Il sourit, d'une manière presque douce, cette fois.

Je ravale un soupir de frustration lorsqu'il ôte ses doigts, mais je n'ai pas le temps de râler qu'il m'oblige à me retourner de nouveau, plaquant son corps puissant contre le mien. Nous ondulons ensemble, frottant nos queues l'une contre l'autre. *Bordel de merde!* C'est tellement bon que je pourrais crever. Pourtant, ce n'est pas assez. Je veux qu'il me remplisse, que nous fusionnions, ne plus savoir où lui commence et où je finis. Peut-être est-il dans le même état que moi, parce qu'il saisit mon poignet pour me tirer vers le lit. Je manque de me casser la figure en voulant avancer, et baisse la tête vers mon jean toujours autour de mes chevilles.

Sander ricane tandis que je me libère, puis il se plante à nouveau devant moi pour m'embrasser sauvagement. Il aspire ma lèvre entre ses dents, tandis que ses mains agrippent mon cul.

— J'ai tellement envie de toi, souffle-t-il contre ma bouche.

— Vraiment ? Alors montre-moi à quel point

Son regard s'enflamme, il attrape ma main et court presque jusqu'au lit avant de me pousser dessus sans douceur. Je m'écroule sur le matelas, et commence à me masturber tout en observant Sander finir de se déshabiller. Son corps est la perfection incarnée. Des épaules larges, des abdominaux tracés, des cuisses épaisses parsemées de poils clairs, une queue veinée pointant vers le ciel. Je crève d'envie de la goûter, de lécher son gland et de refermer mes lèvres autour de sa longueur.

— Tu es en train de penser à ma bite dans ta bouche, hein ? déclare Sander en souriant.

Je lui rends son sourire en hochant la tête.

— Dommage, il va falloir attendre la prochaine fois.

La prochaine fois. L'idée qu'il envisage déjà de recommencer fait battre mon cœur un peu trop vite. Parce qu'une des raisons de mon refus de me laisser aller avec lui était la crainte de n'être qu'un homme de plus parmi la longue liste de ceux qui ont partagé son lit. Cela dit, peut-être qu'il compte juste profiter des quelques jours qu'il nous reste ici pour s'envoyer en l'air avec moi à plusieurs reprises.

— Qu'est-ce qui t'arrive ?

La voix de Sander me ramène à la réalité.

— Rien. Rien du tout.

Comme pour appuyer mes propos, je tends le bras pour l'inviter à me rejoindre.

— Viens.

Son sourire réapparaît, tout comme son regard brûlant qui va finir par me consumer tout entier. La façon dont il me mate, comme si j'étais une œuvre d'art qu'il rêvait de posséder, crée un incendie au creux de mes reins.

— Tu es trop impatient... Attends.

Il fouille dans un coffre en bois qui trône dans un coin de la pièce, et sort une boîte de capotes entamée ainsi qu'un sachet de gel.

— Tu as tout prévu, à ce que je vois.

— Tu ne crois tout de même pas que tu es le premier mec que je baise dans ce chalet ?

Ses paroles m'ébranlent, même si je refuse de le lui montrer. *Non. Mais j'aimerais être le dernier.* Je garde cependant cette réponse pour moi. Je me contente de l'observer tandis qu'il déroule la capote sur son érection.

Le matelas s'enfonce lorsqu'il pose un genou sur le lit. Il se penche et lèche ma queue sur toute sa longueur. Un long gémissement s'échappe de mes lèvres et j'agrippe la couette tandis que sa langue s'enroule autour de mon gland. Hélas, ça ne dure pas.

— Retourne-toi, m'intime-t-il.

J'obéis, envoûté par sa voix rauque, emplie d'un désir primal. Son souffle contre mon entrée lorsqu'il écarte mes fesses m'arrache un frisson. Je baisse la tête et halète sous ses doigts lubrifiés qui me pénètrent de nouveau. Il en ajoute un troisième, me préparant. Puis les remplace par son gland.

— Tu es prêt ?

J'ai du mal à parler, ma voix est à peine un murmure lorsque je réponds :

— Ouais.

— Vite et fort, Jeremiah. N'oublie pas.

— Je suis prêt, putain. Baise-moi.

Malgré mon appréhension, et malgré le fait que je n'ai connu aucun homme depuis le lycée, je n'attends que ça.

Lorsqu'il s'enfonce en moi d'un coup, je rejette la tête en arrière et laisse échapper un cri de plaisir. Il reste immobile quelques secondes, puis commence à bouger. Rapidement, tout devient flou. Mes doigts enfoncés dans la couette, les siens plantés dans ma chair, je le laisse me baiser, réclamant plus, plus fort, plus vite.

Il délaisse ma hanche, sa main remonte le long de mon torse avant de s'enrouler autour de ma gorge. Il m'oblige à me redresser, et c'est son torse humide contre mon dos qu'il continue à me pilonner. Je ferme les yeux, perdant la notion de l'espace et du temps. Je suis projeté dans un univers où rien d'autre n'existe que nos peaux claquant l'une contre l'autre, que nos grognements, que nos prénoms répétés telle une prière tandis que nous nous perdons dans l'instant.

— Caresse-toi, murmure Sander contre mon oreille avant d'en aspirer le lobe.

Je m'exécute, agrippant ma queue dans un poing serré, me masturbant rapidement. Notre rythme devient de plus en plus erratique. Une odeur de sueur et de sexe nous entoure. Nos corps soudés, je m'arque sous ses coups de reins de plus en plus violents. Il me repousse alors contre le lit et me fait pivoter. Je me retrouve allongé sur le dos, mon souffle court, tandis que Sander se débarrasse de la capote. J'admire ses doigts refermés autour de son membre et gémis lorsqu'il jouit, déversant son sperme sur mon torse. Puis il attrape mon érection et me branle rapidement, jusqu'à ce que tous mes muscles se tendent et que l'orgasme me transperce de plein fouet. Après que j'ai éjaculé sur sa main et sa peau, Sander se laisse tomber sur moi.

Nos bouches se retrouvent, mais notre faim désormais assouvie, notre baiser est lent, presque trop intime pour mon cœur qui menace d'exploser.

Nous finissons par nous séparer et nous retrouvons à scruter le plafond, cherchant à reprendre une respiration régulière.

— Jer ? murmure Sander après un long moment.

— Ouais ?

Voyant qu'il ne répond pas, je tourne la tête vers lui. Lorsque je croise son regard vert, je constate que la douleur a disparu, laissant place à de l'apaisement.

— Est-ce que... est-ce que tu veux bien rester encore un peu ?

Je déglutis en entendant sa voix presque trop timide, puis je hoche la tête.

— Bien sûr. Autant de temps que tu voudras.

Dans ce chalet au milieu du camp, tandis que nos doigts se frôlent et s'entremêlent, un nouvel espoir naît en moi. Mais je prie pour ne pas me casser la gueule.

Nous restons si longtemps sans parler que je me demande si Sander s'est endormi. Mais lorsque je tourne la tête vers lui, je constate que ses yeux sont toujours ouverts. Je me tourne dans sa direction, attendant qu'il se rende compte que je l'observe.

— Qu'est-ce qui t'arrive ? demande-t-il finalement, sans jamais quitter le plafond des yeux.

Tout à coup, je me trouve à court de mots. Pourtant, il y a tant de choses que j'aimerais lui dire. Mais tout ce qui sort de ma bouche est un :

— Merci.

Il délaisse enfin le plafond pour se tourner vers moi.

— Merci pour quoi ? Pour t'avoir super bien baisé ?

Un sourire ourle ses lèvres, et je ricane.

— Ouais, pour ça aussi, clairement.

Autant être honnête, ce que j'ai ressenti ce soir, Sander enfoncé en moi, cette connexion plus profonde que nos corps emboîtés… Je n'ai jamais connu ça. Même si j'ai flippé au début, et pas uniquement parce que ça faisait longtemps que je n'avais pas couché avec un homme, mais parce que c'est lui. Ce mec pour qui je craque depuis des mois, celui que j'ai rejeté, avant de rendre les armes.

Sander se positionne sur le côté, puis pose sa tête sur sa main.

— De rien, tout le plaisir était pour moi.

Mon regard s'arrête sur ses lèvres, avec une furieuse envie de me redresser pour l'embrasser. Comme s'il l'avait deviné, il se penche sur moi, ôte ses doigts des miens pour caresser ma joue, mon front, avant de poser ses lèvres contre les miennes dans le plus doux des baisers.

Lorsqu'il recule, je verrouille mon regard au sien, et une émotion soudaine m'étreint si fort que mon cœur se retrouve compressé.

— Merci de m'avoir raconté pour Parker, soufflé-je.

Merci de t'être confié à moi. De m'avoir prouvé que tu me faisais confiance, malgré tout, malgré ce qui s'est passé, malgré la manière dont je t'ai traité. Je voudrais lui dire tout ça, mais j'en suis incapable, alors je me contente du plus important.

Sander glisse ses doigts dans mes cheveux et commence à jouer avec.

— Ça m'a fait du bien, tu sais, de pouvoir partager ça avec toi.

— Moi aussi. Et je suis désolé. Pour tout ce qu'il a vécu, tout ce que toi, tu as vécu.

Sander sourit. Un sourire lointain, comme si mes mots l'avaient projeté dans un passé en compagnie de Parker.

— Ça fait toujours mal, tu sais ? Je pensais que je finirais par oublier, mais même des années après, ça reste compliqué à gérer. Il était... mon meilleur ami, surtout.

Je souris puis tends le bras, saisis sa nuque pour ramener Sander contre moi. Je n'ai pas envie qu'il se noie dans la tristesse. Pas ce soir, pas après ce que nous avons vécu. Alors je l'embrasse, espérant qu'il se perde dans notre étreinte. Rapidement nos lèvres humides glissent les unes contre les autres, jusqu'à ce qu'il pose la tête contre mon torse, ses doigts caressant distraitement mon avant-bras.

— Pourquoi cette passion pour le hockey ? cherche-t-il à savoir.

Sa question me surprend, mais je comprends rapidement qu'il aspire à retrouver une atmosphère plus détendue tout en voulant en apprendre plus sur moi, ce qui me touche plus que je ne l'aurais pensé.

— À cause de mon oncle, qui a été comme un père pour moi pendant longtemps. Il habite à Vancouver. Quand ma mère m'a emmené là-bas pour la première fois, j'ai découvert ce que c'est de patiner.

Je repense au sourire de ma mère lorsqu'elle m'a vu sur des patins. C'était les seules vacances qu'elle s'octroyait, quelques jours pour se reposer, pour passer du temps avec son frère, et aussi, je crois, pour qu'il puisse s'occuper de moi.

— Elle bossait beaucoup, elle cumulait plusieurs boulots, et j'étais une vraie boule d'énergie quand j'étais gamin. Que je passe du temps avec mon oncle lui permettait de souffler un peu, et moi, j'étais content d'avoir une figure paternelle pour s'occuper de moi.

Je ne sais pas pourquoi je raconte tout ça à Sander. Sans doute parce que, moi aussi, j'ai envie qu'il me connaisse mieux.

Nous continuons à discuter, de ma mère, de son nouveau mari avec qui je m'entends très bien et envers qui je suis reconnaissant de l'avoir rendue heureuse et épanouie, puis de hockey, de football aussi. Nous parlons jusqu'à ce que le sommeil devienne trop lourd pour être ignoré. Le silence nous enveloppe de nouveau, et je ferme les yeux, bercé par la respiration régulière de Sander, impatient d'être demain et de me réveiller avec cet homme à mes côtés.

25

Sander

Lorsque j'ouvre un œil, que je referme aussitôt, je remarque que la lumière a déjà envahi le chalet. Je sais par expérience qu'il est déjà tard, le soleil ne rentre jamais par les fenêtres de cette façon avant une heure avancée de la journée. Seulement, je n'ai aucune envie d'ouvrir complètement les paupières pour vérifier l'heure sur mon téléphone. Je perçois vaguement la respiration de Jeremiah près de moi et j'ai cette trouille un peu ridicule qu'il ne soit plus là si je décide de me réveiller complètement. Que sa chaleur de l'autre côté du lit ne soit que le fruit de mon imagination très fertile. Je sais que je lui ai demandé de rester hier soir, mais ça ne veut pas dire qu'il s'est attardé plus longtemps qu'il ne le jugeait nécessaire. Certes, il était là quand je l'ai réveillé dans la nuit, à la recherche de sa bouche, désireux d'entendre de nouveau ses cris de jouissance dont je ne suis pas sûr de pouvoir me passer désormais, mais il pourrait avoir filé depuis.

Après de longues minutes à me délecter des images passant dans ma tête, je sens une main glisser sur mon torse. J'ai peut-être une imagination débordante, mais si celle-ci commence à me faire inventer les caresses de Jer, c'est que je deviens vraiment dingue. Décidant que ce n'est pas le cas, j'ouvre brusquement les paupières et tourne la tête vers lui. Il est bien là, en chair et en os ! Je pourrais me délecter de cette vision toute la journée – voire beaucoup plus longtemps que ça. Il est tourné sur le côté et me sourit, ses grands yeux bleus éclairés d'une lueur que je n'arrive pas à interpréter.

Puis, je comprends ce qui me perturbe. Le soupçon de défiance et de regret que j'y voyais auparavant a disparu. Il semble content de l'endroit où il se trouve, et ce constat me fait ouvrir de grands yeux ébahis.

— Tu as l'air surpris, remarque-t-il.

Sa voix est délicieusement rauque, j'aimerais pouvoir l'enregistrer pour la réécouter plus tard.

— Tu es resté, expliqué-je.

— Tu me l'as demandé.

Je hoche la tête, essayant de me concentrer sur ce que je voulais dire alors que ses doigts tracent des cercles sur mes pectoraux.

— J'avoue que je pensais que tu serais reparti avant que tout le monde se lève...

Il a un sursaut presque imperceptible. Si je n'avais pas eu sa main sur mon torse, je ne l'aurais pas senti. Ses caresses se sont interrompues pendant moins d'une seconde avant de reprendre comme si de rien n'était.

— Il est tard ? demande-t-il alors.

Je tends mon bras sur la gauche pour attraper mon téléphone portable à tâtons. Je découvre deux appels manqués de Nyx sur l'écran. La connaissant, elle a sûrement déjà additionné deux plus deux concernant Jer et moi. Je ne dis rien à ce dernier, de peur qu'il ne flippe et se sauve en courant une fois de plus. Je ne sais pas du tout de quoi « l'après » sera fait, mais je voudrais profiter un peu de ces moments de sérénité entre nous. Je repose mon téléphone sur la table de chevet avant de tourner encore une fois la tête vers Jeremiah.

— Il est presque midi...

De nouveau, ses doigts interrompent brièvement leur danse sur ma peau. J'attends sa réaction, pas certain de l'apprécier.

— Je sortirai par la fenêtre de la salle de bains, finit-il par dire en haussant les épaules. Et je dirai que je me suis fait attaquer par un autre serpent dans les bois.

J'essaie de ne pas me focaliser sur le coup à l'estomac que sa nonchalance me provoque et décide de remettre à plus tard la conversation que nous devrons avoir sur le sujet. Mettre la tête dans le sable, ça fonctionne pour les autruches, pourquoi pas pour Sander Campbell ?

— Toi, tu n'as pas vu la taille des fenêtres de la salle de bains ! Jamais tes épaules ne passeront.

J'espère que ma voix ne me trahit pas quand je choisis de plaisanter pour masquer mon trouble.

Sa main glisse jusqu'à mon épaule pour venir se placer autour de ma nuque. Jer se rapproche légèrement avant de m'attirer à lui. Il s'empare de mes lèvres, insinue sa langue dans ma bouche en un baiser d'une douceur qui me ferait presque trembler. Je veux plus de matins comme ça, plus de nuits avec lui, de réveils à ses côtés, de conversations sur l'oreiller. Plus de lui, tout simplement. Il finit par me relâcher et je me liquéfie devant ce sourire sexy plein d'assurance qu'il ne m'avait jamais offert avant.

— Et si on prenait une douche ? Tu pourrais me montrer les fenêtres de la salle de bains.

Je suis tellement surpris par sa proposition, par le fait qu'il veuille encore passer quelques moments avec moi, que je reste interdit, incapable de réagir. Je mets si longtemps à me reprendre qu'il finit par se détacher de moi pour se lever.

— Non ? OK, alors je vais aller me doucher seul !

Il commence à se diriger en direction de la petite pièce. Il n'a pas fait trois pas que je me précipite à sa suite. J'aurais aimé en profiter pour continuer de mater son corps d'Apollon, mais hors de question de laisser filer ce Jeremiah sûr de lui et entreprenant que je n'aurais jamais cru connaître un jour.

Je le rattrape alors qu'il ouvre la porte et me colle à lui. Mon érection matinale, que son baiser a réveillée, se colle contre son cul rebondi.

— J'ai cru que tu ne te lèverais jamais, me taquine-t-il.

Je secoue la tête en avançant vers la grande cabine de douche. On pourrait se laver à quatre là-dedans, nous n'aurons donc aucun mal à tenir tous les deux malgré nos carrures athlétiques.

J'ouvre le robinet de la première tête de douche pour que l'eau se réchauffe.

— Tu croyais vraiment que j'allais rester au lit en te sachant nu juste à côté ?

J'actionne ensuite l'eau de la deuxième tête de douche avant de me glisser sous le jet chaud de la première. Je regarde Jer, qui n'est toujours pas entré dans la cabine. Je lève un sourcil comme pour lui dire « Qu'est-ce que tu attends, bordel ? », et il se marre devant mon impatience.

— J'étais seulement en train d'essayer de comprendre l'intérêt d'avoir deux têtes de douche l'une en face de l'autre.

— L'intérêt ?

Je me penche, attrape sa main et l'attire sous le deuxième jet face à moi. Ainsi, nous ruisselons tous les deux d'eau, sans pour autant nous noyer. Bonus, Jeremiah est juste à portée de mes mains, qui se posent sur ses hanches. Je hausse les épaules, plutôt fier de ma petite démonstration.

— Merci de me démontrer que tu as baisé tellement de mecs dans ton chalet que la cabine de douche a été conçue pour ça, grogne-t-il.

— Jaloux, Jeremiah ?

— Je n'ai surtout pas envie d'être une encoche de plus sur ta tête de lit, explique-t-il.

Je me radoucis instantanément. Je le plaque un peu plus contre moi, mes doigts glissant au bas de son dos avant de reposer sur le haut de ses fesses.

— Si c'était le cas, je ne t'aurais jamais demandé de rester hier soir.

Il plante son regard dans le mien comme s'il cherchait à cerner si je suis sérieux ou non. *A priori* rassuré par ce qu'il y lit, ses lèvres s'incurvent dans un sourire qui illumine son visage. Comment ce mec peut-il être aussi beau ?

Il cherche à se rapprocher davantage, mais je le repousse de quelques centimètres et attrape le gel douche.

— Laisse-moi m'occuper de toi, déjà, murmuré-je.

Je verse une généreuse quantité de savon dans mes mains, les frotte l'une contre l'autre avant de les poser sur son torse. Je commence à masser sa peau en faisant des cercles lents. Je prends mon temps, caresse ses abdos avant de m'arrêter juste là où sa queue déjà dure repose. Je remonte sur ses bras, ses épaules, redescends le long de ses flancs jusqu'à ses cuisses. Je fais durer le plaisir, ne le touche jamais là où je sais qu'il en crève d'envie.

Un grognement de frustration s'échappe de ses lèvres entrouvertes quand j'effleure son sexe tendu avant de glisser mes mains dans son dos. Mes paumes passent sur ses fesses et je laisse courir mes doigts pleins de mousse le long de sa fente. Il se crispe légèrement lorsque je caresse doucement son entrée. J'aurais pu manquer sa réaction si son corps n'était pas collé au mien.

— Tu as mal ?

— Un peu.

J'ai un mouvement de recul dont je n'ai conscience qu'à l'instant où Jer me retient contre lui.

— T'inquiète pas, ça va aller. Ça faisait longtemps, c'est tout.

— Combien de temps ? demandé-je, penaud.

Il hausse les épaules comme si ça n'avait pas d'importance, avant de répondre :

— Depuis le lycée.

Je ferme les yeux, incapable d'affronter son regard.

— J'aurais dû y aller plus doucement...

— Sûrement pas, rétorque-t-il farouchement. C'était parfait.

Il pose ses doigts sous mon menton, me force à relever la tête.

— Je n'aurais pas voulu que ce soit autrement, ajoute-t-il avant de s'emparer lui aussi du gel douche. À mon tour de te torturer un peu.

Son sourire me rassure, je le laisse m'infliger le même traitement que celui que je lui ai fait subir il y a quelques minutes. Je finis par fermer les yeux pour savourer plus intensément la sensation de ses paumes sur mon corps, de ses doigts sur ma peau. Je me délecte de le sentir si proche de moi, de ressentir son envie de me faire du bien, son besoin de moi.

Je grogne à mon tour quand la pulpe de ses doigts frôle la base de ma queue pour la énième fois, ce qui a sans doute raison de sa retenue. Une main accrochée à mon cul, il s'empare de nos sexes érigés dans sa paume savonneuse. Je pousse un râle à la frontière entre soulagement et impatience. Il coulisse de haut en bas. Je le laisse mener la danse pendant un moment, la tête penchée en arrière sous le jet d'eau. Ma respiration s'accélère. Les yeux toujours fermés, je sens le souffle de Jer sur mes lèvres. Nos bouches se percutent comme si elles se connaissaient depuis toujours. Quand sa langue se glisse entre mes lèvres, je rue dans sa paume.

Les va-et-vient de sa main ne s'arrêtent pas et se combinent à ceux de ma queue contre la sienne. Sa paume, son sexe contre le mien, mes coups de reins de plus en plus effrénés, sa bouche qui danse avec la mienne... Les sensations sont d'une intensité telle que je jouis en quelques minutes, en poussant un cri à réveiller tout le camp. Jeremiah me rejoint quelques secondes plus tard, nos spermes se mélangeant sur sa main, sur nos ventres, avant de disparaître sous l'eau des douches toujours allumées.

Je ne sais pas combien de temps nous passons dans les bras l'un de l'autre, front contre front. Une pensée me tétanise toutefois : je voudrais que ça ne s'arrête jamais, que chaque jour soit fait de moments comme ça, et je ne suis pas certain que ce soit ce que Jer veuille. Encore moins qu'il soit prêt pour ça.

26

Jeremiah

Ma tête tourne légèrement lorsque nous finissons par quitter la cabine de douche. Et si je frissonne en me séchant, ce n'est pas à cause de l'air frais qui pénètre par la minuscule fenêtre de la salle de bains, ouverte, mais bien à cause de toutes les sensations procurées par Sander. Hier soir, cette nuit, il y a cinq minutes. Je voudrais ne jamais quitter ce chalet, continuer à profiter de la présence de Sander, de son corps contre le mien, de ses mains me caressant, de sa bouche sur la mienne. Mais nous ne pouvons pas rester enfermés ici éternellement. Comme pour me le prouver, l'estomac de Sander gargouille. Nos regards se croisent et il tapote son ventre plat.

— Je crois que si je ne mange pas quelque chose dans les cinq prochaines minutes, je vais tomber.

Je hoche la tête, et noue ma serviette autour de ma taille avant de quitter la salle de bains. Une fois de retour dans la chambre, j'avise le lit aux draps froissés, pouvant presque apercevoir le fantôme de nos corps enlacés. La main de Sander sur mon épaule m'oblige à reprendre pied dans la réalité.

— Est-ce que tout va bien ? me demande-t-il.

Je voudrais lui répondre que oui, mais je n'en ai pas la moindre idée. Cette nuit a été au-delà de mes attentes. Ce désir, cette passion, ce feu embrasant mes veines, je n'avais jamais ressenti ça. Sauf qu'à présent, alors que le chalet est baigné dans la lumière du jour, que nous ne pouvons plus profiter de l'obscurité pour nous cacher, je flippe.

— Je... je ne sais pas trop.

Sa main descend le long de mon dos et je frissonne sous cette caresse. Puis Sander vient enlacer ma taille et se colle derrière moi. Son torse contre mon dos, il dépose un baiser derrière mon oreille. Ce geste d'une douceur infinie me noue l'estomac. Comment en est-on arrivés là ? Comment est-on passés de la colère à une étreinte aussi tendre ? Je me laisse aller contre lui, pose mes mains sur les siennes et entrelace nos doigts.

— Est-ce que tu regrettes ?

La douleur perceptible dans sa voix me crispe. Je me tourne aussitôt vers lui et emprisonne son visage.

— Non ! Non, je... Pas du tout. C'était...

Je déglutis.

— J'ai passé des mois à lutter contre mes sentiments pour toi. À te repousser au lieu de te laisser entrer, parce que c'était plus facile. Parce que j'étais mort de trouille à l'idée...

Je me tais et me mords les lèvres, incapable de finir ma phrase. Je n'en ai pas besoin, Sander le sait. Après tout, c'est la raison pour laquelle nous nous sommes déchirés au lieu de nous rapprocher.

— Tu sais que dès que nous allons mettre un pied dehors, les potes vont se poser des questions, pas vrai ? Ils sont peut-être un peu cons, mais pas à ce point-là.

Je souris, même si tout ce dont j'ai envie, c'est me planquer sous les draps. Pour ne pas faire face aux autres, pour ne pas être jugé, pour qu'ils ne découvrent pas mon secret. Mais autant me rendre à l'évidence, la plupart de nos amis ne sont pas dupes.

— Je crois... je crois que je peux gérer ça. Qu'ils le sachent. Je veux dire, ils sont de notre côté, non ? Ils ne...

Sander me fait taire d'un baiser chaste déposé sur mes lèvres.

— Nyx le sait, et je pense que Leander s'en doute. Dante, il…

— Il est au courant.

Sander cligne des yeux, surpris.

— Pardon ?

Sa mine ahurie me fait éclater de rire.

— Allez, Campbell. Pourquoi est-ce qu'il m'a fait venir ici, à ton avis ?

— Pour me rendre fou ?

Je souris. C'est vrai. Il m'est pourtant difficile de me souvenir qu'il y a quelques jours à peine, on était encore sur le point de se taper dessus. Étrange comme les choses peuvent vite changer, parfois.

— Ouais, mais pas seulement. On a discuté. Je lui ai avoué que j'étais…

Je m'arrête, avant de prononcer des mots bien trop lourds de sens. Ce n'est pas le moment. C'est beaucoup trop tôt. Je ne suis même pas sûr de ce que je ressens. La seule chose dont je suis certain, c'est que je n'ai pas envie que cette nuit soit un acte isolé. Je veux pouvoir profiter du reste de ces vacances avec Sander, et non prétendre qu'il me laisse indifférent.

— Que je craquais pour toi. Même si tu étais un putain d'enfoiré.

Sander éclate d'un rire qui me fait frissonner. Puis il frotte son nez contre le mien avant de m'embrasser une nouvelle fois. La faim de lui gronde en moi, me montrant qu'elle n'a pas été assouvie. Je gémis contre sa bouche, me retourne, et attrape ses hanches pour le coller contre moi avant de frotter ma queue contre la sienne.

— Jer, si on continue comme ça, on ne quittera jamais le chalet. Et je n'ai pas envie de tomber d'inanition. Alors je propose qu'on s'habille, qu'on déjeune, et ensuite… Ensuite, je serai partant pour à peu près tout ce que tu voudras.

Je hoche la tête et recule, me faisant violence pour ôter mes mains de lui. Je me déleste de ma serviette et rougis lorsque les yeux de Sander s'attardent sur chaque parcelle de ma peau.

— Habille-toi, Marner. Je suis très sérieux.

— Sinon quoi ? ricané-je.

— Sinon...

Des coups frappés à la porte du chalet interrompent Sander dans sa réponse. Je lui jette un regard alarmé.

— Sinon quelqu'un risque de te voir à poil. Et je refuse que qui que ce soit, hormis moi, pose les yeux sur ta queue.

Il m'adresse un sourire complice et tourne la tête avant de crier :

— Deux secondes ! Je suis à poil.

— Et depuis quand ça te freine ? répond la voix de Leander de l'autre côté de la porte.

— Je ne sais pas si je devrais poser la question qui me démange, ajoute Nyx.

— Non, vaut mieux pas, renchérit Dante.

Bordel. Ils sont venus à combien, au juste ? Heureusement, personne ne cherche à ouvrir la porte, ce qui nous laisse à tous les deux le temps d'enfiler des fringues.

— Prêt ? me demande Sander en se postant devant moi.

Le fait qu'il me pose la question et s'inquiète de ma réaction fait battre mon cœur un peu trop vite.

— Je crois, oui.

Après tout, je ne risque rien, ici, pas vrai ? Au contraire, je suis persuadé qu'ils seront tous soulagés de voir que Sander et moi avons réussi à mettre nos différends de côté... Bel euphémisme, sachant que j'ai encore les marques de sa bouche sur ma peau et que le léger tiraillement que je ressens toujours me rappelle à quel point coucher avec lui a surpassé mes fantasmes les plus torrides.

Sander me sourit avec une telle douceur qu'une boule me noue la gorge. Puis il glisse la main le long de mon bras jusqu'à entrelacer ses doigts aux miens.

— Allons affronter les fouines, déclare-t-il d'un ton bien trop sérieux.

Je serre fermement sa paume. Pour me donner du courage. Pour m'empêcher de me dérober. Et lui fais signe d'ouvrir la porte du chalet. Devant nous, trois paires d'yeux nous scrutent, ébahis.

— Eh merde, grogne Leander en nous regardant tour à tour.

Nyx, elle, semble rayonner.

— Allez, les gars. Filez-moi votre fric.

— Qu'est-ce que t'avais parié, Moustique ? demande Sander, franchement amusé par la scène.

De mon côté, les voir se comporter comme ils le font habituellement me rassure tellement que je pourrais presque chialer.

— Que vous alliez enfin ouvrir les yeux et vous sauter dessus. Dis, est-ce que je peux rester et vous regarder, la prochaine fois ? demande-t-elle, les yeux brillants.

— Nyx ! gronde son mec.

— Quoi ? Ça devait être super torride. Deux hommes en sueur, tous ces muscles bandés...

— Pas que les muscles, ma grande, ajoute Sander.

C'est plus fort que moi, l'expression courroucée de Leander me fait éclater de rire.

— Il faut vraiment que tu te calmes sur le porno, gronde-t-il.

— Arrête un peu, tu sais que c'est plus sympa de le regarder à deux.

Je manque de m'étouffer. Je ne sais pas si Nyx est sérieuse ou si elle plaisante mais, en tout cas, elle est douée pour mettre Leander dans l'embarras.

Tandis que les conversations dérivent, je me rends compte que personne n'en a rien à foutre de savoir que je couche avec un mec. Je pousse un profond soupir de soulagement. Moi qui flippais de venir ici, de me confronter à Sander, je prends conscience que je n'aurais pas pu faire de meilleur choix.

J'ignore comment les choses se passeront une fois de

retour sur le campus, mais pour être franc, je n'ai pas envie d'y penser. Pour l'instant, tout ce qui compte, c'est le moment présent, et les doigts de Sander entrelacés aux miens tandis que nos rires s'élèvent dans l'air doux de cette fin de matinée.

27

Sander

Une fois que Nyx a récupéré le fric que Leander et Dante lui doivent – ils l'ont bien cherché, franchement –, nous nous dirigeons tous les cinq en direction du chalet principal. Je n'ai pas lâché la main de Jer, et il n'a pas cherché à se soustraire à mon contact. C'est ce que je craignais le plus, qu'il se dérobe même aux yeux de nos amis. J'espère qu'il a compris qu'ici il peut montrer qui il est vraiment en toute sécurité. Il fait partie de notre famille et personne ne le jugera jamais.

Moustique se détache de Leander pour venir se placer aux côtés de Jeremiah. Il la regarde avec curiosité, et je me demande aussi ce que ma pote va encore nous pondre.

— Je suis très contente pour vous, les mecs, commence-t-elle. Il était temps de transformer toute cette tension entre vous en quelque chose de plus... agréable.

— Euh... Merci, bredouille mon hockeyeur tandis que je ris sous cape à côté.

— En revanche, mon petit Jeremiah, laisse-moi mettre les choses au clair : si tu brises le cœur de mon Brutus, tu auras affaire à moi.

Cette fois, j'éclate carrément de rire. Jer, lui, n'a pas l'air de savoir sur quel pied danser.

— Moustique.

— Oui ?

— Tu dois peser quarante kilos toute mouillée. Tu comptes faire quoi exactement ?

— On ne t'a jamais dit que ce n'est pas la taille qui compte ? Je suis bien plus forte qu'il n'y paraît.

Leander se retourne et s'adresse directement à Jeremiah.

— Crois-la sur parole, mec. Tu n'as pas envie d'énerver Nyx. Les filles de l'Alabama, faut pas les chercher, ajoute-t-il en riant.

Quand je regarde de nouveau l'intéressée, elle affiche un grand sourire de psychopathe. Je ris de plus belle et attire un peu plus vers moi celui qui a partagé ma nuit. Tout en continuant à marcher, j'approche mes lèvres de son oreille.

— Tu as entendu la dame ? Ne me brise pas le cœur.

Il se recule légèrement, et plante son regard dans le mien.

— Je vais essayer, finit-il par répondre avec sincérité. Elle fout les boules, ta pote, je ne voudrais pas risquer qu'elle m'en veuille.

Évidemment, j'aurais aimé qu'il soit plus sûr de lui, plus sûr de nous. Mais il y a quelques jours, nous pouvions à peine nous supporter, c'est donc déjà un beau progrès. Aujourd'hui, tout ce qui compte, c'est qu'il ne se soit toujours pas éloigné de moi, alors que nous approchons du reste du groupe et que je le sens se tendre. Aujourd'hui, il n'a pas fui et j'ai bien l'intention de profiter de chaque minute qu'il m'offrira avec lui.

Scott et Eva se disputent en sourdine dans un coin du chalet principal. Leurs voix ne sont que murmures, mais on comprend sans mal à leur expression, surtout celle d'Eva, que quelque chose cloche. Ils se tournent dans notre direction en prenant conscience de notre arrivée, et leurs regards s'écarquillent simultanément quand ils tombent sur nos mains toujours enlacées. Cette fois-ci, c'est à moi de marquer un léger temps d'arrêt. Je me doutais que Jer n'aurait pas parlé de moi à Scott. C'est son capitaine, en plus d'être son ami, et je sais à quel point Jeremiah angoisse à l'idée que qui que ce soit de son équipe apprenne sa bisexualité. Mais Eva... Il s'agit de sa meilleure amie et, si je ne me trompe pas, ça date de bien plus longtemps que l'université. Je pensais qu'il lui aurait parlé de ce qui s'était passé entre nous. Notre inimitié n'a pas pu lui échapper, je me demande ce que Jer lui a raconté pour lui expliquer ça.

Ce constat me met un coup au moral, même si je ne laisse rien paraître devant les autres. S'il n'a rien dit à l'amie en qui il a le plus confiance, que va-t-il se passer face à des étrangers quand nous serons de retour à la fac ?

Je me reprends quand tout le monde commence à parler de nos projets pour la soirée. Hors de question de me laisser aller à la morosité. Chez moi, cela n'engendre jamais rien de bon.

— Sander, t'en penses quoi ?

Mon frère me ramène à la réalité. Je le regarde d'un air interrogateur pour lui faire comprendre que je ne sais pas de quoi il parle.

— On passe chercher à manger chez Hatie B's et on se retrouve tous à Cumberland Park pour pique-niquer avant d'entamer la tournée des bars ?

— Ouais, bonne idée. Il fait beau, on sera bien dehors. Je passerai commande dans la voiture pour que ce soit prêt lorsqu'on arrive. Tu conduis ?

Il me montre les clés qu'il tient dans sa main, comme s'il avait déjà pensé à tout.

— On part devant, explique-t-il aux autres. Vous nous retrouverez au parc.

Il commence à se diriger vers sa voiture pendant que Dee et Nyx s'affolent pour être prêtes à partir en temps et en heure. J'entraîne Jer à ma suite pour rejoindre mon frère, ne lui laissant pas vraiment le choix de me suivre. Pas moyen de se retrouver dans des voitures séparées ne serait-ce que le temps du trajet.

— Je viens avec vous, lance Eva tout en offrant son regard le plus noir à Scott.

Elle se place à côté de Jer qui pose une main réconfortante sur son épaule.

Nous marchons en silence jusqu'à l'entrée du camp de vacances. Ça aurait été beaucoup plus rapide en quad, mais Dante et moi savons très bien dans quel état on peut revenir d'une virée à Nashville. Même si certains d'entre nous vont obligatoirement rester sobres pour nous ramener jusqu'au camp, il ne restera jamais assez de monde pour conduire les véhicules tout-terrain.

Une fois arrivé à l'endroit où nous garons les voitures à l'entrée du domaine, je lâche enfin la main de Jer pour déverrouiller la barrière. Je la referme quand Dante est sorti du camp et j'ouvre la portière arrière pour me glisser sur le siège à côté de Jeremiah. Eva s'est installée à l'avant, sur le siège passager.

— Vous avez tous pris vos fausses pièces d'identité ? demandé-je en sortant mon téléphone de ma poche.

Jer hoche la tête et mon frère balance un « Évidemment ! » sonore. Je tapote rapidement un message groupé pour rappeler aux autres de ne pas oublier ce moyen, illégal, pour pouvoir picoler dans les bars avant d'avoir 21 ans. Dans notre petit groupe, seul Knox a atteint l'âge requis.

— J'en ai pas, répond Eva, mais je comptais conduire, de toute façon, donc ça n'a pas d'importance.

Son ton est morose, il ne faut pas être un génie pour comprendre que Scott est responsable de son humeur. Jeremiah se penche en avant pour se rapprocher d'elle et pose de nouveau la main sur son épaule.

— Ça va ?

— Ça ira mieux quand je me serai enfin mis dans la tête que je ne dois rien attendre de lui, qu'il sera toujours ce queutard qui n'en a rien à foutre de moi.

Jer déglutit, je le vois même pâlir.

— Les gens peuvent changer tu sais, argumente-t-il.

— Non, Jer. Les gens ne changent pas.

Elle se renfrogne avant de se retourner vers la vitre, mettant un terme à la conversation. Quant à moi, j'observe Jeremiah qui ne semble plus aussi serein qu'il l'était il y a quelques minutes. Est-ce l'effet des paroles d'Eva ? Se demande-t-il s'il peut changer et assumer notre relation ? Ou a-t-il peur que, comme Scott, je reste toujours ce type qui change de mec comme de chemise ? Il ne peut pas savoir que si je ne me suis jamais engagé avec personne, c'était par peur de mettre mon cœur dans la balance et de souffrir comme j'ai souffert quand Parker m'a abandonné. Et même si je sais qu'avec Jer, rien n'est moins sûr que notre avenir ensemble, je choisis de lui faire confiance et de croire en ce début de notre histoire.

28

Jeremiah

Du coin de l'œil, j'observe Eva, dont le nez est rivé à son écran de portable. Depuis que nous nous sommes posés dans le parc, elle n'a pratiquement pas décroché un mot. Elle s'est mise en retrait de la bande et a perdu son éternel sourire. Ça me fait mal de la voir dans cet état. Je décide de la rejoindre et me laisse tomber près d'elle, attendant qu'elle porte son attention sur moi, ce qu'elle ne fait pas.

— Eva, finis-je par murmurer, à court de patience.

Elle tourne la tête dans ma direction et je découvre ses yeux humides.

— Eh…

Je l'attire à moi. Nous restons à long moment silencieux tandis qu'elle puise du réconfort dans mon étreinte amicale.

— Vous êtes tous des sacrés enfoirés, finit-elle par murmurer, son visage enfoui contre mon torse.

— Je sais, ouais.

— Et c'est toi le pire de tous.

Je cligne des paupières, surpris, puis recule pour pouvoir croiser son regard.

— Pourquoi tu dis ça ?

Elle lève les yeux au ciel, comme si c'était évident.

— Je n'arrive pas à croire que tu ne m'aies rien dit pour Sander ! s'exclame-t-elle avant de m'assener une tape sur le torse.

— Je… commencé-je avant de déglutir. Je n'ai rien dit à personne.

— C'est ça le problème ! On est censés être amis. Meilleurs amis, même. Du moins, c'est ce que je croyais.

Elle semble sincèrement blessée que je ne me sois pas confié à elle. Pourtant, comme elle le dit si bien, elle me connaît. Elle sait que j'ai tendance à tout garder pour moi.

— On l'est, réponds-je. Tu sais que tu comptes énormément pour moi, mais avec Sander, c'est... compliqué.

— Mais encore ?

Je soupire et passe une main dans mes cheveux.

— Il me plaît depuis le premier jour où je l'ai rencontré.

Je m'en souviens comme si c'était hier. Je suis entré dans la cafétéria de l'université un midi, je me suis dirigé vers Leander, avec qui je partageais un cours en première année, et mon souffle s'est bloqué dans ma gorge quand j'ai posé les yeux sur le type à côté de lui. Sander m'a rendu mon regard, souriant de toutes ses dents, comme il le fait toujours – ou le faisait, avant que notre relation ne se détériore –, et tout mon monde ne s'est soudain plus résumé qu'à lui. Moi qui pensais que ce genre de trucs n'arrivait que dans les films, je me suis retrouvé totalement décontenancé.

— Personne ne m'avait jamais fait autant d'effet au premier coup d'œil, expliqué-je, plongé dans mes souvenirs.

J'ai très vite su que j'allais me retrouver dans la merde. Pourtant, c'était plus fort que moi, je me suis rapproché de lui, j'ai voulu apprendre à le connaître. Nous sommes devenus amis, et moi, je souffrais de ne pas le découvrir plus intimement.

— Je savais que je lui plaisais, certains regards ne trompent pas, mais je n'ai jamais osé faire le premier pas.

Eva m'écoute tandis que je lui raconte tout, comme si j'en avais marre de le garder pour moi.

— Et puis un soir, Sander m'a embrassé.

Ma pote laisse échapper un petit couinement. Je vois à quel point elle apprécie que je me confie enfin.

— Je me souviens de la douceur de ses lèvres quand il les a posées sur moi, de l'impression que le monde avait basculé. Mon cœur s'est emballé, je lui ai rendu son baiser et soudain… j'ai paniqué. Et j'ai fui.

— Et… insiste Eva pour que je poursuive, alors que je me suis tu.

— Et je n'ai pas géré, réponds-je avec un soupir. Mais ça n'a pas suffi à calmer les ardeurs de Sander, qui n'a pas hésité à tenter un nouveau rapprochement… À ce moment-là, je l'ai frappé.

En y repensant, je crois que je me suis montré volontairement violent. Pas uniquement pour qu'il comprenne qu'il devait arrêter d'essayer, mais pour qu'il crée une barrière entre nous, chose que j'étais incapable d'ériger moi-même. Autant dire que ça a fonctionné du tonnerre.

— Est-ce que… est-ce que c'était la première fois ? Que tu étais attiré par un mec, je veux dire, demande Eva d'une petite voix, me sortant de mes souvenirs.

Je secoue la tête, penaud.

— Non. Mais j'ai essayé d'enfouir cette partie de moi en arrivant à l'université. J'avais, et j'ai toujours, trop peur des conséquences que ça pourrait avoir.

Eva me scrute sans sourciller.

— Tu aurais pu m'en parler, tu sais. De Sander, de ta bisexualité. Si tu me l'avais demandé, j'aurais gardé le secret et tu n'aurais pas eu à porter ça tout seul.

— Je sais. Mais honnêtement, en parler n'aurait fait que remuer le couteau dans la plaie.

Elle hoche la tête.

— En tout cas, s'il te fait du mal, je lui casse la gueule, déclare-t-elle soudain, prenant un air menaçant.

J'éclate de rire et l'attire à moi pour lui faire un câlin, embrassant le sommet de son crâne.

— J'aimerais bien te voir essayer, me marré-je.

Elle grogne contre moi, puis rit à son tour, les vibrations se répercutant sur mon torse.

— Je suis désolé que tu aies cru que je ne te faisais pas confiance, soufflé-je dans ses cheveux. Mais c'est simplement que c'était plus facile comme ça.

Elle semble comprendre. Nous restons un long moment enlacés, profitant d'un instant comme nous n'en partageons que trop rarement tous les deux.

Allongé sur l'herbe, j'observe mes potes jouer au Frisbee en riant. Eva s'est jointe à eux. Je suis contente qu'elle aille mieux. Sa capacité à rebondir rapidement est ce que je préfère chez elle. Elle n'est pas du genre à s'apitoyer sur son sort.

Je ferme les yeux, laissant le soleil réchauffer ma peau. Maintenant que j'ai l'estomac bien rempli, je ne serais pas contre une petite sieste. Il faut dire que la nuit a été courte, et riche en émotions. Non que je m'en plaigne, mais j'ai besoin de faire le point. Les heures ont défilé trop vite, je me suis laissé entraîner dans cette spirale sans avoir le temps de réfléchir. J'ai suivi le mouvement, la grande main chaude de Sander dans la mienne, sans trop me poser de questions. Mais maintenant qu'il n'est plus à côté de moi, j'ai presque envie de m'enfuir.

Conscient d'un changement autour de moi, j'ouvre les paupières pour découvrir une large silhouette qui me cache le soleil. Scott s'assied à mes côtés. Je me redresse, sur mes gardes. Je devine qu'il n'est pas là pour me parler du délicieux poulet que nous avons mangé. Je comprends que la nuit que j'ai passée avec Sander suscite la surprise et l'incompréhension de mes proches. Après tout, ils ont toujours cru que j'étais hétéro. Il étend ses jambes devant lui, joue avec l'étiquette de sa bière. Il est mal à l'aise. Moi aussi. Ce qui ne nous est jamais arrivé. Scott est un ami, je n'ai pas envie de le perdre.

— Tu ne m'en as jamais parlé, finit-il par déclarer.

— Il n'y a rien à dire.

C'est vrai. En quoi est-ce important ? En quoi le fait que je sois attiré par des hommes devrait changer quoi que ce soit ?

— Vraiment ? ricane-t-il.

— Est-ce que c'est un souci ? craché-je. Est-ce que tu as un problème avec ça ?

Je prie pour qu'il me réponde par la négative, pourtant au fond de moi, j'attends de l'entendre répondre « oui ». Ça justifierait ma crainte de me dévoiler.

— Eh, rentre les griffes, Marner. Je me fous bien de qui tu baises.

Ces mots devraient me rassurer, et d'un côté c'est le cas, mais je ne peux m'empêcher de rebondir.

— Je t'aurais bien répondu « moi aussi », mais avant que tu couches avec mon amie.

Scott soupire et avale une gorgée de bière.

— C'était...

— Si tu dis « une erreur », je te pète les dents.

Mon pote se marre, mais il sait que j'en suis capable, il sait combien j'aime Eva, et que je n'hésiterais pas à m'en prendre à ceux qui la blesseraient. D'ailleurs, si j'en crois les mots de ma pote tout à l'heure, c'est déjà le cas. « Les gens ne changent pas. » Cette réplique m'a fait l'effet d'une douche froide, Sander l'a senti. Parce qu'elle a fait écho en moi. J'ai envie de croire qu'elle se trompe, pourtant je suis convaincu qu'elle voit juste. Être avec Sander, ici, entouré de personnes de confiance, c'est une chose, mais m'afficher à la fac, sentir les regards sur nous... ce n'est pas ce dont j'ai envie. Je ne veux pas être étiqueté en tant que joueur de hockey bi ou gay. Je ne veux pas que ma sexualité soit mise dans la balance pour mon avenir.

— C'est pas ce que j'allais dire, Jer. Pas du tout. Mais c'est quand même étrange que ce soit la première chose qui te vienne à l'esprit.

— Qu'est-ce que tu cherches à me dire, exactement ?

Cette conversation est en train de prendre une tournure qui ne me plaît pas des masses.

— Que c'est peut-être ce que toi, tu ressens. Concernant Campbell, concernant...

— Non, le coupé-je aussitôt.

Sander n'est pas une erreur, putain! Je ne regrette pas ce qui s'est passé entre nous. Je craque pour lui depuis des mois. J'éprouve des sentiments que je ne pensais pas pouvoir ressentir. Ce qui n'était qu'une attirance physique trop puissante pour que je l'accepte, une attirance qui m'a fait fuir comme un lâche, s'est transformé en quelque chose de plus profond, de plus sincère. De plus dangereux, aussi.

— Sander et moi, c'est... compliqué. Ça l'a toujours été. Mais, Scott, ce que j'ai partagé avec lui cette nuit, et même avant... je ne l'ai jamais partagé avec personne.

— Alors qu'est-ce qui t'a retenu? Pourquoi seulement maintenant?

Je pousse un soupir et passe une main dans mes cheveux.

— Tu sais comment ça fonctionne dans le monde du sport professionnel.

— Ouais, je sais. Mais je sais aussi que les choses changent. Regarde la NHL. Regarde les *pride games.* Le vent tourne, Jer. Tu ne pourras pas te servir de cette excuse pour cacher qui tu es pendant très longtemps.

Je ne réponds pas, trop occupé à tenter de faire disparaître la boule qui me noue la gorge.

— Comment tu penses que nos coéquipiers vont réagir? Si même eux me rejettent alors qu'ils me connaissent, imagine des inconnus...

— Il y aura toujours des connards sur ton chemin, Jer. Des types qui n'accepteront pas que tu sois gay, noir, hispanique, croyant. Mais leur accorder du crédit, c'est les laisser gagner.

Je hoche la tête, réfléchissant à ses paroles. Il a raison, mais ce n'est qu'une partie du problème. Cela dit, ce n'est pas une conversation que j'ai envie d'avoir maintenant. Surtout alors que Sander nous rejoint, tout échevelé et légèrement transpirant après sa partie de Frisbee. Je lui tends le bras, pour l'inviter à se joindre à nous. Son sourire est si grand qu'il brille presque plus que le soleil de cette fin de journée.

— Vous parliez de quoi ? demande-t-il en passant son bras autour de ma taille. De moi ?

— Entre autres, monsieur le narcissique, répliqué-je, ce qui le fait ricaner. Mais je crois que Scott essayait surtout de dévier la conversation d'Eva.

Scott lève les yeux au ciel avant de terminer sa bière.

— Je l'aime bien, Jer. Vraiment. Elle est drôle, intelligente, et sexy. Mais je ne suis pas fait pour être en couple.

— Tu aurais peut-être dû le lui dire avant de la baiser, rétorqué-je, les dents serrées.

— Je ne pensais pas en avoir besoin.

Je comprends pourquoi il me dit ça. Eva est un électron libre, elle papillonne à droite, à gauche, ne cherchant pas à se poser. Sauf avec une personne. Je voudrais hurler à Scott qu'il est un abruti de ne pas voir qu'elle est amoureuse de lui, mais le lui annoncer serait trahir ma pote, et il en est hors de question.

Le soleil se couche et le ciel se pare de couleurs orangées. Alors que tout le monde remballe les affaires pour se préparer à partir, une main sur mon dos m'incite à tourner la tête.

— Tu veux bien venir avec moi ? demande Sander, d'une voix mal assurée, comme s'il avait peur que je refuse.

Je hoche la tête et, après avoir jeté l'un des sacs contenant nos déchets dans une poubelle, je lui emboîte le pas en direction de la passerelle qui surplombe le parc.

Les lieux sont en train de se vider, et nous nous retrouvons bientôt tous les deux, loin des autres.

Sander s'adosse contre la rambarde et m'attire vers lui. Je jette des petits coups d'œil autour de moi, pour m'assurer que nous sommes seuls.

— Ne t'inquiète pas, je ne t'aurais pas touché s'il y avait eu des témoins.

Sander me dit ça d'une voix tranquille, sans amertume, pourtant mon estomac se serre. Ce n'est pas faute de crever d'envie d'être proche de lui, de continuer à expérimenter cette nouvelle dynamique entre nous, mais j'ai du mal à me laisser totalement aller.

— Est-ce que tout va bien ? On n'a pas eu trop le temps de se parler depuis... commence-t-il.

...depuis la nuit foutrement torride que nous avons passée.

— Ouais, je sais... soupiré-je.

Je m'approche de lui, voulant sentir son odeur, son corps puissant contre le mien.

— Et donc ? Tu n'as pas répondu à ma question, insiste-t-il.

Je souris. Mon cœur bat un peu trop vite en constatant qu'il a besoin d'être rassuré, de savoir que je n'ai pas l'intention de renier ce qui s'est passé entre nous.

— Tout va bien, Sander.

J'attrape sa main et noue mes doigts aux siens pour le lui prouver. La vérité, c'est que j'ai beau avoir déjà eu des rapports avec des mecs, c'était à l'époque du lycée, et ce n'était rien d'autre que de la baise. Pour me soulager.

— Je ne sais pas... je ne sais pas ce que c'est, d'être avec quelqu'un, murmuré-je d'une petite voix.

Un sourire se dessine sur ses lèvres, et je me demande ce qui le met dans cet état.

— C'est ce que tu veux ? Être avec moi ?

L'espoir audible dans sa voix me fait autant flipper qu'il me pousse à planer.

— Je... je t'ai voulu depuis le jour où j'ai posé les yeux sur toi, Sander. Je sais que j'ai merdé. Plusieurs fois.

Te détester, c'était plus facile. Et même si c'est étrange, que tu me détestes, c'était à la fois douloureux et agréable. Parce que...

— Parce que tu savais que tu ne me laissais pas indifférent.

C'est exactement ça. Cette haine a en quelque sorte permis d'entretenir la flamme. D'une façon malsaine, certes. Durant tout ce temps, nous n'avons fait que reculer pour mieux sauter.

— Pour être honnête, je ne sais pas si je suis prêt à être celui que tu attends de moi. Mais j'ai envie d'essayer, j'ai envie...

La bouche de Sander qui percute la mienne m'interrompt dans ma phrase. Lorsque ses mains emprisonnent mon visage pour approfondir notre baiser, je me laisse aller à notre étreinte.

— Moi aussi, Jer. On trouvera une solution, d'accord ? Regarde où on en est aujourd'hui alors qu'il n'y a pas si longtemps, tout ce dont j'avais envie, c'était t'enfoncer mon poing dans la gueule.

— Ah ouais ? ricané-je. C'était vraiment tout ce dont tu avais envie ?

Sander rit à son tour.

— Non, pas tout, c'est vrai. D'ailleurs, je compte bien te le prouver cette nuit encore. Et toutes les suivantes.

Cette promesse résonne jusque dans mes tripes tandis que Sander repart à l'assaut de mes lèvres. J'ignore jusqu'où je suis prêt à aller avec lui, jusqu'où je suis prêt à me dévoiler, mais une chose est sûre, j'ai hâte de le sentir contre moi, en moi, à nouveau. Une seule dose de Sander Campbell a suffi à me rendre accro. Depuis la première fois que sa bouche s'est posée sur la mienne, je l'ai dans la peau. Et je n'ai plus la moindre envie de me sevrer.

29

Sander

Il est un peu plus de vingt-et-une heures quand nous poussons la porte du Stage, un bar musical célèbre à Nashville. Des concerts, principalement de musique country, y sont programmés tous les jours. Nous avons dû faire la queue pour y entrer, mais je sais que ça en vaudra la peine, comme toujours.

Nos doigts entrelacés, j'entraîne à ma suite un Jeremiah détendu et souriant. Il a cessé de regarder à droite et à gauche, inquiet des éventuels regards posés sur nous, depuis un petit moment déjà. Même si je me doute que les deux verres que nous avons bus avant de venir ici y sont pour quelque chose, je ne peux pas m'empêcher de me dire que c'est toujours un pas en avant. Je suis peut-être pathétique de me raccrocher à la moindre étincelle d'espoir, mais c'est tellement bon de l'avoir ici, avec moi, de lui faire découvrir cet environnement dans lequel j'ai passé des moments incroyables depuis que mes parents ont acheté ce camp de vacances abandonné, et que Dante et moi, à peine notre permis de conduire en poche et armés de nos fausses cartes d'identité, avons commencé à écumer les bars du coin, comme The Stage.

Avec toute la bande, nous sortons d'un endroit bien plus guindé. Les filles voulaient commencer la soirée dans un lieu un peu plus classe et, d'après Moustique, celui-ci fait partie des bars où il faut absolument boire un verre avant de mourir. Je ne sais pas qui invente des listes aussi glauques, ni où Nyx les dégote, mais je préfère largement l'ambiance qui nous accueille ici, et l'odeur de bière pression qui me parvient.

Nous nous installons dans un coin de la salle où nous avons rapproché deux tables hautes, à distance raisonnable de la scène. Knox me fait signe qu'il va chercher à boire et je le suis jusqu'au bar pour l'aider à porter nos commandes.

Quand nous revenons tous les deux près de nos tables, pichets et verres en main, Jeremiah n'est plus assis sur le tabouret qu'il occupait au moment où je suis parti. Mon regard fait rapidement le tour de la salle et mon estomac se contracte violemment à l'idée qu'il ait pu décider de s'éclipser. Je sais que je ne suis pas rationnel – où aurait-il bien pu aller sans voiture ? –, mais dès qu'il s'agit de lui, ma raison se fait souvent la malle.

— Il est sur la piste de danse, Brutus, me lance Nyx qui a dû comprendre mon angoisse.

Je regarde dans la direction qu'elle m'indique. Jer est en effet debout devant la scène et, même si ce n'est pas vraiment ce qu'on peut appeler une piste de danse, beaucoup de couples et de groupes s'y sont rejoints.

Je ne perds pas une minute et traverse la foule dans sa direction. La musique est tellement forte qu'il ne m'entend pas arriver. Je glisse mes bras autour de sa taille, pose mon nez au creux de son cou et inspire profondément. Après avoir vérifié que c'était moi, il se laisse aller contre mon torse, oscillant toujours sur la musique.

Une fois n'est pas coutume, le groupe qui joue ce soir chante des reprises de chansons très connues, même si les musiciens le font à leur façon. Ils commencent d'ailleurs à interpréter un titre qui pousse tout le monde à crier à pleins poumons. Je n'y connais rien en musique, mais je crois avoir entendu celle-ci dans *American Pie*, ce qui expliquerait pourquoi tous les spectateurs en connaissent les paroles. Le rythme est entraînant, Jer ne tarde pas à bouger en rythme. Je le suis, heureux. Parce que je me sens dans mon élément ici, et parce que sentir son corps contre le mien, le voir se libérer comme jamais il ne l'a fait auparavant... c'est puissant. Et excitant.

Mon érection se réveille et je la niche contre ses fesses alors que nous dansons de plus en plus sensuellement. Jer se colle encore davantage à moi et je gémis doucement contre son oreille. Je voudrais rester là, dans notre petite bulle, pour l'éternité. Ne plus affronter le monde extérieur. Ne jamais perdre ce que nous partageons.

Après quelques minutes, je vois des regards se tourner vers nous. Des types sont assis à une table non loin et secouent la tête en nous lorgnant comme si on les dégoûtait. Du coin de l'œil, je suis presque sûr d'avoir vu l'un d'entre eux cracher dans notre direction. Ils se tapent l'épaule en parlant et en nous montrant du doigt. La colère commence à monter en moi, elle me fait redescendre de mon petit nuage aussi vite qu'une claque en plein visage. Je ne peux pas m'empêcher de lâcher un « Putain de cul-terreux ignorants ».

— Qu'est-ce qui te prend ? me demande Jer qui n'a rien remarqué, toujours concentré sur le concert.

Il tourne la tête dans ma direction et ses yeux tombent sur les abrutis qui se sont levés de leurs tabourets. Ils jouent les gros durs, les bras croisés sur la poitrine, mais je sais sans l'ombre d'un doute que je pourrais les éclater les yeux fermés. *Respire, Sander. Respire.*

Quand l'un d'entre eux commence à nous balancer des insultes plus homophobes les unes que les autres, je vois Jeremiah blêmir. Je le sens se tendre. C'est le mélange de peur et de honte que je lis dans ses yeux qui me fait finalement vriller. Je me détache de lui sans qu'il ait le temps de m'arrêter et m'approche des types. Arrivé à leur hauteur, je relève le menton, puis balaie le petit groupe du regard.

— Y a un problème, peut-être ?

— Un peu qu'y a un problème. C'est toi et ta petite copine, le problème, crache l'un des mecs en faisant un geste de la tête en direction de Jer qui m'a rejoint.

— Sander, ça n'en vaut pas la peine, chuchote-t-il à mon oreille.

Un des types lâche un rire gras, je tourne la tête pour le regarder.

— Dégagez de là, les tapettes. Vous nous gâchez le concert. J'ai failli gerber mon dîner en vous voyant vous trémousser.

Une espèce de froid polaire m'envahit. Cette sensation, je la connais bien, elle n'annonce rien de bon. Je devrais m'éloigner, laisser ces abrutis à leur intolérance, mais j'en suis incapable. J'ai déjà essuyé des insultes de ce genre un nombre de fois incalculable. Je n'ai jamais caché qui je suis et, malheureusement, les cons n'ont pas l'habitude de se cacher non plus. Mais que Jer se prenne ça dans la gueule la première fois qu'il se permet de s'ouvrir aux autres et de se lâcher, la première fois qu'il ne se cache pas derrière une façade, m'est insupportable.

Je m'approche du type qui vient de parler et me colle à lui, nez à nez. Il est à peu près aussi grand que moi, mais je suis deux fois plus large que lui.

— Ose répéter ce que tu viens de dire.

Il me repousse d'un geste vif, mais je reviens à la charge immédiatement.

— Les petites tafioles, on n'aime pas ça ici, me crache-t-il.

Je sais que Jer est derrière moi et qu'il essaie de me tirer en arrière, cependant la rage et la haine que ces connards ont réveillées m'empêchent d'atteindre la rationalité nécessaire pour ne pas faire la connerie de me battre dans un bar blindé alors que mes potes et moi sommes en train de boire sans en avoir l'âge.

Le mec est sur le point de me repousser de nouveau, mais je le devance. J'empoigne les pans de sa chemise et le bouscule. Je perçois vaguement le bruit des pichets qui s'entrechoquent quand il heurte la table derrière lui. Je ne me rends compte que j'ai armé mon bras pour frapper qu'à l'instant où mon frère le saisit en s'interposant entre l'autre abruti et moi. Leander le rejoint très vite, créant comme une muraille devant moi, tandis que les mains de Jeremiah, agrippées autour de ma taille me tirent en arrière.

— Sander ! crie mon frère pour me faire réagir. Stop !

Il me repousse de toutes ses forces. Leander est obligé de se joindre à lui pour parvenir à m'écarter du mec que j'étais sur le point de cogner. J'ai conscience que j'ai de la chance d'avoir mes potes à mes côtés, car si mes poings avaient atteint le visage de cet enfoiré homophobe, plus rien n'aurait pu m'arrêter.

Autour de nous, les gens nous regardent. Je comprends rapidement que la situation était à deux doigts de dégénérer sérieusement. Le problème, c'est que la rage est toujours aussi forte en moi. Elle a besoin d'un exutoire dont on vient de me priver.

— Jer, emmène-le plus loin, ordonne Dante.

Il obéit et me tire davantage en arrière. Sa tête se pose sur mon épaule, sa bouche s'approche de mon oreille.

— On va aller prendre l'air, OK, me chuchote-t-il. Je suis sûr que le concert sur le *rooftop* est génial. Je suis là, Sander. Je suis là. Viens avec moi.

Je hoche la tête, ses mots s'insinuant vaguement dans mon esprit. Sa voix est douce, j'aimerais qu'il continue de me parler comme ça, juste à moi, pour que personne d'autre ne puisse l'entendre. Je sais aussi que je devrais me barrer de ce bar, trouver un mur dans une allée sombre, dans lequel je pourrais frapper jusqu'à ce que mes poings saignent. Une fois que la rage est là, elle ne part jamais sans faire de dégâts autour d'elle.

Pourtant, je ne peux pas m'empêcher de suivre Jer. Je me laisse guider par sa paume contre la mienne, par ses doigts qui s'entrelacent aux miens. Je m'agrippe à ce contact comme s'il était mon ancre.

Je me rends compte que nous sommes arrivés dehors quand l'air frais me fait frissonner. Mon cœur bat toujours de façon désordonnée, la tornade de haine et de violence qui gronde en moi est toujours aussi forte, mais je suis quand même Jer jusqu'à la balustrade du toit-terrasse, un peu à l'écart des tables et des clients venus écouter le groupe se produisant à cet étage.

Je lâche la main de Jeremiah, m'empare de la rambarde de métal juste devant moi et la serre jusqu'à ce que mes jointures blanchissent. Il se colle dans mon dos comme s'il voulait admirer la vue lui aussi.

— Respire, Sander, me rappelle-t-il.

— Je devrais sortir de là, soufflé-je. Avant que quelqu'un en pâtisse.

— Tu ne vas nulle part. Je suis là avec toi et je ne te laisserai pas.

Ses bras sur mes flancs me serrent à m'étouffer. J'accueille ce carcan comme une bénédiction. Il m'offre un semblant de contrôle, à l'instant. Alors, je fais ce que Jeremiah me dit. Je respire, ferme les yeux et me laisse aller contre lui. Je prie, aussi. Pour que l'impression de paix revenant doucement dans mes tripes et dans mon esprit ne soit pas qu'une illusion.

30

Jeremiah

Sander s'est peut-être calmé, mais je le sens trembler contre moi. Le voir dans cet état me fout en l'air. Je n'ai qu'une envie : retrouver les mecs qui ont provoqué sa crise et leur faire passer un sale quart d'heure, cependant je préfère rester avec lui pour m'assurer qu'il va bien.

Cette rage dans son regard, la manière dont son corps s'est crispé, les muscles tendus, prêts à cogner… C'était douloureux à voir. L'espace d'un instant, je n'ai pas su comment réagir. Ces mecs m'ont rappelé les connards avec qui je me suis battu il n'y a pas si longtemps. Et peut-être que si je n'avais pas eu connaissance des troubles de Sander, je l'aurais laissé faire. Je me serais même joint à lui. Mais le regard paniqué de Dante m'a incité à tenter de le raisonner plutôt que de le laisser leur rentrer dans le lard.

— Je suis désolé, souffle-t-il.

Je le serre plus fort contre moi. J'aimerais lui dire qu'il n'a pas à l'être, mais je crois qu'il vaut mieux attendre que la crise passe pour de bon avant de discuter tranquillement.

À quelques mètres de nous, la musique bat son plein. Des gens chantent et dansent au rythme d'un air de country.

— Je voulais juste m'amuser, boire et danser… avec toi, murmure-t-il.

J'attrape ses hanches, l'incite à pivoter pour me faire face. Son visage est blême, malgré les lumières colorées qui servent de décoration. Ses pupilles sont toujours dilatées, et ses beaux iris verts brillent de larmes contenues.

— On peut encore danser, constaté-je avec un petit sourire.

Il secoue la tête.

— Je veux rentrer, Jer. Je... Je ne peux pas rester ici. Si je croise de nouveau ces types...

Il se tait et déglutit. Mon cœur se serre. J'emprisonne son visage entre mes mains pour l'obliger à me regarder dans les yeux.

— D'accord. On va rentrer. Mais tous les deux. OK ?

— Je pense que ce serait mieux si je partais avec Dante.

Un pic de douleur me transperce. Pendant un moment, je reste interdit, ne sachant pas comment réagir. Puis je libère son visage et recule d'un pas.

— Je vais aller le chercher. Ne bouge pas.

Alors que je suis sur le point de faire volte-face et de m'éloigner rapidement afin qu'il ne voie pas à quel point je suis blessé qu'il ne veuille pas de moi pour l'épauler lorsqu'il se trouve dans cet état, sa main enserre mon poignet.

— Je... Ce ne serait pas juste de t'infliger ça, c'est tout.

Apparemment, je n'ai pas été assez bon pour cacher mes émotions. Je voudrais lui demander pourquoi c'est avec moi qu'il est en ce moment, dans ce cas. Est-ce que toutes mes craintes sont en train de se confirmer ? Est-ce que je ne suis qu'un type de plus qu'il a baisé parce qu'il en avait envie, mais avec qui il ne souhaite pas davantage ?

— Je comprends, murmuré-je.

C'est faux. Je ne comprends pas. Et ça fait mal, putain. Mais ce n'est pas le moment de penser à moi, à mes sentiments et à la douleur que je ressens. Là, tout de suite, Sander a besoin de quelqu'un en qui il a confiance. Et ce n'est pas moi.

— J'ai honte, Jer. Que tu voies cette partie de moi... Ça me fout en l'air. J'aurais aimé que tu ne sois jamais témoin de ça.

Mon cœur rate un battement, je cesse de respirer quelques secondes. Puis je prends une profonde inspiration et me lance. C'est le moment de me montrer franc, le moment de lui avouer ce que j'attends.

— Et moi, je voudrais que tu me fasses confiance. Que tu saches que tu peux compter sur moi. Je te l'ai dit, je ne veux pas être un nom de plus sur ton tableau de chasse.

— Ce n'est pas le cas.

— Vraiment ?

Il hoche la tête, et attrape son téléphone, sans répondre. Je le vois pianoter sur son écran, ouvrir l'application Uber avant de ranger son portable dans sa poche.

— Le chauffeur arrive dans dix minutes, m'informe-t-il.

— Je vais aller chercher Dante.

— Non.

Je fronce les sourcils, perplexe.

— Je ne te suis plus.

Un sourire triste ourle ses lèvres.

— Tu as raison. Je te fais confiance, je sais que tu pourras gérer. On rentre, tous les deux. J'ai prévenu mon frère.

Je me colle à lui et dépose un baiser sur ses lèvres en guise de remerciement. Ce soir, j'ai dépassé des tas de limites que je m'étais imposées depuis des années : en tenant la main de Sander, en dansant avec lui, en l'embrassant... devant tout le monde. À la fois angoissé et euphorique, j'ai osé. Osé me montrer en public avec un homme. Et même si j'aurais aimé que la soirée se termine autrement, que nous puissions profiter plus longtemps, je dois remercier Sander pour m'avoir poussé dans mes retranchements, pour m'avoir montré que tout pouvait bien se passer. Ou du moins, que j'étais capable de faire face.

Nous ne parlons pas durant le trajet du retour. La tête de Sander repose sur mon épaule, ses yeux fermés. Je suppose que c'est le contrecoup de sa crise. Il tremble toujours un peu, cependant il semble plus calme, plus détendu. Je sais qu'il ne dort pas, mais sa respiration régulière me rassure.

De mon côté, j'en profite pour échanger quelques messages avec Dante, pour connaître la marche à suivre, savoir s'il y a des choses spécifiques à mettre en place pour son frère. Ensuite, je commence à chercher sur Internet ce qu'est vraiment le Trouble Explosif Intermittent. Ce que je lis me fascine tout autant que ça me donne envie de serrer fort Sander dans mes bras. Je n'imagine même pas à quoi doit ressembler sa vie. Jamais je n'aurais cru qu'il puisse souffrir autant. Certes, il a toujours démarré au quart de tour, mais moi aussi. Ses explosions de colère, j'y répondais. Par des mots, mais surtout par mes poings. Je ne compte même plus le nombre de fois où les choses ont dégénéré entre nous. Mais je pensais que c'était normal, que nous étions tous les deux des types sanguins, qui réprimions notre attirance mutuelle par la violence. Je pensais qu'il voulait juste jouer au plus malin, me montrer qu'il n'avait pas peur de moi... À présent, je comprends que c'est bien plus profond que ça.

Le chauffeur nous dépose devant l'entrée du campement. Je sors à la suite de Sander, qui se dirige droit vers son chalet, ses doigts entrelacés aux miens.

— Tu veux que j'aille te chercher quelque chose ? lui demandé-je quand nous atteignons notre but.

— Non, répond Sander en secouant la tête. Je vais juste prendre mes cachets et m'allonger.

Je me demande soudain ce qu'il attend de moi. Est-ce qu'il veut que je reste ? Ou que je lui laisse un peu d'espace ?

Il fouille dans le tiroir de sa table de nuit et en sort un flacon. Une fois ses médicaments avalés, il se laisse tomber sur le lit et entreprend de dénouer ses baskets. Moi, je reste là, comme un abruti, à le scruter.

— Tu t'attends à un strip-tease ? finit-il par demander.

Je me mords les lèvres, ayant peur de répondre que je ne sais tout simplement pas ce que je dois faire. Peut-être le devine-t-il ou peut-être qu'il est juste impatient de me voir à poil, quoi qu'il en soit, à peine ses chaussures et son tee-shirt retirés, il se lève et s'avance vers moi. Ses doigts glissent sous mon haut avant de le passer par-dessus ma tête. Je grogne lorsque le tissu se coince dans ma bouche et le rire de Sander me fait frissonner. Il va mieux, c'est agréable à entendre.

— Tu peux finir tout seul ou tu as besoin d'aide ?

— Je crois que je peux me débrouiller.

— Tant pis, répond-il avec un haussement d'épaules.

— À moins que...

Ses yeux brillent et il m'offre un sourire bien plus sincère et franc que celui de tout à l'heure. Il prend le temps de délacer mes boots avant de me les enlever, puis de défaire les boutons de mon jean, de le baisser en même temps que mon boxer et de poser sa tête contre mon ventre.

À genoux devant moi, son visage niché contre ma peau, il me semble plus vulnérable que je ne l'ai jamais vu. Debout, à poil, alors que je passe mes bras autour de ses épaules après avoir senti ses larmes mouiller ma peau, j'ai du mal à refouler les miennes.

Sander finit par relever la tête pour ancrer son regard au mien. Mes doigts se perdent sur son visage, effleurent sa mâchoire, chassent l'eau qui roule sur ses joues.

— Je suis désolé, souffle-t-il.

Je me laisse tomber devant lui, à genoux sur le sol.

— Je suis désolé que tu m'aies vu dans cet état. Je suis désolé que ces connards t'aient gâché la soirée. Je te promets que ce n'est pas toujours comme ça.

Je souris et me penche pour l'embrasser.

— Je sais. Et je refuse que tu sois désolé.

Ses yeux s'écarquillent. Je dépose un nouveau baiser sur ses lèvres humides et salées.

— C'était... inédit pour moi d'oser sortir avec un mec comme on l'a fait ce soir. Et même si j'étais flippé, je savais que tant que je serais avec toi, tout irait bien.

— Ça n'a pas vraiment fonctionné, ricane-t-il tandis que je discerne la douleur dans ses yeux.

— Au contraire. Honnêtement, ces enfoirés, je les ai déjà oubliés. Parce qu'ils ne sont pas importants, Sander.

— Ah bon ? ricane-t-il, ne me croyant pas le moins du monde.

Je pose mon front contre le sien et caresse sa nuque d'une main tandis que l'autre glisse dans ses cheveux.

— Non. Parce que ce soir, et pour la première fois de ma vie, je me suis senti vraiment libre. Libre de me montrer avec un mec comme je le fais avec des filles. Libre de t'embrasser. De te toucher, de te serrer contre moi... Je n'aurais jamais osé avant toi.

Sander sourit, ses larmes se tarissent. Il se lèche les lèvres avant de reculer pour pouvoir me regarder.

— Alors tu ne regrettes pas ?

Je ris et secoue la tête.

— Non. Toute ma vie, je suis resté au bord du précipice sans oser sauter parce que j'avais peur de ce que je trouverais en bas.

— Et qu'est-ce que tu as trouvé ?

— J'ai trouvé quelqu'un qui a adouci ma chute. Et qui m'a montré que j'ai été ridicule d'avoir autant la trouille.

Sander rit à son tour, et m'embrasse, puis ses mains se perdent sur mon corps, effleurant mon dos, mes flancs, mes tétons... On se relève, il finit de me déshabiller. Puis on s'allonge sur le lit, les jambes entremêlées, sa tête posée sur mon épaule.

— Tu sais, finit-il par murmurer après de longues minutes de silence. Tu peux me poser n'importe quelle question sur le TEI, ça ne me dérange pas d'y répondre.

Je baisse les yeux vers lui et fronce les sourcils.

— Je t'ai vu lire des articles dans la voiture, avoue-t-il.

— Je... je voulais juste comprendre. Je me sens si impuissant.

— On l'a tous été, moi le premier. Parce qu'on n'arrivait pas à me diagnostiquer. Pendant un moment, j'ai même cru que j'allais mieux. Je faisais moins de crises, j'étais soulagé. Et puis Parker est mort...

Il se tait, et mon cœur bat un peu trop vite tout à coup. Je caresse distraitement son avant-bras pour lui montrer que je suis là, que je l'écoute, mais qu'il peut prendre son temps.

— Depuis, c'est pire. D'autant que je refuse de prendre un traitement qui ne serait pas compatible avec le football, alors je trouve d'autres moyens.

C'est alors que je repense à sa conversation avec Nyx.

— Comme la poterie ?

Sander ricane et se redresse. Rapidement son corps se retrouve au-dessus du mien. En appui sur ses mains pour ne pas m'écraser, il frotte son nez contre le mien.

— Est-ce que ce serait de la moquerie que j'entends dans ta voix ? demande-t-il d'un ton faussement agacé.

— Pas du tout, j'ai hâte de voir tes fameuses œuvres d'art, me marré-je.

Il dépose un baiser sur ma joue, dévie le long de ma mâchoire avant d'aspirer mes lèvres entre les siennes.

— Oh ! Je te les montrerai, promis... Mais pour l'instant, j'ai d'autres priorités.

Son regard se voile et un frisson parcourt ma peau tandis qu'il reprend ma bouche et commence à se frotter contre moi.

Quand nos corps se fondent l'un dans l'autre, que nos gémissements se mêlent et que nos peaux en sueur glissent, que nos lèvres gonflées s'épousent et se séparent, que sa langue trace un chemin entre mes fesses, bientôt remplacée par sa queue, qu'il s'enfonce en moi en me regardant dans les yeux, je frémis et m'embrase. Me perdant dans cet instant empli de douceur et d'affection, je regrette déjà le jour où les vacances prendront fin.

31

Sander

Une musique assourdissante me réveille le jour de la reprise après les vacances de printemps. Légèrement désorienté, je finis par comprendre que Dante a encore trafiqué le volume de son réveil sans s'en rendre compte. Habitué, je pourrais parier que ça ne le réveillera pas alors qu'il a la tête juste à côté.

— Dante ! grogné-je avant de hausser le ton pour qu'il ait une chance de m'entendre. Dante, putain ! Ta musique !

Rien n'y faisant, je ramasse tout ce qui me tombe sous la main à côté de mon lit pour le balancer contre le mur que je partage – malheureusement – avec mon frère jumeau. Tout y passe : chaussures, livres de bio, ballon de foot. Sans effet.

Je suis à deux doigts de me lever pour faire comprendre à mon frère à quel point je suis énervé – ce qui, me concernant, n'est jamais une bonne idée – quand des coups retentissent violemment contre la porte de mon frangin.

— Bordel, Dante ! hurle Knox.

La technique semble beaucoup plus efficace que mes tentatives désespérées, j'entends en effet mon frère grogner un « Désolé ». Le silence qui s'ensuit me fait pousser un soupir de soulagement. Je déteste ce genre de réveil en fanfare.

Comme s'il sentait ce dont j'ai besoin, Jeremiah se colle à moi en poussant un petit gémissement de bien-être que je ne me lasserai jamais d'entendre. Lui aussi s'est à peine réveillé malgré ce brouhaha.

—Ton frère est du genre bruyant, le matin? me demande-t-il d'une voix encore ensommeillée.

—J'ai cru que tu n'avais pas entendu, m'étonné-je en soulevant le bras pour qu'il puisse poser sa tête sur mon torse.

—Comment j'aurais fait pour ne pas entendre?

—Tes yeux sont encore fermés et tu as l'air franchement endormi, pour tout te dire.

Un léger sourire étire ses lèvres, mais il n'a toujours pas ouvert les paupières.

—C'est mon superpouvoir, plaisante-t-il.

—Tu veux dire, en plus de celui de me supporter depuis une semaine?

Il rit doucement en me serrant encore davantage dans ses bras.

—Tu as raison, c'est ça, mon vrai superpouvoir.

Je commence à le chatouiller pour lui faire regretter ses mots. Il se rend très rapidement après s'être tortillé sous mes attaques.

—Je plaisante, bien sûr. Je n'ai pas de superpouvoir. Ma mère m'a eu très jeune, elle n'avait pas fini le lycée. Je n'ai jamais connu mon père. Enfin, je sais qui c'est, mais il n'a jamais fait partie de ma vie. Quand j'ai eu dix ans, ma mère s'est remariée et elle a eu trois autres enfants. Les deux plus petits n'ont que six et quatre ans, donc crois-moi, ça déménage le matin. J'ai pris l'habitude, je pense, c'est tout.

Je suis surpris que Jer me parle de son père soudainement. Il n'en a pas fait mention lorsque nous avons abordé le sujet l'autre soir. Je n'ai pas insisté, devinant qu'il avait sciemment choisi de ne pas l'évoquer. Qu'il le fasse aujourd'hui comme s'il voulait me confier les détails de son passé me fout un coup à l'estomac. Ou y fait naître des papillons, peut-être. Oui, c'est bien ça. Moi, Sander Campbell, j'ai des foutus papillons dans le ventre.

Se demandant sans doute pourquoi je ne dis plus rien depuis un moment, Jeremiah ouvre les yeux. Je me noie immédiatement dans l'immensité bleue qui se trouve derrière ses paupières.

— Salut, soufflé-je, subjugué.

— Salut, me répond-il avec un petit sourire timide.

Je passe une main derrière sa nuque, l'attire à moi, impatient tout à coup de goûter ses lèvres, comme si ça faisait des semaines que j'en étais privé. Un drogué qui a besoin de sa dose de Jer pour fonctionner le matin, voilà en quoi je suis en train de me transformer. Je vais peut-être réussir à me passer de café, finalement. Ça reviendrait à substituer une addiction par une autre, mais celle-ci atteint un niveau de plaisir inégalable.

Je m'empare de sa bouche et l'embrasse comme s'il ne devait pas y avoir de lendemain. Sa langue se faufile entre mes lèvres, danse avec la mienne, et je pousse un soupir de bien-être. Lorsque nous finissons par nous détacher, le sourire timide de Jer s'est transformé en quelque chose de beaucoup plus animal.

— C'est peut-être toi qui as un superpouvoir, finalement, lance-t-il, sa voix un peu rauque.

Il se colle davantage à moi, glisse sa jambe entre les miennes. Son érection effleure la mienne, et je comprends pourquoi il parle de superpouvoir. De ce côté-là, avec lui, je suis infatigable. Je me mords la lèvre pour étouffer un gémissement et secoue la tête. Je ne peux tout simplement plus me passer de lui, de son corps contre le mien quand je me réveille. Ça m'effraie parfois un peu – souvent même – et ça me surprend complètement venant de moi-même. J'avais érigé tellement de barrières autour de moi après la mort de Parker qu'il me paraissait impossible que quelqu'un les fasse tomber un jour. Je m'étais enfermé dans ma petite tour, pour que personne ne s'approche trop, pour ne pas prendre le risque de m'attacher. Puis, Jeremiah est arrivé et il a réussi à tout faire exploser. Je ne sais pas comment il s'y est pris, j'étais bien trop occupé à essayer de le détester. L'important, c'est qu'il soit arrivé à percer cette carapace qui, je m'en rends compte maintenant, commençait à m'étouffer.

— Je suis content que tu sois resté hier soir, avoué-je d'une petite voix.

Nous sommes revenus tard du camp de vacances Campbell. Après avoir fait le trajet en tête à tête avec lui depuis le Tennessee, quand il m'a déposé devant la coloc, je n'arrivais pas à envisager de ne pas voir son visage en me réveillant. Je lui ai donc proposé de rester avec moi pour la nuit, et il a accepté.

— Maintenant que je suis là, répond-il, je crois que je n'ai plus très envie de partir.

— Tu crois ?

— Je veux dire, je n'ai pas très envie de retrouver la réalité, les cours, les entraînements. De ne plus passer toutes mes journées avec toi.

Je suis certain qu'il peut sentir à quel point mon cœur bat fort lorsqu'il prononce ces mots. C'est si intense qu'il doit même l'entendre dans le silence de la chambre.

— Je comprends ce que tu veux dire, mais on est dans la même fac. On pourra sans doute manger ensemble le midi, et se voir le soir.

Quelque chose passe dans son regard, mais c'est tellement fugace que je n'ai pas le temps de l'interpréter. Il baisse les yeux et demande d'une voix si basse que j'aurais presque pu ne pas l'entendre :

— On peut rester ici aujourd'hui ? Juste pour une fois ? On se cache pendant que le reste du monde reprend le cours normal de sa vie.

Je serais tenté de dire oui. Une immense part de moi est à deux doigts de le faire, mais la minuscule part restante me fait comprendre que c'est une manière pour Jer de reculer devant l'obstacle. Il préfère se planquer avec moi, là où aucun élève de la fac ne le verra plutôt qu'affronter la réalité. J'ai toujours été du genre à retirer le pansement d'un coup sec, et je ne suis pas sûr que je lui rendrais service en acceptant.

— J'ai un gros entraînement ce matin, Leander ne me laissera jamais le louper. Tu le connais, il est prêt à venir me chercher par la peau des fesses si je ne me bouge pas.

La déception de Jer est évidente dans son regard. Elle se mêle à d'autres émotions que je ne suis pas sûr de comprendre. La peur ? La résignation ?

— Mais je sais ce qui pourrait te donner un bon petit coup de fouet pour la journée, ajouté-je.

Jer me dévisage d'un air interrogateur. Je ne prends pas le temps de lui expliquer à quoi je pense avant de me glisser sous les couvertures. Son halètement de surprise est immanquable quand je m'installe entre ses cuisses qui s'ouvrent automatiquement, même si les sons me parviennent étouffés là où je suis.

Je glisse une main sous une de ses jambes et admire un instant son sexe érigé, offert pour moi. J'enroule mes doigts autour et passe ma langue sur toute sa longueur. Je prends tout mon temps parce que moi aussi, quelque part, j'aurais envie de passer ma journée ici avec lui. Alors je le déguste plus que je ne le lèche. Je me délecte de sa saveur et des gémissements qui s'échappent de sa bouche. Je suis tellement pris par ce que je fais que j'entends à peine les coups qui retentissent contre ma porte.

— Sander ! Bouge-toi le cul, mec ! On va être en retard à l'entraînement avec tes conneries.

La main toujours enroulée autour de sa queue, je remonte prestement le long de son corps et plaque la paume sur la bouche d'un Jer qui ne s'était pas rendu compte que mon meilleur ami tambourinait à la porte. Il me regarde, les yeux écarquillés. Je mets un doigt sur sa bouche pour lui faire signe de se taire. Pas évident pour lui alors que, sous les couvertures, je continue à le caresser. Je n'ai jamais dit que j'étais fair-play non plus.

— J'en ai que pour quelques minutes, crié-je pour répondre à Leander qui continue à me maudire dans le couloir.

— Si tu n'es pas en bas dans cinq minutes, on se barre sans toi !

L'oreille tendue, j'attends de l'entendre s'éloigner pour me retourner vers Jer.

— Tu l'as entendu ? Cinq minutes ! J'ai toujours adoré les challenges !

32

Jeremiah

Ma crosse dans une main et mon casque dans l'autre, je quitte le vestiaire en compagnie de mes coéquipiers. L'ambiance est électrique, mélange d'adrénaline et d'appréhension. C'est notre dernier entraînement à domicile avant le début du championnat. Demain, nous quittons Saint-Louis pour le premier match, et autant dire que nous avons intérêt à être à la hauteur.

La tension est à son comble. Du moins, c'est ce que je croyais jusqu'à ce que je mette un pied sur la glace où Scott m'alpague d'un coup de coude.

— C'est mignon que ton mec soit venu te voir.

Je me fige en l'entendant prononcer ces mots, et tourne la tête pour m'assurer que personne n'y a fait attention. Heureusement, la plupart de nos coéquipiers sont déjà en train de tirer dans les palets.

— Ce n'est pas mon mec, grommelé-je, même si mon cœur rate un battement lorsque je l'aperçois dans les gradins.

Il n'est pas tout seul, d'ailleurs, mais accompagné de Leander et Knox. Mon regard glisse sur eux avant de s'attarder sur Sander, qui m'offre un léger sourire, les pieds posés sur le siège devant lui. Ma bouche s'assèche. Même si je lui rends son sourire, un sourire crispé, mal à l'aise, je n'espère qu'une chose : qu'il s'en aille. Comment me concentrer sur l'entraînement en sachant que ses yeux sont braqués sur moi ?

— Ah bon ? Au temps pour moi. J'aimerais bien savoir quel lit tu squattes, du coup, vu que tu découches tous les soirs.

Mes joues s'échauffent. C'est vrai. Depuis notre retour du *spring break*, j'ai passé toutes mes nuits avec Sander. *Toutes* étant un bien grand mot, vu que nous sommes revenus il y a trois jours. C'est peu, certes, mais ça ne prend pas en compte celles que nous avons partagées au camp Campbell.

Dire que je n'avais rien vu venir est un euphémisme. Dire que je ne me suis jamais senti aussi bien de ma vie en est un plus grand encore. Bien, oui, mais pétri d'appréhension également. Je connais Sander. Depuis presque deux ans. Malgré notre inimitié, nous avons toujours fréquenté le même cercle, et durant tout ce temps, je n'ai cessé de l'observer. J'ai même eu régulièrement envie de lui arracher la tête. Sander ne fait pas dans les relations. Il fait dans les coups d'un soir. Comme moi, d'ailleurs. Nous nous lassons vite. Lui, parce qu'il préfère varier ses partenaires. Moi, parce que j'ai préféré me perdre dans du sexe avec des femmes pour mieux cacher au monde, et peut-être à moi aussi, que je désirais tout autant les hommes. Alors comment se fait-il que nous nous retrouvions, nuit après nuit, enlacés ? Je n'ai pas de réponse à cette question, et ça me fait peur. J'ai l'impression de marcher constamment sur un fil, me demandant quand je finirai par me casser la gueule parce que Sander en aura marre de moi et décidera d'aller voir si l'herbe est plus verte ailleurs. Chaque jour qui passe, je m'attache un peu plus à lui, redoutant toujours davantage d'entendre les mots fatidiques sortir de sa bouche. Des mots qui ressembleraient à un « C'est terminé ». Mais pour ça, il faudrait que ça ait commencé. Nous n'avons pas mis de mots sur notre relation. J'ai envie de me convaincre que c'est parce qu'il est trop tôt, plutôt que parce que Sander souhaite garder toutes ses options.

— Marner ? Sors-toi la tête du cul !

Je cligne des yeux en entendant mon coach crier. Puis j'enfile mon casque et me mets à patiner. Il a raison, il est temps d'arrêter de réfléchir et de bosser. Le championnat ne se gagnera pas tout seul.

Dès que Scott intercepte le palet, je fonce à toute vitesse sur la glace pour le rattraper. Le choc de mon corps contre le sien lorsque je le percute fait trembler le Plexiglas qui entoure la patinoire. Lewis en profite pour récupérer le palet. Je me détache de mon capitaine et rejoins Lewis, qui me passe le palet au moment où Dean débarque. Je vise la cage dans un tir parfaitement contrôlé. Des applaudissements et des cris se font entendre lorsque le palet atterrit dans le filet.

— Tu es en feu aujourd'hui, Marner ! s'exclame Lewis en me gratifiant d'une tape dans le dos.

Je lui souris et quitte la glace pour me poser sur l'un des bancs. Il y a plus d'une heure que notre entraînement a commencé, et mes potes sont toujours là, juste derrière moi, si près que j'entends même Sander essayer d'expliquer quelques règles à Leander. Je souris en attrapant ma gourde. J'ai envie de croire qu'il a commencé à s'intéresser au hockey grâce à moi, comme moi avec le football.

Je suis d'ailleurs l'un des seuls, avec Scott, à assister à leurs matchs. Il y a toujours eu une certaine rivalité entre nos deux équipes, une certaine jalousie de notre part, aussi. Partout, lorsque les gens évoquent les Thunder, tout le monde pense irrémédiablement au football. Jamais au hockey. « Je ne comprends pas pourquoi ce sont eux les idoles alors qu'ils ne sont même pas foutus de passer les premières phases de championnat », a lâché Dean l'autre jour, alors que des filles se baladaient avec sur le dos des maillots floqués du nom de McNeil. Ça m'a fait sourire. C'est vrai qu'ils ont eu un championnat merdique, cette année. La faute à une défense trop faible. À nous de saisir l'occasion, il n'est jamais trop tard pour inverser la vapeur, pas vrai ?

Sous la douche, j'étire mes muscles et me débarrasse de la sueur qui maculait ma peau et mes cheveux. Je me sens bien, ce soir, grisé par les félicitations de notre *head coach* et par le succès de cet entraînement.

Je me donne toujours à cent pour cent, ne perdant pas de vue pourquoi j'ai intégré cette école. Pour jouer au hockey. Pour être repéré. Pour espérer commencer une carrière. Mais aujourd'hui, avoir conscience du regard de Sander posé sur moi, observant mes moindres faits et gestes, ça m'a donné envie de me surpasser. Pour qu'il voie de quoi je suis capable. Pour qu'il soit fier de moi. La manière dont son regard s'est illuminé lorsque j'ai marqué mon troisième but m'a filé des frissons.

Tout à coup, des souvenirs m'assaillent. Ceux de mon oncle et moi, alors que je n'étais qu'un gosse, en train de jouer au hockey sur un lac gelé. Je souris et pose mon front contre l'émail, sachant que lui aussi, je le sais, est fier de moi.

Je finis par me sécher, revêtir mon jean et mon sweat-shirt, puis enfiler un bonnet sur mes cheveux humides.

Alors que je m'apprête à quitter les vestiaires, mon portable vibre. Je découvre un texto de Sander.

SANDER : T'AS UNE PAIRE DE PATINS POUR MOI ?

Je fronce les sourcils et tape rapidement.

JEREMIAH : POURQUOI ? T'AS DÉCIDÉ DE LAISSER TOMBER LE FOOTBALL ?

Je sais que, contrairement à moi, Sander ne compte

pas passer pro. Pour lui, jouer au football est juste une manière de se défouler, de faire le vide dans sa tête. Il adore être sur le terrain, mais ça ne fait pas partie de ses plans de carrière. Il s'agit davantage d'une sorte de thérapie.

Depuis la soirée où tout a basculé entre nous, alors que nous étions seuls autour du feu de camp, j'ai beaucoup pensé à ce qu'il m'a confié. À Parker. À son deuil impossible. À sa colère. À ce sentiment d'injustice.

Je suis content d'avoir accepté de le rejoindre au camp. Pas seulement parce que c'est ce qui nous a conduits là où nous en sommes maintenant, mais parce que j'ai eu la chance de découvrir le vrai Sander. L'homme meurtri derrière sa carapace. Et si mon cœur saigne toujours pour lui, je suis content qu'il ait accepté de me faire suffisamment confiance pour s'ouvrir à moi comme il l'a fait.

SANDER : ALORS ?

Je ricane en lisant son message. Lui et la patience, ça fait vraiment deux. Tu m'étonnes qu'il n'arrive à rien dans son foutu cours de poterie.

JEREMIAH : DU COMBIEN TU CHAUSSES ?

SANDER : 45.

JEREMIAH : JE VAIS TE TROUVER ÇA.

SANDER : NICKEL. JE T'ATTENDS DANS LES GRADINS.

Je souris, me dépêche de lui trouver ce qu'il réclame. Je chausse de nouveau mes patins avant de me hâter hors des vestiaires.

La patinoire est déserte, tout le monde est rentré. J'ai demandé au coach si je pouvais rester encore un peu, et il a accepté, le temps qu'il termine ce qu'il a à faire. Je rejoins Sander, installé sur le banc des joueurs, en train de pianoter sur son portable.

— Ça t'a pris comme une envie de pisser ? demandé-je en arrivant à sa hauteur après avoir traversé la patinoire.

Je lui tends une paire empruntée à Scott et pose mon sac sur le banc près de lui.

— Salut, souffle-t-il en levant la tête pour me regarder.

Ses mèches châtains tombent sur son visage, mais je n'ose pas tendre la main pour les remettre en place.

— Salut.

— C'est tout ?

Je lève les yeux au ciel et repousse mon sac pour m'installer à côté de lui.

— Je ne te demande pas de me tailler une pipe, Jer, déclare-t-il en voyant que je ne m'approche pas.

Je sais. Il veut juste que je l'embrasse. Et Dieu sait si j'en crève d'envie.

— La patinoire est vide. Il n'y a que nous.

— Et le coach. Et le personnel d'entretien. Et des caméras, et...

Il ne me laisse pas le temps de finir ma phrase, il saisit ma nuque pour plaquer sa bouche contre la mienne. Je me fige, sur le point de le repousser, mais mon cœur qui s'emballe, comme chaque fois que ses lèvres percutent les miennes, m'incite à me perdre dans cette étreinte. Après quelques secondes, il recule et sa main glisse sur ma joue avant de retomber.

— Tu vois ? Il ne s'est rien passé.

Je hoche la tête, légèrement penaud. Je comprends pourquoi il fait ça. Je sais qu'il souhaite que j'arrête de me refréner, que je cède à mes envies. Une part de moi aussi, mais peut-être pas suffisante pour l'emporter sur mes craintes.

— Je sais, finis-je par soupirer. Mais ça ne sera pas toujours le cas.

Il me dévisage un instant, puis serre ma cuisse et se détourne. J'ai conscience qu'il lutte intérieurement pour ne pas me pousser trop fort alors qu'il voudrait que je lui ressemble davantage. Moi aussi, pour être honnête. J'aimerais faire taire cette peur qui me tord l'estomac. Je voudrais pouvoir me balader main dans la main avec lui et me foutre des qu'en-dira-t-on. Ce qui est arrivé à Parker l'a marqué au fer rouge, laissant une cicatrice qui ne guérira jamais complètement. Sander est fier de qui il est, et attend la même chose de moi.

Je l'observe tandis qu'il noue ses patins dans un silence légèrement inconfortable. C'est la première fois depuis longtemps que je ressens une distance entre nous, ce qui me fout en vrac.

— Je suis désolé.

Il se redresse et se tourne vers moi.

— Arrête, Jer. Ne t'excuse pas. C'est simplement que ça me tue.

Ma gorge est sèche tout à coup, je déglutis.

— Je sais.

Son sourire est doux, mais légèrement triste lorsqu'il finit par se lever. Il pose un pied sur la glace et commence à patiner, de manière étonnement gracieuse malgré son gabarit. Je l'ai déjà vu évoluer sur la glace, mais je suis toujours surpris de constater à quel point il se débrouille bien.

Il se tourne vers moi et tend la main.

— Allez, viens, admire et apprends.

J'éclate de rire et secoue la tête, heureux que la tension soit retombée. Sans plus attendre, je le rejoins, heureux de pouvoir partager ma passion avec lui l'espace de quelque temps.

33

Sander

Le soleil n'est pas encore couché quand nous sortons de l'Arena. L'air est même porteur d'une petite saveur de printemps. Les jours rallongent et les températures remontent. Même si dans la région nous ne sommes jamais à l'abri d'une chute de neige imprévue, les jours les plus froids sont désormais derrière nous.

J'attends Jer qui est allé prévenir son coach que nous quittions la patinoire. Je sais que c'est une soirée comme les autres et qu'un match l'attend demain, mais ces moments passés ensemble m'ont donné envie de plus. Je me doute pourtant que c'est peine perdue. Depuis notre retour du Tennessee, je vois bien que Jeremiah fait tout son possible pour que notre relation, ou peu importe le nom que l'on pourrait lui donner, reste la plus secrète possible.

Tout en l'attendant, je me suis approché tranquillement de sa voiture. Je suis toujours perdu dans mes pensées plus ou moins moroses quand il me surprend en s'adossant à la carrosserie à côté de moi.

— Tu te rappelles que je t'ai filé mes clés avant d'aller voir le coach ? me charrie-t-il.

— Je profitais du beau temps. J'en avais ras le bol des températures polaires.

Il acquiesce avant de laisser retomber sa tête en arrière comme pour admirer l'immensité céruléenne au-dessus de nous. Le ciel, lisse et sans nuage, commence à se parer d'orange et de rose au fur et à mesure que le soleil descend. J'aimerais parfois que la vie soit comme ça: lisse et sans nuage. Je ne peux pas m'empêcher de me dire que tout serait bien plus simple si c'était le cas. *Ça serait surtout très chiant,* me souffle une petite voix qui ressemble bizarrement à celle de Moustique. Et elle n'aurait pas tout à fait tort. Une vie sans challenge, ça doit être barbant. Ça ne m'empêche pas de rêver que mes troubles me lâchent la grappe, ou de pouvoir embrasser Jeremiah là où j'en ai envie, quand j'en ai envie.

—Tu es bien pensif, ce soir, constate-t-il face à mon manque de loquacité.

—Je suis juste un peu crevé. Et nostalgique. Ça me fait ça chaque fois que je passe des vacances au camp et que je dois en revenir. C'est dur de quitter mon petit havre de paix.

Je hausse les épaules et me retourne vers sa voiture pour en déverrouiller les portes. Nous nous installons dans l'habitacle et je me penche pour glisser la clé dans le démarreur. Je m'attends à ce que Jer mette en route le moteur, mais ce n'est pas le cas. Il me regarde fixement, presque comme s'il me voyait pour la première fois.

—Tu sais, j'ai toujours cru que tu étais un gars de la ville. Tu es tellement à l'aise au milieu des gens, tellement exubérant, que je n'aurais jamais deviné que la campagne est ton truc avant de te voir au camp.

Le regard verrouillé au sien, je réfléchis une seconde à ce qu'il vient de dire.

—C'est dans un espace comme le camp que je me projette plus tard. Peut-être même exactement dans cet endroit, si j'arrive à convaincre mes parents de me le laisser. Je ne me vois pas vraiment passer toute ma vie en ville. Et puis, tu devrais être bien placé pour savoir que l'habit ne fait pas toujours le moine. Ma façade de bringueur bon vivant n'est rien de plus que ça. Quelque chose dont je me suis entouré pour ne pas laisser les gens voir ce qui se cache au plus profond de moi.

Une lueur passe dans ses yeux bleus, je crois y reconnaître de la peine ou du regret. Est-ce parce que je projette mon avenir dans un coin paumé alors qu'il rêve de devenir hockeyeur pro ? J'ai du mal à le croire alors que chaque jour qui passe, je le sens s'éloigner petit à petit. Tout va bien dans le confort et la sécurité de ma chambre, mais sorti de ce petit cocon il se montre distant. Comme si nous n'étions rien de plus que des potes. S'il se rendait compte que personne n'en a rien à foutre, de qui il baise – personne d'important, en tout cas –, je pourrais lui dire que j'aimerais bien envisager un avenir avec lui, que ce que je croyais n'être que de l'attirance physique se révèle bien plus que ça.

J'aimerais plus. J'aimerais essayer ce que je ne me suis jamais autorisé avec personne d'autre que Parker : parler du futur, de projets et de nous. Même si ça me terrifie. Toutefois, je sens bien qu'il n'est pas prêt à m'offrir ça. Je n'ai pourtant pas envie de me priver de ce que l'on vit tous les deux, même si c'est derrière des portes closes. Je suis donc sur le point de lui proposer de rentrer avec moi à la coloc quand il me prend de court.

— Ça te dirait d'aller manger un morceau en ville ?

Je suis tellement surpris que je le regarde un long moment sans réagir, la bouche entrouverte.

— Je connais une super pizzeria. Le patron est un type de Chicago qui fait des *deep dish*[5].

— J'oublie parfois que tu as vécu là toute ta vie.

Il hoche la tête en faisant démarrer sa voiture.

— Mon beau-père a mis un point d'honneur à m'emmener au resto une fois par mois quand il a débarqué dans nos vies, pour me montrer qu'il voulait apprendre

5. Sorte de pizza à la croûte profonde et à la garniture très épaisse. Spécialité de Chicago.

à me connaître. On changeait souvent d'endroit, c'est devenu un jeu entre nous au fil des années. Alors tu en penses quoi ?

— Va pour une pizza ! D'autant plus que Leander n'est pas là ce soir, je ne sais pas trop ce qu'on aurait pu manger à la coloc.

Il rit et démarre pour sortir du parking.

Je passe tout le trajet jusqu'au centre-ville à me demander pourquoi il a changé brusquement de comportement. Lui qui refusait de m'embrasser dans une patinoire vide m'emmène maintenant dîner, en public.

Je comprends mieux une fois arrivé devant le restaurant d'où s'échappent des odeurs de pâte à pizza et de fromage. Nous sommes à l'autre bout de la ville par rapport à la fac, et aussi assez loin du quartier dans lequel a grandi Jer, si je ne me trompe pas. Ici, le risque que quelqu'un le reconnaisse et le surprenne en compagnie d'un mec est faible.

Je cache ma déception comme je le peux – je suis devenu assez fort à ce jeu – et le suis dans l'établissement. La serveuse nous place à une petite table à côté d'une fenêtre donnant sur un jardin intérieur. Des plantes aromatiques et d'autres végétaux que je ne pourrais pas nommer le recouvrent presque entièrement. Le cadre est vraiment sympa, l'ambiance chaleureuse m'aide rapidement à me détendre. Après tout, je dois reconnaître que Jer a fait un grand pas en avant ce soir.

— Ton beau-père connaît de bonnes adresses, ça sent vraiment bon.

— Il est critique culinaire, c'est son job de connaître de bonnes adresses. J'en ai d'autres en stock, si tu veux.

Je lui souris et attrape le menu posé devant moi. Tout a l'air alléchant, mais je ne suis pas du tout un spécialiste de *deep dish*.

— Tu sais quoi ? Tout à l'air bon, je te fais confiance.

Il me sourit à son tour et passe commande à la serveuse qui arrive à côté de notre table.

— Ça n'a pas dû être facile d'accueillir un étranger dans la famille que tu as formée avec ta mère pendant toutes ces années.

— En fait, j'ai été plutôt soulagé quand elle a rencontré mon beau-père. Elle cumulait deux emplois pour pouvoir joindre les deux bouts. Je ne la voyais jamais et... Le stress permanent de savoir qu'on allait peut-être perdre la maison ou la voiture, saisies par la justice, s'est arrêté quand il s'est installé chez nous.

Une boule me serre la gorge, la culpabilité me fait gigoter sur mon siège. De mon côté, je n'ai jamais manqué de quoi que ce soit. Dante et moi, nous avons été pourris gâtés et nous le sommes encore aujourd'hui. Je sais que ça ne m'empêche pas d'avoir les pieds sur terre, mais mes tripes se retournent en imaginant ce qu'a dû vivre Jeremiah, enfant.

À défaut de trouver les mots justes, je me penche par-dessus la table pour lui prendre la main. Il se fige et moi aussi, me demandant ce qu'il lui arrive brusquement. Quand je le vois regarder à droite à gauche pour vérifier si quelqu'un nous a vus, je me laisse retomber dans ma chaise et pousse un long soupir de frustration.

— J'aurais cru qu'en m'emmenant à l'autre bout de la ville, loin du campus, où tu ne connais personne, tu pourrais te lâcher un peu plus, craché-je, d'un ton plein d'amertume.

— Je...

— J'ai déjà vécu ça avec Parker. Il nous a enfermés tous les deux dans ce placard dont il n'était toujours pas sorti. Je l'ai supporté parce que je pensais que c'était la chose à faire. Je pensais qu'il fallait que j'attende qu'il soit prêt, même indéfiniment. J'étais heureux de simplement être avec lui, même si je crevais de jalousie devant les couples qui avaient le droit de se tenir la main dans les couloirs du lycée.

Je m'arrête un instant pour calmer les battements erratiques de mon cœur. Je bois une gorgée d'eau et prends une grande inspiration.

— J'ai juste besoin d'un peu de temps.

— C'est aussi ce que Parker me demandait. Juste un peu de temps. « À la fac, tout sera différent, Sander. » Juste un peu plus de temps. Jusqu'au moment où du temps, il n'en a plus eu. Je ne peux pas revivre ça, Jer. Je sais que toi et lui, vous êtes différents, mais quelque part, vous vous ressemblez aussi beaucoup. Je ne peux pas revivre ça.

34

Jeremiah

Je me fige en entendant les mots prononcés par Sander, en discernant la douleur dans sa voix chaque fois qu'il prononce le prénom de Parker. Lui m'observe, le regard empli d'espoir, comme s'il attendait que je lui dise que tout ira bien, que je suis prêt à accepter de dévoiler une partie de moi que j'ai toujours préféré taire. Mais ce n'est pas le cas. Loin de là.

Et pas uniquement à cause de toutes les répercussions que ça pourrait avoir sur ma vie et mon futur, mais aussi parce que je ne suis pas sûr de lui.

— Qu'est-ce que tu cherches à me dire ?

Il pousse un nouveau soupir, croise les bras sur son torse.

— Je...

Il passe une main dans ses cheveux, me laissant deviner sa frustration. Elle fait écho à la mienne. Celle de me dire que nous sommes incompatibles sur un point. Mais qu'il s'agit d'un point crucial.

— Je ne sais pas, Jer. J'aimerais... que tu te libères.

Il a conscience de me demander un gros sacrifice. Je pourrais y réfléchir, si seulement... Je souris tristement en secouant la tête. C'est ridicule, je connais Sander depuis bientôt deux ans, je l'ai vu changer de partenaire comme de chemise. Je sais que cette chemise, ça finira par être moi. Je suis déjà surpris que nous deux, ça dure depuis si longtemps. Cette pensée me donne envie de ricaner, parce qu'en réalité, ça fait à peine deux semaines.

Certes, le désir couve depuis bien plus longtemps, mais je pensais qu'une fois que nous l'aurions assouvi, nous passerions à autre chose. Je me raccroche toujours à cette idée pour réfréner mes sentiments naissants, qui ne cessent de vouloir s'affirmer. Le jour où ce que nous partageons se terminera, je n'ai pas envie de souffrir.

— Je ne suis pas prêt à être celui que tu attends de moi, Sander.

Les mots me brûlent la gorge, mais je les lui dois. Je n'ai pas l'intention de faire des promesses que je serai incapable de tenir. Notre fin arrivera peut-être encore plus tôt que je ne le crois.

La serveuse arrive à cet instant avec nos boissons. Sander lorgne la sienne comme s'il espérait y découvrir les secrets de l'univers.

— Tout va bien ? demandé-je.

Il secoue la tête et mon cœur se serre. Puis il se fissure lorsqu'en sortant son téléphone pour lancer l'application Uber, il poursuit :

— En fait, je crois que je ferais mieux de rentrer.

— Sander, s'il te plaît.

Il ne m'écoute pas. Il se lève, dépose un billet sur la table, s'excuse auprès de la serveuse et commence à slalomer entre les tables. Il a sûrement envie d'être tranquille, mais j'ai l'impression que si je le laisse partir maintenant tout sera terminé.

Une part de moi se demande si ce ne serait pas un mal pour un bien. Si ce ne serait pas mieux d'arrêter tout de suite. Parce que plus on attendra, plus ce sera difficile. Ça l'est déjà, pour être honnête. L'idée de ne plus pouvoir le toucher, l'embrasser, le serrer dans mes bras... de ne plus l'entendre rire, me fout en l'air. *Arrête tes conneries et cours-lui après, putain !*

Si tout doit se terminer ce soir, je ne veux pas que ce soit en restant en plan dans un restaurant. Je me lève à mon tour, devant la serveuse qui n'a pas bougé et m'observe, puis je sors de l'établissement à la suite de Sander. Je le retrouve sur le trottoir, une main dans sa poche, l'autre tenant son téléphone qu'il scrute comme si sa vie en dépendait.

— Annule ton Uber.

— Jer...

Je m'approche d'un pas, lui arrache son portable et décide de le faire à sa place. Sander ne bronche pas. Lorsque je lève la tête vers lui, je suis surpris par le léger sourire qui ourle ses lèvres.

— Qu'est-ce qu'il y a de drôle ?

— Rien, répond-il en haussant les épaules. J'ai juste l'impression de me retrouver dans un film.

Sans attendre de réponse, il se dirige vers le parking où est garée la voiture. Je le suis en silence, les rouages de mon cerveau tournant à cent à l'heure.

— Dommage qu'il ne pleuve pas, dans ce cas, finis-je par dire quand nous nous retrouvons devant la caisse.

— Pourquoi ?

— Les ruptures sous la pluie sont plus... Tu sais... Mélancoliques.

— Les ruptures ? répète-t-il.

— Ouais, avec l'eau qui se mêle aux larmes. Pas que je compte chialer, mais...

— De quelle rupture tu parles, exactement ?

Est-ce qu'il est sérieux ?

— De la nôtre.

Sander pouffe de rire. Un rire un peu hystérique. Un rire sans aucun humour.

— Alors, c'est tout ? On se prend un peu la tête, et toi... toi, tu... tu es prêt à tout jeter comme ça ?

— Je...

Je suis totalement à court de mots. Une prise de tête ? C'est tout ce que c'était ? Est-ce que je me suis fait des films ? Est-ce que j'ai pensé au pire sans aucune raison ?

— Je pensais que tu te serais battu un peu plus que ça, finit-il par déclarer.

Je m'approche de lui, me rendant compte que j'ai été stupide. En fait, non, je crois que j'ai surtout flippé.

— J'ai cru…

Je me racle la gorge et reprends :

— Je t'ai dit que je n'étais pas prêt, et tu as décidé de partir, j'ai cru que…

Sander tend les bras et attrape les pans de ma veste pour me rapprocher de lui.

— Je sais. Et je ne te demande pas d'annoncer à la terre entière que tu es avec moi. Je n'attends même pas que tu fasses ton *coming out* à la fac, ni même auprès de ton équipe. Je n'ai pas le droit de te demander ça.

Il me tire encore davantage vers lui et mon torse percute le sien. Je me plaque contre lui, appréciant de sentir son corps ferme collé au mien.

Je ferme les yeux lorsque sa main se pose sur ma joue.

— Je ne sais pas si c'est le bon moment pour t'annoncer ça, mais… tu me plais, Jer.

Je cligne des paupières tandis qu'un rire m'échappe.

— J'avais compris cette partie. Ou alors tu as un côté masochiste et tu aimes coucher avec des mecs qui ne t'attirent pas.

Je tente de plaisanter, pour mieux gérer les battements de mon cœur qui se sont emballés.

— Justement. J'ai couché avec beaucoup de mecs.

— Merci de me le rappeler, grogné-je.

— Tais-toi et laisse-moi parler.

Je hoche la tête, mon sourire mourant sur mes lèvres lorsque je comprends à quel point il est sérieux.

— Tu me plais, vraiment. Vraiment. Beaucoup. Et je… j'ai du mal à gérer ça. À savoir si c'est une bonne chose.

— Je ne te suis plus.

— J'ai envie d'être avec toi, Jer. Pas pour une nuit ni pour une semaine. Mais vraiment envie d'être avec toi.

Ça ne m'était pas arrivé depuis Parker. Sa perte m'a presque tué...

Il laisse retomber sa main et je saisis son poignet pour entrelacer mes doigts aux siens. *J'ai envie d'être avec toi. J'ai bien entendu ? Il a dit qu'il avait envie d'être avec moi ?* Moi aussi, putain. Tellement que ça me fait mal. Est-ce que les choses ne vont pas devenir trop compliquées ?

Sander a raison, notre histoire ressemble à un film. Un film retraçant une histoire d'amour impossible entre un homme qui refuse de se cacher et un autre qui n'est pas prêt à assumer.

— Et toi, tu t'es pointé, avec ton putain de sourire et ton air sûr de toi... Quand tu m'as repoussé la première fois, je me suis promis de ne pas recommencer les mêmes erreurs, de ne pas craquer pour des types qui n'assumaient pas.

— Alors tu as préféré qu'on se tape sur la gueule, raillé-je, l'incitant à ricaner.

— On peut appeler ça des préliminaires, déclare-t-il avec un clin d'œil.

Je souris, effleure sa lèvre du bout de mon index avant d'y déposer un baiser, doux, chaste, mais un baiser tout de même.

— Je suis désolé pour ma réaction dans le resto. C'est juste que j'ai... j'ai besoin de m'ajuster. Mais je te l'ai dit, je ne suis pas prêt pour plus que ça. Et c'est injuste pour toi.

— Je peux attendre, Jer. J'ai envie de croire que tu en vaux la peine. Qu'on en vaut la peine, toi et moi.

— Mais combien de temps ?

Parce que toute la question est là. Combien de temps avant la prochaine engueulade à ce sujet ? Combien de temps avant que nous finissions par nous faire souffrir ? Que je finisse par le faire souffrir ?

J'ancre mon regard au sien et caresse sa mâchoire, sa joue, son front, glisse ma main dans ses cheveux.

— Je ne sais pas, murmure-t-il. Mais est-ce qu'on peut au moins essayer ? Je n'ai pas envie que tout s'arrête avant d'avoir commencé.

Je hoche la tête et dépose un autre baiser sur ses lèvres.

— Moi non plus.

Peut-être que c'est une connerie, peut-être que ça ne nous mènera à rien de bon, mais moi aussi, j'ai envie d'essayer. Je ne peux pas imaginer ne plus être avec lui.

35

Sander

Appuyé contre le comptoir de la cuisine, je ne perçois que vaguement le brouhaha des étudiants agglutinés dans le salon et les parties communes de notre maison. Je n'entends même pas vraiment ce que me dit Nyx pendant qu'elle prépare des pichets de margarita pour la soirée qui est déjà bien entamée.

Mon regard et mon attention sont rivés sur la porte d'entrée que j'aperçois depuis ma place. Il ne viendra pas, j'en suis presque certain. Il s'est dégonflé. Je ne sais pas si je suis plus dépité ou énervé contre moi-même de ne pas avoir écouté mon instinct. J'avais vu juste lors de cette soirée au restaurant. Dix jours seulement se sont écoulés, mais je peux comprendre sans aucun mal que Jer n'a pas l'intention d'aller au bout des efforts qu'il avait déclaré vouloir faire.

Il m'a promis d'essayer. Nous nous sommes promis d'essayer. Mais j'ai souvent l'impression d'être celui qui prend cette relation le plus à cœur.

— Allô, Brutus ! Ici la planète Terre ! Tu sais, là où vivent les gens qui imaginent que tu les écoutes quand ils parlent.

Je me retourne vers Nyx qui me regarde avec les poings sur les hanches. Elle ne m'arrive même pas à l'épaule et doit peser le poids d'un chiot mouillé, mais elle a un sacré tempérament. Ce n'est pas le genre de personne qu'on a envie de se mettre à dos.

— Je suis désolé, Moustique. Tu disais ?

Elle lève les yeux au ciel comme si elle n'en pouvait plus de mes conneries, et franchement, qui pourrait le lui reprocher ?

— Je te demandais où est ton hockeyeur, ce soir.

En plus d'avoir un caractère de feu, elle vise souvent juste avec ses questions et ses analyses des gens.

— En retard, grommelé-je.

Ma réponse me vaut un regard digne de Nyx. Elle a cette habitude, dont elle n'a absolument pas conscience, de scruter les gens comme si elle essayait de lire en eux. Elle fera une psy incroyable un jour.

— Il fuit ?

Je hausse les épaules, une boule dans la gorge. Jer ne fuit pas, ou pas tout le temps, du moins. Quand nous sommes ensemble, seuls dans ma chambre, il est vraiment là avec moi. Sinon, la plupart du temps, j'ai la sensation qu'il me glisse entre les doigts aussi sûrement que du sable fin. J'ai beau lutter, serrer les doigts de toutes mes forces, ça ne sert à rien.

— Est-ce que je peux te donner un conseil ?

Je la regarde en silence un moment.

— Ouais, c'est vrai, reprend-elle. Je te le donnerai quoi qu'il arrive.

Je ricane. L'ouragan Nyx, rien ne l'arrête.

— Tu te rappelles comme j'ai fui Leander à un moment ?

— Évidemment. Je me souviens d'ailleurs très bien que c'est grâce à moi si vous vous êtes retrouvés.

— Mais oui, Cupidon, que deviendrait-on sans toi ? Mais c'est un peu là que je voulais en venir. Toi et Leander, vous n'avez pas lâché l'affaire quand je faisais ma tête de cochon à bouder dans un coin et à ne parler à personne. Jer a besoin que tu ne laisses pas tomber. Que tu ne *le* laisses pas tomber.

Je soupire en croisant les bras, le regard de nouveau rivé sur cette foutue porte d'entrée alors que je réfléchis à ce que Moustique vient de dire. Parfois, je me demande si j'aurais pu sauver Parker en le laissant tomber. Personne ne nous aurait vus ensemble, personne n'aurait lancé de rumeurs à son sujet et il n'aurait jamais fait cette connerie qui lui a coûté la vie. Mais j'ai vu assez de gamins en dépression à l'association depuis sa création pour comprendre qu'il aurait sans doute fini par passer à l'acte quoi qu'il arrive. Jamais je n'aurais pu sauver Parker de lui-même. Qu'en est-il pour Jer ?

— Quand j'étais au lycée, commencé-je en continuant d'éviter le regard de mon amie. J'ai perdu quelqu'un... Quelqu'un de proche. Je... Il...

Les mots refusent de quitter ma gorge, la boule qui s'y était formée a pris de l'ampleur. Je suis incapable de parler de Parker comme je l'ai fait avec Jer. C'est impossible pour moi de me remémorer ces moments, cette sensation de perte, cette impression de devenir fou et d'avoir envie de tout briser autour de moi.

Une main se pose sur mon avant-bras.

— Tu n'as rien à m'expliquer, Sander. On est tous comme on est pour une raison et je suppose que ce qui t'est arrivé au lycée fait partie de ces raisons.

Un jour, je vais finir par me demander si Nyx ne lit pas dans les pensées. C'est effrayant à quel point elle décrypte les gens comme s'ils étaient des livres ouverts.

— Une personne n'est pas une autre, continue-t-elle. Cette personne que tu as connue au lycée n'est pas Jer.

— Je sais.

— Ton cerveau le sait, sans doute, oui. Et le reste ?

Je la scrute de nouveau, un peu bouche bée. Elle ne peut pas savoir à quel point elle a raison. Objectivement, je sais que Jeremiah n'est pas Parker, mais au fond de mes tripes, au fond de mon âme, je suis terrifié. Terrifié à l'idée de le perdre, même si ce n'est pas de la même façon que j'ai perdu Parker.

Sans un mot, j'attrape Nyx entre mes bras et la serre aussi fort que je le peux.

— Tu sais que tu risques de m'étouffer avec tes bras qui font trois mètres de circonférence ?

J'éclate de rire et la relâche après lui avoir collé un bisou sur le front.

— Parfois, je ne sais pas ce que je ferais sans toi, Moustique, déclaré-je en m'emparant de l'un de ses pichets de margarita pour nous en servir un verre à chacun.

— Eh bien, pour commencer, tu te déshydraterais pendant les soirées.

Je ris de plus belle et l'attire dans la salle. Ça fait longtemps qu'on n'a pas organisé de soirée de ce genre et je crois qu'on en avait tous besoin. Notre petite maison est blindée et bruyante, mais j'adore ça. C'est aussi sans aucun doute pour cette raison que Jer n'est pas là. J'ai dû négocier pendant un temps infini pour qu'il accepte de venir. Il a cherché toutes les excuses possibles et imaginables afin de se débiner. Et finalement, l'idée de se retrouver ici, avec moi, au milieu de tout ce monde, l'a paralysé.

Je discute avec mon frangin quand, du coin de l'œil, je vois la porte d'entrée s'ouvrir. Je me retourne machinalement, il est plus de minuit et je n'attends plus rien. J'ai donc beaucoup de mal à garder mon air blasé quand je me rends compte que Jer se tient sur le palier. Il a fini par se décider à venir, et j'oublie presque instantanément tous ces moments où j'ai douté ces dernières semaines.

Je fais un pas dans sa direction en même temps qu'il avance dans la pièce. Il est hésitant et regarde autour de lui, mais je le remarque uniquement parce que je le connais bien. Jeremiah est très doué pour donner le change.

— Tu es venu, finalement, constaté-je en le rejoignant.

Il se débarrasse de sa veste sans me répondre et se dirige ensuite vers le bar aménagé dans ce qui nous sert habituellement de salon. Mon enthousiasme est douché en quelques secondes, mais ça ne m'empêche pas de le suivre. Ne pas abandonner, c'est ce que Nyx a dit, non ? S'il croit que je vais lâcher l'affaire aussi facilement, il se fourre le doigt dans l'œil.

C'est exactement ce que je suis sur le point de lui dire quand trois de ses coéquipiers lui sautent dessus en criant des « Putain, pas trop tôt, mec ! ». Ils l'embarquent dans un coin de la pièce à grand renfort de tapes viriles dans le dos. Jer ne jette absolument aucun regard dans ma direction et la réalité me frappe de plein fouet. Il fait comme si je n'étais rien de plus pour lui qu'une vague connaissance, un type qui lui a foutu sur la gueule sans raison. Il fait comme si rien ne s'était passé entre nous ; et ça fait très longtemps que quelqu'un ne m'avait pas rendu aussi misérable. Mon cœur se brise, mon estomac se serre, tout en moi souffre de se faire rejeter.

36

Jeremiah

J'ai promis à Sander de passer à la soirée qu'ils organisent ce soir, mais pour être honnête, je ne suis pas certain d'avoir envie d'y aller. J'aspire juste à comater dans mon lit jusqu'à demain, ce qui est dingue étant donné que je ne l'ai pas vu depuis trois jours. Le championnat a commencé sur les chapeaux de roues, ces derniers jours ont été intenses.

Scott et les autres sont déjà là-bas, et eux non plus n'arrêtent pas de me harceler par message en me demandant ce que je fous. Je devrais être aussi euphorique qu'eux. Nous avons gagné nos matchs. Nous avons tout déchiré. Dans un peu plus d'une semaine, nous nous envolerons vers Boston pour le Frozen Four[6]. J'ai attendu ça durant toute la saison. J'ai donné le meilleur de moi-même pour arriver là où nous en sommes. Mes coéquipiers et moi avons sué sang et eau pour atteindre ce but, pour faire partie des quatre meilleures équipes du championnat. Alors pourquoi est-ce qu'un goût amer me reste en travers de la gorge ?

Peut-être parce que je suis en train de me rendre compte que je ne pourrai pas tenir ma promesse faite à Sander. Ça me tord le bide, me donne envie de chialer. La simple idée de ne plus être avec lui me tue à petit feu.

---

6. Le Frozen Four regroupe les demi-finales et la finale du championnat NCAA (National Collegiate Athletic Association) qui est le championnat universitaire.

Mais je n'ai pas le choix. Je dois penser à mon avenir. Je ne peux pas laisser mes sentiments grandissants pour Sander m'en détourner. Et je ne sais pas comment surmonter ça. Pire, je ne sais pas comment lui faire face, comment lui avouer que lui et moi, ce n'était qu'une histoire éphémère qui doit prendre fin.

Je passe une main dans mes cheveux et serre les dents, contrôlant mon souffle pour éviter de commencer à paniquer sérieusement. J'aurais dû tout arrêter quand il en était temps. Mais j'en étais incapable, parce que je voulais y croire. Je ne voulais que ça. La possibilité d'un avenir, si court soit-il, tous les deux. Mais ces deux jours de championnat ont agi comme un putain de coup de poing en pleine gueule, me ramenant à la réalité avec une telle force que j'en suis resté sonné. Le hockey, c'est toute ma vie. Je ne sais rien faire d'autre, et je n'ai pas envie de passer le restant de mes jours à servir des burgers à des gosses de riches ni à personne d'autre. Je veux une carrière, je veux pouvoir m'entraîner tous les jours, enfiler des patins, foncer sur la glace devant une foule déchaînée. Je veux rendre ma mère fière de moi, je veux apporter à ma famille tout ce dont nous avons manqué pendant si longtemps.

Qu'est-ce qu'un cœur brisé face à tout ça ? Rien. Un cœur peut guérir. Je suis sûr que je m'en remettrai. Sander aussi. Après tout, il n'a qu'à claquer des doigts pour avoir tous les hommes à ses pieds, pas vrai ?

Je pousse un soupir et me redresse, décidant que retarder le moment de tout lui avouer ne servira à rien. Reculer pour mieux sauter, c'est ce que nous avons fait jusqu'ici. Nous le savions tous les deux. Nous avons simplement préféré nous bander les yeux, rester aveugles à ce qui allait indubitablement arriver.

Et je ne le regrette pas. Je ne regrette aucun de ces moments passés tous les deux. Je ne regretterai jamais d'avoir appris à connaître le vrai lui. Je suis heureux d'avoir donné une chance à notre histoire, aussi courte fut-elle, parce que les quelques semaines que j'ai passées avec lui ont été les plus belles que j'aie jamais connues. Mais je ne peux pas faire semblant plus longtemps. Lui et moi, ça doit s'arrêter. Maintenant. Avant que la douleur soit trop grande, que la plaie de son absence dans ma vie soit si béante que je ne puisse plus cicatriser.

Il est minuit passé lorsque je m'avance en direction de la porte d'entrée de la maison des footballeurs. À travers la fenêtre éclairée, je peux voir des gens danser, d'autres discuter, d'autres rires. Jamais je n'ai eu autant envie de faire demi-tour qu'en cet instant.

Un ricanement sans humour s'échappe de ma gorge. Et dire qu'il n'y a pas si longtemps, je ne loupais aucune de ces soirées, par envie de voir Sander, par désir de le rendre fou. J'aimais être un empêcheur de tourner en rond. L'idée que ma présence le ferait sortir de ses gonds me donnait encore plus envie d'être là. Mais c'était avant que je sache ce qu'il cachait, avant qu'il ne me dise combien il était abîmé. À présent, je voudrais juste tourner les talons et m'enfuir, alors je serre les poings et prends une profonde inspiration. Puis j'entre.

L'avantage d'arriver à une heure aussi tardive, c'est que personne ne fait attention à moi. Tout le monde est trop occupé à discuter, à se dandiner, et à picoler.

Personne ne fait attention. Sauf Sander. Son regard se rive aussitôt sur moi. Nos yeux se rencontrent, les siens s'illuminent brièvement et il n'hésite pas avant de me rejoindre.

— Tu es venu, finalement, déclare-t-il en me souriant.

Je voudrais lui répondre, mais les mots restent coincés dans ma gorge. Parce que j'ai l'impression d'être un enfoiré. Alors, au lieu de l'affronter, j'ôte ma veste et me dirige vers le bar. Peut-être qu'un verre me filera le courage dont je manque.

Malgré le fait que j'ai le dos tourné, je le sens, juste derrière moi. Alors que je m'apprête à lui dire que je suis désolé, que je me comporte comme un connard, des bras m'enserrent le cou et une voix éclate près de mon oreille.

— Putain, pas trop tôt, mec !

Je tourne la tête pour découvrir Scott, les yeux brillants, l'air déjà bien bourré, qui m'entraîne vers notre groupe de potes. Je me laisse faire, docile, sans même jeter un regard en arrière.

— On peut se parler ? demande Sander alors que je suis en pleine conversation avec les gars.

Je hoche la tête. Après tout, il est la raison pour laquelle je me suis pointé, au départ, non ? Même si c'était plus facile de l'oublier, de me perdre dans des conversations faciles. Il tend le bras, comme pour attraper ma main, mais la peur doit se lire sur mon visage parce qu'il le laisse tomber avant de lancer un « Suis-moi » froid et amer qui me suffit à comprendre dans quel état d'esprit il est.

J'obéis, observe son dos aux muscles tendus alors qu'il se fraie un chemin à travers la foule jusqu'à sa chambre, à l'étage. Lorsque la porte claque derrière nous, nous laissant seuls dans cette pièce où nous avons partagé quasiment toutes nos nuits depuis notre retour du camp de vacances, je crois que je peux entendre mon cœur se briser.

Nous nous observons un long moment, dans un silence pesant. Puis Sander prend la parole.

— Je suis perdu, Jer, souffle-t-il.

Je pensais qu'il allait s'énerver, crier, m'en mettre plein la gueule. Cependant, c'est tout le contraire. Sa voix est empreinte d'une telle douleur que je voudrais le prendre dans mes bras et l'embrasser. Mais c'est impossible. Il me suffirait de tendre la main pour le toucher, pourtant j'ai l'impression que des milliers de kilomètres nous séparent l'un de l'autre.

J'aurais préféré les cris. J'aurais préféré la colère. J'aurais peut-être su comment la gérer. Face au type paumé qui se tient en face de moi, j'ai l'impression d'être totalement impuissant. Et tout est ma faute. Alors je reste là, les bras ballants, à chercher quoi répondre. Chaque mot semble mourir dans ma gorge avant de pouvoir franchir le barrage de mes lèvres.

— Parle-moi, s'il te plaît.

— Je...

Ma voix est enrouée. Je secoue la tête avant de faire une nouvelle tentative. Je lui dois bien ça.

— Je ne suis pas prêt, Sander, avoué-je en baissant la tête, incapable d'affronter son regard. Je pensais finir par l'être. Je voulais tellement que ce soit le cas... Mais... Je ne peux pas. Je ne peux pas t'offrir ce que tu attends de moi. Et ça me tue, putain. Ça me tue parce qu'être avec toi, c'était l'une des plus belles choses qui me soient arrivées. Et je...

Je m'arrête pour reprendre mon souffle.

— Je voudrais te promettre de changer, même si ça me prend du temps, mais j'en suis incapable. Je ne suis pas comme toi. Je ne suis pas suffisamment fort pour ça. Pour dévoiler qui je suis, au risque de foutre en l'air ma carrière. Je ne peux pas. Je...

Je me tais en sentant le corps de Sander tout près du mien, et cesse de respirer lorsqu'il saisit mon menton entre ses doigts pour m'obliger à lever la tête. Ses yeux s'ancrent aux miens, tandis que je sens des larmes pointer derrière mes paupières. Soudain, sa bouche se pose contre la mienne. Il m'embrasse avec une telle tendresse que c'en est presque insupportable. Et moi, je me laisse totalement aller dans ce baiser, je lui offre tout ce que je suis capable de lui donner, même si ce n'est pas grand-chose.

Lorsqu'il glisse ses mains sous mon tee-shirt pour effleurer ma peau, je frissonne et le laisse faire volontiers.

Nous ne parlons plus, nous laissons nos corps prendre le relais. Nous nous embrassons sans jamais nous arrêter, nous nous caressons, partageant nos soupirs et nos gémissements. Dans un silence presque religieux, nous faisons l'amour, avec tendresse, lentement, comme pour prolonger la nuit.

Je me noie dans son étreinte, je me gorge de chacun de nos baisers, de chacune de nos caresses. Je ferme les yeux, pour mieux ressentir, pour mieux m'imprégner de cet instant qui signe notre fin.

Après avoir joui, il referme ses bras autour de moi. Son corps puissant et chaud forme un cocon protecteur. Je pose ma main sur son cœur et l'embrasse, chuchotant contre ses lèvres ces quelques mots que je ne peux plus lui refuser.

— Je t'aime, Sander.

Ses yeux brillent, parfait reflet des miens. Et mon cœur saigne de cette perte que je ne suis pas sûr de savoir gérer, d'autant plus lorsqu'il ôte une mèche de cheveux de mon visage avant de déposer le plus aérien des baisers sur mon front et de murmurer à son tour :

— Je t'aime aussi.

37

Sander

Au moment où j'ouvre les yeux, je sais déjà que je suis seul. Pas besoin de passer la main sur le matelas désormais froid à mes côtés, mais je le fais quand même, juste pour être certain. Pour que mon cerveau et mon cœur comprennent que Jer n'est venu hier soir que pour mettre fin à ce que nous avions, même si ce n'était pas encore grand-chose. Il est venu me dire adieu, et je l'ai laissé faire.

La colère, ce sentiment familier qui m'habite depuis l'enfance, flambe en moi. Elle me brûle les tripes, me fait serrer les poings. Mes mâchoires se crispent alors que je me force à respirer calmement, en comptant jusqu'à dix. Elle n'est même pas spécialement dirigée contre Jer, même si je lui en veux de ne pas avoir voulu essayer et que j'ai la haine qu'il se soit enfui au milieu de la nuit comme si je n'étais rien de plus qu'un coup d'un soir. Je sais que je vaux plus que ça pour lui. Non, aujourd'hui c'est surtout contre moi que j'ai la rage.

Une part de moi s'en veut de s'être laissé aller, de s'être ouvert à ce point. Je lui ai laissé voir la vulnérabilité soigneusement planquée en moi, sous mon armure de mec qui n'en a rien à foutre de rien. C'est un rôle que je me suis créé après la mort de Parker, et je n'avais jamais laissé personne voir au-delà depuis. Jusqu'à ce que Jer arrive à me faire quitter des morceaux de mon armure, juste en étant lui. J'aurais mieux fait de continuer à avoir envie de lui foutre mon poing dans la gueule, nous n'en serions pas là aujourd'hui. C'est en tout cas ce que mon côté rationnel et pragmatique me souffle.

Une autre part de moi s'en veut de l'avoir laissé abandonner si facilement, de ne pas s'être battu encore plus fort pour le convaincre que nous deux, ça pouvait valoir le coup. Est-ce que je lui ai trop mis la pression ? Est-ce que je lui en ai trop demandé ? C'était peut-être trop pour lui. Trop tôt, trop vite, trop intense. Est-ce que j'avais aussi trop mis la pression à Parker ? Je ferme les paupières pour essayer de chasser ces pensées parasites de mon esprit. Je ne peux pas me permettre de réfléchir comme ça. Je n'ai pas poussé Parker au suicide et je n'ai pas non plus poussé Jer dans la direction qu'il a prise.

Je continue à m'appliquer à respirer profondément. Il doit déjà être tard, mais je ne peux pas me lever dans cet état. Le moindre mot de travers de la part de mes colocs me ferait partir en vrille. Alors je reste là pendant un temps qui me paraît infini, à essayer de dompter cette brûlure dans mon ventre, cette rage qui me consume.

Je ne rouvre les yeux que quand les battements anarchiques de mon cœur se sont calmés.

Une fine couche de sueur recouvre mes tempes, mais je sais que le pire est passé. Le risque de crise est écarté. Toutefois, je suis toujours aussi furieux contre moi-même. C'est une colère froide, qui ne trouvera pas d'issue et que je vais être obligé de porter comme une seconde peau.

Je me lève d'un bond pour ne pas être davantage en retard que je ne le suis déjà. Je suis en train d'enfiler un tee-shirt quand des coups résonnent contre ma porte. L'espoir me donne des palpitations. Celui que Jer soit revenu, qu'il ait changé d'avis.

— Sander ! Ouvre, frangin.

La voix de Dante me fait l'effet d'une douche froide, mais je me dirige quand même vers la porte.

— Qu'est-ce que tu veux ? grogné-je après avoir fait pivoter le battant.

Il me dévisage un long moment. Je ne sais pas ce qu'il lit sur mon visage à cet instant, mais son air jovial s'efface instantanément.

— Ouais, je me doutais que tu serais d'une humeur de merde ce matin.

Surpris, je le scrute à mon tour un moment.

— Pourquoi tu dis ça ?

— Je suis allé chercher de l'eau pour Eva au milieu de la nuit et j'ai vu Jer se barrer en catimini. Vu que vous ne vous êtes pas quittés un seul instant depuis le camp Campbell, en le voyant j'ai compris que quelque chose ne tournait pas rond.

Je ne réponds rien. Qu'est-ce que je pourrais bien lui dire, de toute façon ?

— Il se débine, c'est ça ?

Je hausse les épaules, feignant une nonchalance que je suis loin de ressentir.

— Il n'est pas prêt, je ne peux pas le forcer. Et je ne veux pas cacher ce que je ressens non plus. C'était une impasse, il a fait le choix pour nous deux. Fin de l'histoire.

Dante me regarde et finit par pousser un long soupir en secouant la tête.

— Tu vas vraiment te la jouer « J'en ai rien à foutre » avec moi ? Je te connais mieux que ça, Sander. Je ne t'avais jamais vu comme ça avec personne depuis... Depuis Parker. Je sais que Jeremiah était bien plus qu'un simple plan cul pour toi. Alors arrête de faire semblant avec moi, s'il te plaît.

— Je ne fais pas semblant, Dante, je ne sais juste pas quoi faire. Je ne peux pas le forcer à s'exposer en public. Pas après ce qui est arrivé à Parker. Et même sans ça, ça doit être son choix, pas le mien.

De nouveau, mon frère secoue la tête, comme si j'étais vraiment un idiot.

— Je t'ai connu plus combatif que ça. Si tu tiens vraiment à lui, tu pourrais te battre un peu, non ? Jer n'est pas Parker, mais ça, je crois que tu le sais déjà.

Décidant brusquement que je n'ai plus envie de poursuivre cette conversation, je change de sujet.

— Tu as remis ça avec Eva ?

— Non. Elle s'est encore fait jeter par Scott et elle a pleuré dans mes bras une partie de la nuit.

— Tu n'as jamais eu envie de foutre ton poing dans la gueule de ce mec ?

Il sourit en m'assenant un coup dans l'épaule.

— Si, des tas de fois. Mais que veux-tu ? Ce n'est pas moi le sanguin, dans la famille.

Sur ces dernières paroles, il s'éloigne. Il m'a balancé ça avec une telle nonchalance que je ne peux pas retenir le sourire qui fleurit sur mes lèvres. Même si celui-ci est de courte durée quand je prends conscience que je ne suis toujours pas plus avancé concernant Jer.

***

Aujourd'hui, notre coach nous a concocté un programme axé sur la vitesse. Celle-ci est essentielle, plus particulièrement pour moi que pour n'importe quel autre joueur sur le terrain.

Nous venons de finir de nous échauffer et je sens déjà une vieille blessure à la cheville qui se réveille. Rien de méchant, j'ai l'habitude de la sentir quand je ne suis pas dans mon assiette.

Je rajuste autour de ma poitrine la bande qui mesure mon rythme cardiaque avant la prochaine étape de l'entraînement : des sprints sur soixante yards. Chaque passage doit être plus intense que le précédent, et j'ai toujours eu du mal à gérer mon effort. Garder de l'énergie pour la suite n'est pas dans mes habitudes. Je donne tout, tout le temps.

— Allez les gars, c'est parti pour un premier sprint à cinquante pour cent ! Go !

La voix du coach claque comme un coup de fouet dans l'air et je décolle comme une fusée, la douleur à ma cheville presque oubliée. Le premier passage achevé, nous revenons en marchant jusqu'au coach qui secoue la tête en me regardant.

— Campbell ! Quand je dis cinquante pour cent, c'est pas quatre-vingt.

— C'est juste que mes cinquante pour cent à moi ressemblent aux quatre-vingt des autres.

— Arrête de faire le malin et fais ce qu'on te demande !

Je m'exécute, en essayant de calquer mon rythme sur celui de Leander, qui court généralement à la même vitesse que moi. La frustration me fait serrer les poings. Je n'ai pas envie de me restreindre. J'ai juste envie de me dépasser jusqu'à ce que mes poumons me brûlent, jusqu'à ce que mes muscles me fassent mal. Jusqu'à ce que je ne ressente plus rien à l'intérieur.

Et c'est exactement ce que je fais sur l'exercice suivant, faisant fi de ma cheville et des vociférations du coach. Je cours comme si je fuyais quelque chose. C'est en quelque sorte le cas. Je cours comme si je voulais me faire mal, souffrir jusqu'à oublier la douleur dans ma poitrine. Et ça marche. Tout du moins pendant un temps. Jusqu'à ce que ma cheville cède sous mon poids en plein milieu d'un sprint. Le coach et quelques-uns de mes coéquipiers accourent vers moi.

— Ne bouge pas, Campbell ! m'ordonne notre responsable en jetant un coup d'œil à ma montre.

Mes battements cardiaques crèvent le plafond, j'ai l'impression que mon cœur va sortir de ma poitrine, comme quand je fais une crise, ce qui serait bien mal venu au milieu du terrain.

— Tu essaies de faire quoi, fiston ? Te tuer ? C'est fini pour toi aujourd'hui. Va voir le kiné pour ta cheville.

Leander m'aide à me relever. Je dois m'appuyer sur lui pour retourner jusqu'au vestiaire.

— Ça va, mec ?

Je hausse les épaules.

— Ça ira. Juste une vieille blessure qui se réveille.

— Je ne parlais pas de ta cheville.

— Je sais. Moi non plus.

Il me dévisage comme s'il essayait de lire en moi, de découvrir ce que j'ai toujours caché. La culpabilité me ronge. Leander est mon meilleur ami, je lui dois au moins la vérité. Mais pas aujourd'hui. Je me livrerai à lui quand j'aurai fait le tri dans le bordel de mon cerveau. Comme s'il comprenait, il m'assène une tape dans le dos avant de me laisser aux soins du kiné.

Ce dernier me laisse un instant seul avec moi-même et une poche de glace sur la cheville. Quand il revient, il pose des bandes élastiques autoadhésives sur le bas de ma jambe en secouant la tête.

— Ce n'est pas vraiment recommandé de forcer comme ça avec les ligaments dans cet état. Tu penses à l'avenir ?

— Je ne veux pas faire carrière.

— Mais je suis certain que tu aimerais continuer de pouvoir marcher sans l'aide d'une canne, non ?

Je ne réponds pas. Il ne peut pas savoir que forcer sur ma cheville est un moindre mal quand j'ai besoin de me dépenser physiquement pour faire taire ma rage. Et il n'a pas besoin de le savoir.

Je me sens mille fois mieux qu'en arrivant sur le terrain aujourd'hui. L'effort et l'adrénaline m'ont éclairci les idées. Je ne peux pas passer ma vie à avoir peur de ce qui s'est passé avec Parker. Je ne peux pas vivre comme si avoir des sentiments pour quelqu'un risquait de le tuer. Hors de question de laisser Jer s'en sortir si facilement. Et si lui a déjà jeté l'éponge, alors je me battrai pour deux. Je me battrai pour nous deux.

38

Jeremiah

Me battre comme un forcené sans jamais perdre de vue mon objectif est la seule chose qui m'empêche de trop réfléchir. La seule chose qui m'empêche de rester roulé en boule dans mon lit en regrettant mes décisions.

Il n'y avait pas d'autre issue possible. Mieux valait mettre un terme à ma relation avec Sander avant que nos sentiments ne deviennent incontrôlables, avant que nous soyons incapables de nous relever. Mais n'était-ce pas déjà trop tard ? Je n'aurais jamais cru que rompre avec lui serait aussi douloureux. Alors je m'évade comme je le peux pour ne plus y penser. Heureusement, le Frozen Four tombe à pic. Il me rappelle les raisons de mon choix. Il me permet de me focaliser sur mon avenir, raison pour laquelle j'ai choisi de nous faire souffrir. Aujourd'hui, je vais tout donner. Je vais me battre pour la victoire, pour obtenir ce que j'ai toujours désiré. Et ce pour quoi j'ai accepté de nous briser.

À la fin de la première période, nos adversaires mènent deux à zéro. Concentré, j'écoute avec attention notre *head coach* faire son débrief. Il nous reste du temps pour remonter au score, mais nous devons être plus performants. Nous devons tout donner. Nous avons trop d'occasions ratées, trop de palets perdus à cause d'une mauvaise communication.

Je fais rouler mon épaule endolorie après avoir été plaqué violemment contre le Plexiglas.

— Est-ce que ça va ? me demande Scott.

— Ouais, ça va aller. Tu me connais.

Il sourit et hoche la tête. Nous savons tous les deux qu'il nous faut davantage qu'un léger inconfort pour nous arrêter. La brutalité fait partie du hockey, nous sommes suffisamment entraînés pour la gérer.

— Allez, il faut qu'on montre à ces enfoirés de footballeurs qu'on mérite plus d'attention qu'eux.

Je ricane et saisis ma gourde pour avaler plusieurs longues gorgées d'eau. Encore cette foutue concurrence ! Contrairement aux adeptes du ballon, qui se sont fait éliminer en début de championnat, nous avons atteint la demi-finale. Ce sont leurs maillots que les étudiants portent fièrement sur le dos sur le campus.

— Tu parles. Ils doivent avoir mieux à faire que regarder le match.

La majorité d'entre eux, du moins. Peut-être que Leander nous regardera – poussé par Nyx, sûrement – et peut-être que Sander... Je tente de bloquer mes pensées, ce n'est pas le moment de me laisser déconcentrer.

— Je ne sais pas, venir à Boston juste pour les pop-corns et les hot-dogs de l'Arena, ça fait cher le voyage...

Je m'immobilise, avant de laisser retomber mon bras. *Hein ?* Je cligne des paupières, incertain d'avoir compris le sens de ses paroles.

— Qu'est-ce que tu racontes ?

Scott fronce les sourcils, tout aussi confus que moi.

— Ils ne t'ont pas prévenu ? Ils sont tous là... Je pensais que Sander te l'aurait dit.

Je déglutis, la gorge soudain sèche. Est-ce que j'ai bien saisi ? Est-ce que Sander est là ? Ce soir ? À Boston ? Dans cette putain de patinoire ?

Tandis que la fin de la pause retentit et que nous nous préparons à retourner sur la glace, les mots de Scott résonnent dans ma tête. Sander est là. Il est venu.

Pour me voir jouer. Cette constatation agit comme un électrochoc. Au lieu de me foutre l'estomac en vrac, elle me donne la rage qui m'a manqué en ce début de match.

Ce soir, je dois lui montrer le pourquoi de mes choix. Je dois lui prouver que je ne nous ai pas foutus en l'air pour rien. Que si j'ai décidé de rompre, je l'ai fait parce qu'il n'y avait pas d'autre possibilité. Je veux qu'il comprenne que je mérite de faire carrière, quitte à devoir sacrifier une partie de qui je suis. Quitte à devoir le sacrifier, lui.

D'un geste déterminé, je me lève et attrape ma crosse. Il est temps de retourner sur la glace, et de montrer à nos adversaires que nous sommes loin d'avoir dit notre dernier mot.

Je donne tout. Alors que je fonce vers le but adverse, je ne pense qu'à une chose: la cage devant moi. Je passe le palet à Scott, parviens à esquiver l'ailier adverse, récupère le palet, fonce derrière le but et me fais plaquer contre un joueur. Je le repousse tandis que Kyle parvient à récupérer le palet, puis me le passe à nouveau. Un mouvement dans la périphérie de mon regard m'incite à le transmettre à Scott, qui se tient sur mon côté gauche. Il tire, et je saute pour ne pas bloquer sa trajectoire. Le palet atterrit dans le filet. But!

Je souris et patine jusqu'à Scott pour le féliciter. C'est son troisième but de la soirée. Encore un *hat trick* pour notre capitaine. Je lui donne une accolade avant de me diriger vers le banc sur lequel j'échoue lourdement en attrapant ma gourde.

Les joueurs se remettent en place, et je croise les doigts pour que nous parvenions à égaliser. Quatre à cinq, rien n'est perdu. Rien n'est gagné non plus. Il reste moins de trois minutes avant la fin du match, mais j'y crois. Je n'ai pas le choix.

Lorsque la sonnerie signalant la fin de la rencontre résonne, je cligne des yeux tandis que Scott se jette sur moi, un immense sourire sur le visage. On a gagné. On a gagné, putain! Je me mêle à la liesse générale de nos coéquipiers qui se congratulent et se tapent dans les mains.

La foule applaudit, les lumières des gradins se rallument, les gens commencent à s'en aller. Mon cœur bat la chamade, je suis en nage, mais je suis heureux. Et je ne peux m'empêcher de penser que, quelque part parmi les spectateurs, Sander me voit. Et je sais qu'il est heureux pour moi.

C'est la première fois depuis sept ans que notre équipe arrive jusque-là. Je suis fier de chacun d'entre nous. Personne n'a rien lâché. Je sais que nous ne ferons pas tous carrière au sein de la ligue nationale, mais si tout se passe comme je l'espère, certains y deviendront mes adversaires. Je scrute les visages rougis et en sueur qui m'entourent, et je me demande de quoi l'avenir sera fait.

—C'était du bon boulot les gars, déclare notre *head coach*, mais ne relâchez rien. Le plus dur reste à faire.

Nous hochons la tête de concert. Nous n'avons pas l'intention de diminuer nos efforts, et comptons fermement lutter jusqu'au bout.

—Profitez de votre soirée. On se voit demain.

Chacun commence à se diriger vers les douches. De mon côté, je décide d'aller faire un tour chez le kiné après m'être lavé, pour qu'il vérifie mon épaule.

—Tu viens avec nous, hein? s'assure Scott, une serviette autour de la taille.

Toute l'équipe a décidé d'aller faire la fête pour célébrer la victoire et je compte bien être de la partie.

—Pourquoi, tu ne veux pas de moi?

Il rit et passe sa main dans ses cheveux humides.

—Abruti. Je me disais que tu préférerais t'enfermer dans ta chambre d'hôtel avec...

Il s'arrête lorsque je lui lance un regard paniqué, puis observe autour de moi pour m'assurer que personne ne nous entend.

Je n'ai pas avoué à Scott que j'ai rompu avec Sander. Peut-être parce que j'ai du mal à me l'avouer à moi-même. Pourtant, je ne peux nier la douleur qui s'empare de moi dès que je pense à lui. Ce qui arrive souvent. Ce soir, c'est pire encore. Parce que je sais qu'il n'est pas loin, que je risque de le croiser. Je suppose que les autres nous attendent pour nous féliciter, et je ne suis pas certain d'être suffisamment fort pour lui faire face.

Depuis que j'ai quitté sa chambre au beau milieu de la nuit, j'ai réussi à l'éviter. Les entraînements s'intensifiant pour préparer la suite du championnat m'ont donné une raison parfaite pour ne plus me rendre à l'association. Même si je me sens coupable d'avoir lâché ces gosses, lâché Sander, et tout ce qu'il a accompli, je reste persuadé que c'est un mal pour un bien.

— Non ? insiste Scott, me sortant de mes pensées.

Je pousse un soupir.

— Nous ne sommes... Entre nous, c'est... terminé.

Putain que ça fait mal.

— Tu veux en parler ?

Je secoue la tête.

— Pas ce soir. Ce soir, je veux faire la fête.

Et oublier tout ce qui ne concerne pas le hockey.

Une fois prêt, je récupère mes affaires avant de sortir de la patinoire. En saisissant mon téléphone, j'avise plusieurs appels manqués. De Leander. D'Eva. De Dante. Mon cœur rate un battement quand je lis la liste des prénoms. Un mauvais pressentiment m'envahit. Je me rue à l'extérieur, dans la chaleur de la nuit, appuyant sur l'écran pour contacter Leander.

Il répond presque instantanément.

— Jer ?

— Qu'est-ce qui se passe ? grondé-je, tentant de faire taire la vague de panique qui s'est emparée de moi.

Un bruit de sirène parvient à mes oreilles. Je m'immobilise aussitôt.

— C'est Sander... Il s'est battu... Il a perdu connaissance...

Je ne peux plus respirer. Des lumières dansent devant mes yeux. Je pince mes paupières tandis que je cherche mon souffle.

— Jer ?

Je serre mon portable si fort dans ma main que je crains de le briser.

— Où est-ce que vous êtes ?

— On suit l'ambulance. Ils l'emmènent au Massachusetts General.

L'hôpital. Il est en route pour l'hôpital.

— Rappelle Eva. Elle a commandé un Uber et t'attend devant la patinoire.

Je hoche la tête avant de me souvenir qu'il ne peut pas me voir.

— D'accord. On arrive.

Je raccroche. Les mains tremblantes, un frisson glacé dévalant ma colonne vertébrale, je me précipite vers l'entrée principale, priant de toutes mes forces pour ne pas m'effondrer.

39

Sander

J'ai l'impression qu'une éternité s'est écoulée depuis que j'ai vu Jeremiah pour la dernière fois alors que ça fait à peine plus d'une semaine. Je sais qu'il m'a évité autant qu'il l'a pu, allant même jusqu'à annuler ses permanences à l'association. Je ne lui en veux pas, j'aurais sans doute fait la même chose à sa place. Mais le manque de lui a été presque insurmontable.

Mes potes peuvent attester sans l'ombre d'une hésitation que j'ai été invivable ces derniers temps. C'est sans doute pour ça que je n'ai eu aucun mal à les convaincre de venir avec moi à Boston pour assister au Frozen Four où jouent les Thunder.

Voir Jer apparaître sur la glace m'a foutu un coup à l'estomac plus douloureux encore que ce que j'imaginais. Je ne pensais pas souffrir à ce point de le contempler en me disant qu'il ne m'appartient plus. Alors que moi je serai toujours à lui. Une grosse part de moi, en tout cas.

À mes côtés, Nyx doit savoir dans quel état d'esprit je me trouve parce que je sens sa petite main se poser sur ma cuisse dans un geste de réconfort.

— Ça va, Brutus ?

Je secoue la tête. À quoi bon nier l'évidence ?

— Pas vraiment. Je me demande si je n'ai pas fait une connerie.

— Venir voir le type que tu aimes jouer au hockey, c'est une connerie ?

Je n'ai jamais avoué ce que je ressentais pour Jeremiah à personne, mais penser que Nyx ne le saurait pas aurait été sans compter sa perspicacité légendaire.

— Je connais Jer. S'il sent que je lui fous la pression, il va encore plus me fuir.

— C'est pour ça que tu nous as demandé de venir avec toi, non ? Ce n'est pas comme si tu étais seul. On est tous là pour le soutenir et pour l'encourager. Une bande de potes qui vont voir l'un des leurs jouer au hockey.

Qu'est-ce que je disais ? Perspicace ! Je passe un bras autour de ses épaules et lui colle un baiser sonore sur le front.

— Moustique, si tu n'existais pas, il faudrait t'inventer.

— Vous pouvez pas regarder le match plutôt que de vous papouiller, tous les deux ? gronde Leander, assis de l'autre côté de Nyx.

J'éclate de rire en adressant un clin d'œil à mon meilleur ami.

— Sois pas jaloux, chaton ! Son cœur est pris et le mien aussi.

Je reporte mon attention sur le match, dont j'ai du mal à suivre le score. Je n'ai d'yeux que pour Jeremiah. Sa puissance sur la glace m'hypnotise. Il a l'air d'un guerrier avec sa crosse. Je n'arrive pas à me concentrer suffisamment sur l'action pour comprendre quoi que ce soit.

Je frémis quand un joueur de l'équipe adverse le plaque violemment contre le Plexiglas. Jer repart comme si de rien n'était, mais je le vois masser son épaule meurtrie par le choc. J'étouffe la bouffée de colère qui menace de me submerger. Je suis bien placé pour savoir que quand on joue à un sport de ce genre, les risques de blessure sont inévitables.

Le temps passe sans que je le voie vraiment défiler, mon attention toujours focalisée sur une seule et même personne. C'est pour cette raison que je sursaute quand autour de moi, tous mes potes se lèvent en hurlant de joie. Je regarde le score et une fierté sans limite m'envahit. Jer a gagné.

OK, techniquement, c'est toute l'équipe de hockey des Thunder qui a gagné, mais c'est un détail. Moi, ce soir, je n'ai vu que lui. Je sais que cette victoire était celle qu'il voulait plus que tout. Je sais aussi qu'il pense avoir rompu avec moi pour se concentrer sur sa carrière. Mais la vérité est ailleurs. Et c'est pour cette raison que je suis là. Pour essayer de lui faire comprendre qu'il n'a pas besoin de choisir.

Une vague de stress m'envahit. Le match est terminé, je vais devoir l'affronter. J'ai l'impression de ne pas être prêt alors que j'attends ça depuis cet entraînement pendant lequel je me suis explosé la cheville.

Mes potes se sont tous levés et commencent à se diriger vers les sorties en haut des gradins. Il me faut un peu plus de temps. Quelques minutes pour me recentrer, pour respirer.

— Eh les mecs, faut que j'aille pisser, je vous rejoins dehors, crié-je avant de me diriger du côté opposé des sorties.

Je suis le premier panneau indiquant les toilettes et me retrouve dans un grand couloir. Connaissant mon bol et mon sens de l'orientation, je risque fortement de me perdre. Jer, qui ne sait pas que je suis là, ne m'attendra pas, et je ne pourrai pas lui parler comme j'ai prévu de le faire.

Je presse un peu le pas, apercevant un autre panneau un peu plus loin. Il indique un nouveau couloir sur ma droite. Je suis sur le point de l'emprunter quand j'entends des voix de mecs venir de cette direction. Ils ont l'air un peu éméché. Je m'arrête à l'angle du mur quand j'entends un des types se foutre de la gueule de son pote parce qu'il s'est pissé dessus. Je ricane en sourdine et attends de voir s'ils vont dire davantage de conneries. Je sais que je perds encore du temps, mais leurs vannes pourries contribuent fortement à me détendre.

—Putain, t'es pas sortable, mec! La prochaine fois, bois moins de bière.

—C'est pas ma faute si les toilettes étaient trop loin! J'ai pas pu me retenir.

—Mais t'as pas deux ans, quand même, se moque un autre.

Je plaque ma main sur ma bouche pour qu'ils ne m'entendent pas. J'imagine la scène.

—Laissez-le, les mecs. Je comprends qu'il ait voulu noyer ce match de merde dans l'alcool. Je n'en reviens pas qu'ils aient perdu, bordel!

Je comprends que ce sont des supporters de l'équipe adverse et commence à reculer. Ce n'est pas le moment que je me pointe au milieu de ce petit groupe avec mon maillot à l'effigie des Thunder.

—D'autant plus que ça aurait dû être du tout cuit avec cette tapette de Marner.

Je me fige. Mon cœur se met à battre à cent à l'heure.

—Pourquoi tu dis ça? demande le mec qui s'est pissé dessus.

—Un pote à moi étudie à Saint-Charles et il m'a dit qu'il l'avait vu embrasser un autre mec à une soirée. Il se cachait même pas.

Les autres émettent des sons dégoûtés. Ce qu'ils disent me parvient encore malgré le sang qui bourdonne dans mes oreilles.

—Ouais. Notre équipe ne devait pas être en forme pour que les Thunder aient gagné avec un type pareil. Faut vraiment pas avoir de couilles pour laisser un autre mec te la mettre dans le cul.

Des milliers de pensées se bousculent dans ma tête alors que ces types continuent à cracher leur homophobie sur Jer. J'ai l'impression que l'histoire se répète, et je sais d'avance que Jeremiah va être dévasté quand il comprendra que son petit secret n'en est plus vraiment un. Ma rage devient impossible à dompter. Je sais que je l'ai trop étouffée ces derniers temps, cette fois je ne parviendrai pas à me maîtriser. Aujourd'hui, ni Jer ni Dante ne sont là pour apaiser ma colère.

Je sors de ma cachette, poussé par cette violence qui commence à monter en moi. Je la connais bien, je l'accueille comme une vieille amie que je n'aurais pas vue depuis longtemps. Les mecs me regardent de travers, se demandant sans doute ce que je fous là. Je m'approche du plus grand des quatre, celui qui balançait encore toute sa haine mal placée contre Jer quand j'ai tourné à l'angle du couloir.

— Alors comme ça, on se la joue homophobe de base ? On supporte pas de perdre donc on trouve des raisons merdiques ?

— Qu'est-ce que ça peut te foutre, connard ?

— C'est con pour toi, mais c'est de mon mec que tu parlais.

Je ne sais pas ce qu'il répond à ça, je suis déjà parti bien trop loin. Je lui décoche une droite et un uppercut dans la foulée. Le mec est plus grand que moi, il chancelle à peine, recule de quelques pas puis se jette sur moi.

Je me défends plutôt pas mal, au départ. Ce n'est pas ma première bagarre et je sais où porter mes coups pour qu'ils soient efficaces. Mais tout se complique quand ses potes viennent lui prêter main-forte. Je prends dans les reins un coup qui me fait me plier en deux, puis dans la tempe un autre qui me met à terre. C'est le moment que mon esprit choisit pour décrocher. Je rue, lance mes jambes en avant pour les repousser, mais rien n'y fait. Ils sont trop nombreux. Leurs poings serrés et leurs pieds m'atteignent partout. Je me recroqueville sur moi-même, essayant de me protéger du mieux que je peux. Les coups n'en finissent pas de pleuvoir, de même que les insultes que j'entends à peine. Un énième coup porté en plein visage et c'est le noir. C'est doux, cotonneux. J'accueille cette obscurité à bras ouverts.

40

Jeremiah

La main d'Eva ne lâche pas la mienne durant tout le trajet jusqu'à l'hôpital. Celui-ci me semble durer une éternité.

J'ai assommé mon amie de questions auxquelles elle n'avait quasiment aucune réponse, si ce n'est que Sander a été retrouvé inconscient dans le couloir après avoir été passé à tabac. Puis le silence s'est installé entre nous. Un silence lourd, empli de peur.

Je ferme les yeux pour essayer d'arrêter les images qui s'imposent à moi : Sander, le visage en sang, qui ne réagit plus. Mon cœur bat trop vite, tout mon corps tremble. *Et s'il ne se réveillait pas ?* Cette possibilité me donne envie de chialer.

Je ravale mes larmes et la boule qui me noue la gorge. Je resserre mon emprise sur les doigts d'Eva, qui vient se coller contre moi. Ensemble, enlacés à l'arrière de la voiture, nous tâchons de nous apporter un soutien mutuel, de la force, nous obligeant à ne pas lâcher prise, à ne pas sombrer. À espérer.

Le chauffeur a à peine le temps de s'arrêter devant la porte d'entrée que je me précipite en dehors de l'habitacle, Eva sur les talons. Leander nous fait signe, je me rue vers lui.

— Où est-il ? Est-ce qu'il va bien ?

Dis-moi oui, je t'en supplie. Dis-moi qu'il va bien.

Lorsque j'avise son visage blafard et ses yeux brillants, je comprends que ce n'est pas le cas. Je prends une profonde inspiration, appuie les doigts sur mes paupières pour ne pas craquer.

— Il est au bloc, répond mon pote.

Au bloc ? En train d'être opéré ? Mais pourquoi ? J'ouvre la bouche pour parler, mais les mots restent bloqués dans ma gorge.

— Pourquoi ? demande Eva.

— Il a eu une hémorragie cérébrale.

Hémorragie cérébrale.

Je me fige, sous le choc, mon cerveau refusant d'enregistrer cette information.

Non. Non. Non. Non. Putain, non.

Le bras que Leander pose sur mon épaule m'oblige à revenir à la réalité. Sans rien dire, il me conduit jusqu'à la salle d'attente ou tous nos potes sont présents. Nyx discute à voix basse avec Delilah et Chase, le teint blême et les mains accrochées autour d'un gobelet de café. Knox berce un Dante effondré. *Dante. Mon Dieu, Dante.*

Je reste là, à les observer, lorsque son regard beaucoup trop familier croise le mien. Il se lève et vient me prendre dans ses grands bras.

— Ça va aller. Ça va aller, murmure-t-il, autant pour lui que pour moi.

Nous nous étreignons, fort, puis je me laisse tomber sur une chaise en plastique avant de passer une main dans mes cheveux. Et l'attente commence.

Mes yeux me brûlent. Je suis épuisé. Mais bien trop flippé pour fermer l'œil. Dee s'est endormie dans les bras de Chase, Leander ne cesse ses allées et venues pour nous procurer à boire et à manger. Moi, je suis incapable d'avaler quoi que ce soit. Les yeux rivés sur la porte battante, j'attends que quelqu'un se pointe pour nous informer de l'état de Sander.

Knox m'a fait un topo peu après mon arrivée. Il était le seul à en être capable. Sander a été retrouvé le visage en sang, des hématomes sur les flancs et les jambes. Les secours ne sont pas parvenus à lui faire reprendre connaissance. Il a été transporté ici au plus vite pour des analyses plus poussées. Après un scanner alarmant, on a décidé de l'opérer.

Qu'est-ce qui s'est passé, putain? Qu'est-ce qui s'est passé pour qu'il finisse dans cet état?

— C'est ma faute, soufflé-je.

Dante, qui n'a pas ouvert la bouche depuis tout à l'heure, se tourne vers moi.

— Qu'est-ce que tu racontes?

— Il est... il est venu pour me voir jouer. Il est venu pour... Putain!

Il était là. Il était là, et je sais qu'il était fier de moi. Malgré le fait que j'aie décidé de tout envoyer balader, il est quand même venu.

Je t'aime aussi.

Mes yeux se remplissent de larmes. Est-ce que la dernière conversation que j'aurai eue avec Sander aura été celle de notre rupture? Celle où j'ai tout gâché? Je voudrais remonter le temps, ravaler mes mots, ne pas m'être montré aussi lâche. J'aurais dû lui montrer qu'il comptait bien plus que ça pour moi, bien plus que tout.

— Il serait venu dans tous les cas, Jer. Tu n'y es pour rien.

— Je l'ai quitté, grondé-je d'une voix tremblante, la fureur s'emparant de moi. Je l'ai quitté alors que je savais que ça nous détruirait.

Je déglutis, serre les poings avec une furieuse envie de les enfoncer contre un mur. Ou mieux, dans le visage des connards qui s'en sont pris à lui.

— Et si... et s'il ne se réveillait pas?

— Je t'interdis de dire ça! crache Dante. Il va s'en sortir. Il s'en sort toujours.

Il se raccroche à ces mots comme s'ils étaient parole d'évangile. Moi aussi, j'ai envie d'y croire. Mais alors que le temps passe, alors que personne ne vient nous donner de nouvelles, je sens l'espoir me quitter.

Nous nous levons de concert lorsque le médecin passe enfin les portes battantes après ce qui m'a paru être une éternité. Dante en tête, nous nous ruons vers lui.

— L'opération s'est bien passée, déclare-t-il avec un sourire fatigué.

Mon cœur bat vite. Trop vite. Je me raccroche à la branche qu'il vient de nous tendre.

— Est-ce qu'il est hors de danger ? demande aussitôt Nyx.

— Nous devons attendre de voir s'il se réveille pour pouvoir nous prononcer.

Si ? Comment ça, « si » ? Je sens Dante se tendre à côté de moi et j'agrippe son bras.

— Vous devriez rentrer chez vous, il y en a encore pour plusieurs heures.

Tout le monde secoue la tête en signe de dénégation. Et l'attente reprend.

Mon téléphone, qui vibre dans ma poche, m'extirpe d'un demi-sommeil. Je sursaute et le sors en clignant des paupières. Il affiche le numéro de Scott.

— Allô ?

— Comment va-t-il ? me demande aussitôt mon pote.

Quand il m'a appelé hier pour me demander pourquoi je n'étais toujours pas arrivé à la soirée, je lui ai expliqué la situation. Je lui ai promis de le tenir au courant, mais je n'ai pas eu la force de le faire jusque-là.

— Il est en réanimation, soupiré-je.

— Est-ce que tu veux que je parle au coach ? Ou est-ce que tu vas venir à l'entraînement ?

Je me mords les lèvres. Si je n'y vais pas, je risque gros. D'autant que nous avons une finale à jouer. Mais qu'est-ce que j'en ai à foutre, putain ? Mon mec est entre la vie et la mort, rien n'a d'importance sinon m'assurer que la vie remporte le combat.

— Je... je ne peux pas. Préviens le coach que je suis désolé. Je lui expliquerais que...

Je n'ai pas le temps de finir ma phrase qu'on m'arrache le téléphone des mains. Je cligne des paupières et avise Dante à côté de moi.

— Il arrive. Il sera là à l'heure, dit-il à Scott.

Lorsqu'il raccroche, je l'observe toujours, les yeux comme des ronds de flan.

— Hors de question que je bouge d'ici, grogné-je.

Il agrippe ma nuque et m'oblige à le regarder droit dans les yeux

— Écoute-moi bien. Tu vas aller à ce putain d'entraînement. Et tu vas tout donner. C'est pour ça que tu l'as quitté, pas vrai ? Pour être un champion de hockey.

Je déglutis, mon souffle se fait erratique, honte et regrets s'entremêlent en moi. Je finis par hocher la tête. Parce que oui, c'est exactement pour ça.

— Alors fais ce que tu as à faire. Et je te promets que je te préviendrai quand il se réveillera.

Quand. Pas « si ». Quand. Quand, quand, quand.

— Je vais t'y déposer, déclare Leander en nous rejoignant avant de poser une main sur mon épaule.

J'acquiesce et Dante me libère. Il a raison. J'ai fait un choix, loin d'être anodin. Autant que ce n'ait pas été en vain.

Sur mes patins, je tente de faire abstraction du monde qui m'entoure et de me concentrer sur l'instant. Malgré la fatigue, je donne tout. Je me focalise sur nos stratégies, sur la voix du coach qui ne cesse de nous reprendre. Mais dès que je quitte la glace, je ne peux m'empêcher de jeter un coup d'œil à mon portable.

Nous ne sommes pas autorisés à le garder durant les entraînements, pour ne pas être déconcentrés, mais j'ai désobéi parce que je veux m'assurer de ne pas louper la moindre nouvelle.

Une nouvelle qui arrive après plus de deux heures. En nage, je récupère une nouvelle fois mon téléphone et découvre le message de Leander.

LEANDER : IL EST RÉVEILLÉ. IL VA BIEN.

Il va bien. Il va bien. Je me répète ces mots en boucle alors qu'un sourire s'étire sur mon visage. Un souffle m'échappe, j'ai l'impression de pouvoir vraiment respirer pour la première fois depuis des heures.

— Scott !

Il s'arrête en pleine action et se tourne vers moi. Quand il avise mon sourire, il sourit aussi, puis s'approche de moi et nous nous enlaçons, chacun d'un côté de la rambarde.

L'entraînement est loin d'être terminé, mais je ne peux pas rester. Je dois le voir. J'ai besoin de le voir. De lui dire que je suis désolé. Que j'ai merdé. Que je l'aime. Que je l'aime à en crever. Le supplier pour qu'il m'accorde une autre chance.

— Qu'est-ce qui t'arrive, Marner ? demande le coach.

Je me dirige vers lui et plante mon regard dans le sien. Je prends une profonde inspiration, tentant de trouver le courage pour que les mots sortent.

— Sander est réveillé.

Lui aussi est au courant de ce qui s'est passé. Scott en a informé toute l'équipe. Parce que même si nous sommes en quelque sorte concurrents, nous nous connaissons tous et partageons de nombreuses valeurs. Tout le monde s'inquiétait donc pour lui.

— C'est une bonne nouvelle.

— Ouais, et je… Je dois y aller.

Il fronce les sourcils.

— Ça attendra la fin de l'entraînement, Marner.

Je secoue la tête.

— Non, vous ne comprenez pas. Je veux le voir. Je *dois* le voir.

Je déglutis, mais ne dévie jamais le regard. Je veux qu'il comprenne que je n'ai pas honte, au contraire. Je suis fier.

— Explique-moi pourquoi c'est si urgent.

— Parce que c'est mon mec.

Son visage reste impassible, puis il finit par secouer la tête.

— Vas-y, Marner. Mais ne traîne pas.

— Merci. Merci, coach.

Il acquiesce et, alors que je m'éloigne en direction des vestiaires, ajoute :

— Mais il va falloir qu'on en parle.

Pour la première fois, je n'ai pas peur de ce qui risque d'arriver. Parce que rien d'autre n'a d'importance que savoir Sander sorti d'affaire.

41

Sander

Bip. Bip. Bip.

Me voilà de nouveau dans cette obscurité dans laquelle j'ai sombré quand... Quand quoi déjà ? Mon cerveau a du mal à faire le point. Est-ce que j'ai eu un accident ?

Bip. Bip. Bip.

Ce putain de bruit m'empêche de réfléchir. Je suis là sans vraiment l'être. Je flotte dans un entre-deux, pourtant je n'ai pas peur. Je sais que quoi qu'il arrive, tout se passera bien. Cette certitude m'apporte un apaisement que je n'ai que peu connu dans mon existence.

Bip. Bip. Bip.

C'est un moniteur cardiaque ? Mais qu'est-ce que j'ai encore foutu ? Petit à petit, je perçois la vie autour de moi. Des gens s'agitent, me palpent. Quelqu'un me prend la main, la serre. Tout est flou et étouffé. Je suis toujours dans du coton et je n'ai pas envie d'en partir.

Bip. Bip. Bip.

Ce bruit rythme mes pensées, même si elles n'ont parfois ni queue ni tête. Tout doucement, mes souvenirs reviennent. Ces types abjects, leurs insultes. Je n'ai évidemment pas pu m'empêcher de provoquer la bagarre, mais je ne le regrette pas. Je ne sais pas si je sortirai un jour des limbes dans lesquelles je flotte, toutefois, si c'était à refaire, je prendrais de nouveau la défense de Jer sans hésiter.

Bip. Bip. Bip.

La douleur commence à se manifester. Chacun de mes membres me fait mal, mais le pire reste ma tête. Le sang pulse sous mon crâne et me donne la nausée. Je suppose que les sensations qui reviennent dans mon corps sont bon signe, mais je me demande si je n'aurais pas préféré rester dans cette léthargie bienfaitrice.

Bip. Bip. Bip.

J'essaie de bouger, de manifester ma présence, de faire comprendre aux gens autour de moi que je suis là, et surtout que je souffre. Mais rien n'y fait. Je ne peux pas bouger, je ne peux pas parler, ni même ouvrir les yeux. J'ai l'impression de me retrouver dans un film à la con que tout le monde dévore à la période de Noël. L'histoire du type dans le coma. Peut-être qu'en fermant les yeux très fort, je vais me retrouver dans le placard de quelqu'un.

Bip. Bip. Bip.

Une fois de plus, j'essaie de bouger, sans succès. Une main se pose sur mon avant-bras. Une voix que je ne connais pas me chuchote des mots que je ne comprends pas.

Quelques minutes ou quelques heures plus tard – le temps ne semble pas avoir de prise là où je suis – je retrouve ma bulle cotonneuse. La douleur s'atténue, mes pensées s'effacent. Un moment de panique me pousse à lutter. Et si c'était la fin ? Je ne suis pas assez fort pour lutter, je finis par me laisser aller.

Je suis dans un couloir qui me semble familier. Un panneau indique les toilettes un peu plus loin. Quatre types bourrés sont en train de se battre avec quelqu'un dont je n'arrive pas à discerner les traits. J'essaie de m'approcher, mais je n'y parviens pas. Mes pieds sont lourds, mes jambes ne semblent pas fonctionner correctement. Je plisse les yeux pour voir un peu mieux et découvre Jeremiah sur le sol en train de se faire rouer de coups par ces types. Je leur hurle de le laisser tranquille. Je m'époumone, mais c'est comme s'ils ne m'entendaient pas. Je pousse mes membres lourds à se mouvoir, en vain. La sensation d'être impuissant est écrasante. Je tombe à genoux en voyant le visage plein de sang de Jer quand les mecs s'éloignent enfin. Il ne bouge plus, je ne suis même pas certain qu'il respire. Je l'appelle, mais aucun son ne sort de ma bouche. Et à cet instant, sous mes yeux, son visage se transforme. C'est moi, allongé là, sur ce sol beige, au milieu d'une flaque de sang qui s'agrandit de seconde en seconde. Je suis en train de me regarder mourir.

Bip. Bip. Bip.

Mes paupières semblent peser quinze tonnes chacune quand j'essaie de les ouvrir. J'y parviens enfin, mais je les referme aussitôt tant la lumière me semble vive. Je fais un deuxième essai et force cette fois mes yeux à s'habituer à la luminosité.

Je ne suis pas vraiment surpris de me retrouver dans une chambre d'hôpital, même si mes souvenirs de ce qui m'y a conduit sont encore flous. Je me rappelle quatre types et leurs remarques homophobes, je me souviens de la rage qui a flambé dans mon estomac et du premier coup de poing que j'ai donné. Tout le reste est embrumé.

Je scrute le plafond pendant un temps qui me semble interminable avant d'avoir le courage de bouger. J'essaie de remuer la main, mais je me rends rapidement compte que je suis connecté à tout un tas de tuyaux. Mes orteils sont mobiles, eux, ce qui est déjà un soulagement.

— Monsieur Campbell ?

Une voix sur ma droite me pousse à tourner la tête, mais la douleur qui me poignarde l'arrière du crâne me fait frémir.

— Ne bougez pas.

Un homme, infirmier si j'en crois ce qui est écrit sur son badge, se penche au-dessus de moi pour que je puisse le voir sans bouger la tête.

— Bon retour parmi nous. Sur une échelle d'un à dix, comment est la douleur ?

— Je...

Ma voix est rauque, presque inaudible. Ma gorge me brûle comme si j'avais essayé d'avaler un sabre.

— Votre trachée est sans doute inflammée à cause de l'intubation. Je ne peux pas encore vous donner d'eau, mais je vais aller vous chercher des glaçons que vous pourrez sucer. Je vais aussi prévenir le médecin que vous êtes réveillé.

Je hoche la tête, peu désireux de faire brûler de nouveau ce feu dans ma gorge.

— Si vous avez mal, vous pouvez appuyer sur ce bouton. Il est relié à votre pompe de morphine, reprend l'infirmier en me collant un petit objet en plastique dans la main droite.

Je ne me fais évidemment pas prier et presse le bouton sur le boîtier.

L'infirmier disparaît de mon champ de vision. Je crois l'entendre sortir de la chambre. Délicatement, j'en profite pour essayer d'examiner mon environnement, mais où que mon regard se pose, je ne vois que des tuyaux, des poches de liquide ainsi que cette machine et son sempiternel bip.

Lorsque la porte s'ouvre à nouveau, une femme approche de moi. Il doit s'agir du médecin.

— Monsieur Campbell. Je suis le docteur Foreman. J'ai assisté le docteur Williams pour votre craniotomie.

— Craniotomie ?

Ma voix est toujours aussi rauque, mais je veux comprendre ce qui m'est arrivé et jusqu'où je suis mal en point.

— Vous êtes arrivé ici avec une hémorragie cérébrale massive qui aurait pu vous coûter la vie si nous n'étions pas intervenus rapidement. Vous avez aussi deux côtes fracturées, un pneumothorax et de multiples hématomes. En d'autres termes, monsieur Campbell, vous avez eu beaucoup de chance.

La douleur que je ressens me pousse à la contredire, mais je m'abstiens.

— Je vais procéder à un rapide examen neurologique. Si tout va bien, vous pourrez être transféré dans une chambre normale dès ce soir.

Elle me demande de lui citer mon nom, mon prénom, mon année de naissance et l'année en cours. Elle teste la sensibilité de mes membres, puis mes réflexes, avant de me balancer la lumière de sa lampe de poche dans les yeux.

— Tout à l'air aussi parfait que l'on pourrait s'y attendre, déclare-t-elle une fois son examen terminé. Vous allez pouvoir recevoir un peu de visite, mais pas plus de deux personnes à la fois par tranche de dix minutes.

L'infirmier prend sa place pour m'aider à m'asseoir et me tend un gobelet rempli de glaçons. Rien ne pourra remplacer le grand verre d'eau fraîche dont je crève d'envie, mais ça fera l'affaire en attendant.

Je ferme les yeux quelques secondes pour me soulager de la luminosité toujours difficile à supporter.

— Tu as dormi pendant presque vingt-quatre heures et tu roupilles déjà à nouveau ?

La voix de mon frère me fait ouvrir les paupières brusquement. Leander l'accompagne. L'inquiétude et la peur peuvent se lire sur leurs traits à tous les deux. De grands cernes noirs bordent leurs yeux, ils n'ont pas dû dormir beaucoup pendant que j'étais inconscient.

— Vous avez une sale gueule, les mecs.

— T'as pas vu la tienne ! rétorque Leander avec un semblant de sourire.

Dante s'approche de mon lit et attrape ma main qu'il serre comme s'il ne voulait plus jamais me lâcher.

J'ai une boule dans la gorge en voyant son expression, et cela n'a rien à voir avec l'intubation.

—Tu nous as vraiment foutu la trouille, frangin.

—Qu'est-ce qui s'est passé? me demande alors Leander. Personne n'a vraiment compris pourquoi on t'a retrouvé comme ça.

Je secoue la tête. Je n'ai pas vraiment envie de revivre ça, mais je ne peux pas non plus les laisser dans le flou.

—Des types un peu éméchés qui balançaient des conneries homophobes sur le dos de Jer. J'ai vu rouge, mais ils étaient trop nombreux pour moi, apparemment.

La colère se lit un instant sur leurs traits. Je connais bien mon frère, je sais qu'il est aussi furax contre moi que contre ces types. Je ne vais pas m'excuser d'avoir essayé de fermer la gueule de pourritures comme ça, même si j'ai failli y rester. J'ai défendu le type dont je suis amoureux – même si je me garde bien de demander s'il compte venir me voir – et c'est tout ce qui importe.

Nous échangeons encore quelques mots, mais ma gorge se fatigue vite. Les dix minutes sont écoulées. Même si je suis crevé, je suis un peu déçu de me retrouver seul de nouveau. Il va falloir que je prenne mon mal en patience.

Une dizaine de minutes après le départ de Dante et Leander, l'infirmier réapparaît dans ma chambre.

—Il y a quelqu'un d'autre qui tient absolument à vous voir. C'est contre les règles, mais je suis prêt à faire une exception. Vous vous sentez d'attaque?

Je hoche la tête sans savoir à qui m'attendre. Ma mère peut-être, même si j'en serais le premier surpris vu que mes parents sont en voyage à l'autre bout du monde et qu'ils auraient à peine eu le temps de revenir.

C'est Jeremiah qui apparaît dans l'encadrement de la porte de ma chambre. Il a l'air essoufflé, ses cheveux sont en bataille et ses joues, rouges, comme s'il avait fait un sprint depuis l'autre bout de la ville.

— Dix minutes ! précise à nouveau l'infirmier.

Son regard fait la navette entre Jeremiah et moi. Je ne sais pas ce qu'il voit à cet instant, mais il finit par reprendre :

— Bon, OK, quinze minutes.

Il quitte la chambre sans un mot de plus et je me retrouve seul avec Jer, qui reste muet.

— Félicitations pour le match hier, lancé-je pour briser la glace.

— Je suis venu dès que j'ai su que tu étais réveillé.

Je l'examine attentivement. Lui non plus n'a pas l'air d'avoir beaucoup dormi.

— Et tu es venu à pied ?

— Presque. Il y avait des bouchons, je suis descendu du taxi à mi-chemin.

Ses yeux sont ancrés aux miens et nous ne parlons pas pendant un long moment. Je le contemple comme si je ne l'avais pas vu depuis des mois. Mon cœur fait des saltos dans ma poitrine, même si ça ne se voit pas sur la machine dont le bip continue de résonner calmement à côté de moi.

— Je... Je t'aime, Sander... je...

— Bla-bla-bla, le coupé-je. Tu m'as déjà dit ça la dernière fois. Pour mieux me dire adieu ensuite.

Je ne contrôle pas vraiment ce que je débite, je pense que la morphine n'y est pas pour rien. Au fond de moi, je ne peux pas m'empêcher d'espérer, des papillons dansent une gigue dans mon ventre.

— Même si je t'ai quitté ce soir-là, je pensais ce que je disais.

— Ça ne change rien, si ?

Il s'approche un peu plus, jusqu'à se trouver à quelques centimètres de moi. Ses doigts effleurent ma paume et je frissonne à ce contact.

— Te savoir ici, savoir ta vie en danger, ça a tout changé. Je suis désolé d'avoir eu besoin de ce genre d'électrochoc pour comprendre que je ne peux plus vivre sans toi. Je te promets de ne plus me cacher, de ne plus avoir honte de celui que je suis, de ce que nous sommes l'un pour l'autre.

— Et le hockey ? Ton équipe ? demandé-je, effrayé que tout ceci ne soit qu'un rêve.

Il s'approche davantage, caresse délicatement mon visage meurtri.

— Mon coach est au courant, l'équipe le sera aussi. Je t'aime. Je n'ai plus envie de le cacher.

Son front se pose doucement contre le mien.

— Je ne suis pas inconscient, hein ? Ou en train de rêver ?

— Non, répond-il en souriant.

— Alors redis-le.

— Je t'aime, Sander.

42

Jeremiah

Les jours défilent en accéléré, un peu comme dans un rêve. Nous n'avons pas gagné la finale du Frozen Four, mais ce n'est pas grave, parce que nous nous sommes battus à fond. Nous n'avons pas à rougir de notre performance, au contraire. Moi, je suis fier de cette équipe soudée qui est arrivée si loin. Et qui sait? Peut-être que l'année prochaine, nous atteindrons le sommet.

Après notre défaite, tout le monde est rentré, sauf moi. J'ai attendu que Sander sorte de l'hôpital pour que nous puissions regagner la fac, ensemble, tous les deux. Comme un couple. Parce que c'est ce que nous sommes désormais. Un couple. Un couple qui sera bientôt officiel. Il me reste une dernière étape à franchir avant ça.

— Tu es sûr de vouloir le faire? me demande Sander alors que nous sommes allongés dans son lit, encore nus, en ce début de matinée ensoleillée.

Passer de nouveau la nuit dans ses bras, c'était comme retrouver un rêve que j'avais cru parti en fumée.

Je hoche la tête.

— Oui. Je n'ai plus envie de me cacher.

— Tu sais que ça va faire jaser, pas vrai?

Je fronce les sourcils.

— C'est moi ou tu es en train de me dissuader?

Sander rit et passe son doigt sur ma joue.

— Non. Mais je veux être certain que tu as pris tous les paramètres en compte.

C'est le cas. Nous avons beaucoup discuté lui et moi, au cours des jours que nous avons passés ensemble. Autant dire qu'avec lui cloué à l'hôpital, nous avions pas mal de temps à tuer. Et comble de la surprise, nous ne nous sommes même pas étripés. Ça viendra, parce que nous fonctionnons comme ça, lui et moi. Mais aucun couple n'est parfait, pas vrai ? Sans compter qu'il nous faudra du temps pour nous ajuster. Un temps que je n'ai pas envie de passer à regarder par-dessus mon épaule pour être certain qu'on ne se fasse pas choper.

— Je veux juste que tu sois sûr de toi, ajoute-t-il, voyant que je ne réponds pas.

— Je le suis, Sander. C'est promis. Et oui, je flippe de la réaction de mes coéquipiers, et de l'après, évidemment...

Parce que je n'ai pas changé d'opinion là-dessus. Mes craintes de n'être drafté que pour l'image d'une équipe ne se sont pas apaisées. Mais je me dis que, même si c'est le cas, ce sera à moi de faire mes preuves, de leur montrer qu'ils ont fait le bon choix, non parce que je suis bi mais parce que je suis doué. Reste à croiser les doigts pour l'être suffisamment et intégrer la NHL. Mais j'ai le temps. Beaucoup de choses peuvent encore évoluer au sein de la ligue, après tout.

— Mais j'ai besoin de le faire. D'être moi. D'arrêter de me cacher. Et surtout, j'ai besoin d'être à cent pour cent avec toi.

Sander sourit et saisit mon menton entre ses doigts pour coller un baiser sur mes lèvres. Nous ne savons pas si notre relation durera, mais quoi qu'il en soit, je n'aurai jamais de regrets. Sander mérite d'être avec un homme fier de marcher à ses côtés.

— Ça valait le coup de passer aussi près de la mort, souffle-t-il contre mes lèvres.

Je me redresse aussitôt pour lui donner une tape sur le bras. Je fais attention, car il est loin d'avoir retrouvé sa force habituelle. Je sais que ne pas pouvoir jouer au football pour le reste de la saison l'énerve, mais il doit se protéger, et guérir, s'il veut commencer la prochaine année en pleine forme. De plus, il a décidé de profiter de ce repos forcé pour essayer un nouveau protocole contre son TEI, supervisé par sa psy.

— Ne plaisante pas avec ça, grondé-je.

— Désolé.

Il ne l'est qu'à moitié. Et le pire, c'est qu'il a raison. S'il n'avait pas été sur le point d'y passer, nous n'en serions pas là. Et je m'en veux qu'il ait dû subir le pire pour que j'ouvre enfin les yeux.

Nous continuons à flemmarder jusqu'à ce que je doive aller en cours. Je quitte sa chambre après un dernier baiser, lui promettant de venir lui raconter tout ce qui s'est passé une fois que j'aurai discuté avec mes coéquipiers.

Une boule me noue l'estomac durant toute la journée à la perspective de ce qui m'attend. Pourtant, je refuse de me débiner. C'est bien trop important. Le *head coach* et moi avons longuement discuté avant de décider que j'expliquerais la situation durant la réunion de fin de saison.

Évidemment, il m'a mis en garde, il m'a confirmé que ce ne serait pas toujours facile, que j'allais parfois devoir me battre – au sens métaphorique, mais je pense aussi littéral – pour me faire respecter. Mais me confier à mes coéquipiers est une première étape importante pour pouvoir prendre de l'assurance. Je me doute que tous ne le prendront pas bien, même si j'espère que ce ne sera pas le cas de la majorité.

Lorsque j'arrive dans la salle de réunion, la moitié de l'équipe est déjà là. Scott s'avance aussitôt vers moi pour m'offrir une accolade.

— Ça va le faire, Jer. Le premier qui fait une remarque désobligeante, je lui pète les dents.

Je sais qu'il plaisante, mais c'est agréable de savoir que j'ai le soutien de mon capitaine et ami.

Une fois tout le monde présent, nos coachs se présentent devant nous à tour de rôle pour résumer la saison, analyser les statistiques, décrypter nos stratégies, nous féliciter, insister sur nos faiblesses, sur ce que nous devrons absolument travailler lors de la saison prochaine. Pour être honnête, j'écoute tout ça d'une oreille distraite, de plus en plus stressé au fur et à mesure que le temps s'écoule. Finalement, le *head coach* prend la parole, et déclare :

— Avant de terminer cette réunion, je crois que votre coéquipier Jeremiah veut vous dire un mot.

Il insiste sur le mot « coéquipier », comme pour s'assurer que personne ne l'oublie.

Quelques regards curieux me suivent alors que je me lève et prends place devant tout le monde. Je me concentre sur le visage de Scott qui me sourit en murmurant un « Allez, tu peux le faire ». Je me racle la gorge, tente de dissimuler la moiteur de mes mains, et déclare d'une voix un peu rauque :

— Je ne vais pas passer par quatre chemins. Je suis déjà suffisamment mal à l'aise de voir tous vos regards braqués sur moi.

Des ricanements s'élèvent. Un « Comme si tu n'aimais pas être au centre de l'attention » faussement moqueur fuse quelque part.

— Et même si j'espère que ça ne changera rien entre nous, même si je ne devrais pas avoir à faire ce que je m'apprête à faire, je préfère que vous l'appreniez de moi.

— T'as une maladie incurable ? demande une voix.

— Tu nous annonces que t'es pédé ou quoi ? raille une autre.

Je me fige et hoche la tête, un sourire ourlant mes lèvres pour me donner une contenance.

— Eh ouais, Mike. Presque. Je suis bi, en fait. Et en couple avec un mec.

Un silence de mort s'abat sur la pièce avant qu'un brouhaha n'éclate.

— Je savais bien que tu me matais sous la douche.

— Putain, plus jamais je me balade à poil devant toi.

— Sérieux ? J'en connais certains qui vont chialer.

Les remarques fusent, certaines bon enfant, d'autres plus blessantes. Le *head coach* frappe dans ses mains pour demander le silence. Tout le monde obéit.

— Je vous préviens, si j'entends une seule putain de remarque homophobe, vous êtes virés de l'équipe, c'est compris ?

— À partir de quand ? demande Calvin.

— À partir de maintenant.

Tout le monde hoche la tête. Je crois qu'il est temps pour moi de regagner ma place. Alors que je passe devant Scott, il se lève et m'enlace fort, me murmurant un « Je suis fier de toi » qui me fait rougir.

Alors que je regagne ma place, les regards toujours braqués sur moi, je souris, pour de vrai cette fois. Parce qu'aujourd'hui, moi aussi, je suis fier de moi.

À peine sorti de la patinoire, j'envoie un message à Sander, impatient de le retrouver.

JEREMIAH : OÙ EST-CE QUE TU ES ?

SANDER : DANS LA SALLE DE POTERIE…

Encore ? Mais son cours doit être fini depuis plus d'une heure. Je réponds par un « J'arrive » et me précipite vers le bâtiment en question. Les couloirs sont pratiquement déserts, seuls quelques étudiants flânent encore.

— Pourquoi tu es toujours là ? demandé-je en le rejoignant.

Les mains pleines d'argile, assis devant son tour de potier, Sander fronce les sourcils face à la masse informe qu'il tente de sculpter.

— Si je veux devenir riche en vendant mon art, j'ai intérêt à mieux me démerder.

— *Spoiler alert,* Sander, tu es déjà riche.

— Mes parents le sont.

— C'est un détail.

Je souris et m'approche de lui pour déposer un baiser sur ses lèvres.

— En tout cas, je suis d'accord, tu as de gros efforts à faire pour que ça ressemble à quelque chose.

— J'aimerais bien t'y voir, tiens, grommelle-t-il sans jamais cesser d'actionner le tour.

Je ris, ôte ma veste et m'installe derrière Sander.

— OK, Demi Moore[7], laisse-moi prendre les choses en main.

Il rit, et pose ses mains sur son jean crade pour me laisser jouer avec l'argile.

— Alors, raconte. Comment ça s'est passé ?

Je laisse mes doigts glisser et jouer, pour tenter de créer une forme circulaire, tandis que le pied de Sander est toujours appuyé sur la pédale.

— Comme je l'avais imaginé, en fait. Certains l'ont bien pris, d'autres moins. Quelques-uns ont été outrés que je pactise avec l'ennemi.

— C'est moi l'ennemi ? ricane Sander.

J'acquiesce. Ils ont été davantage vexés que dégoûtés par mon annonce. Ils auraient aimé que je leur en parle plus tôt. Mais ils ont fini par comprendre mes réticences.

— Et tu te sens comment ?

— Honnêtement ? Libéré d'un poids. Je crois qu'il va falloir du temps à certains pour se faire à l'idée, mais je n'ai pas à me plaindre.

Il sourit et dépose un baiser à la commissure de mes lèvres.

---

7. Référence au film *Ghost*, de Jerry Zucker (1990).

— Je suis fier de toi, Jeremiah. Et j'ai hâte de montrer au monde entier que tu es mon mec.

Je ris et l'embrasse à mon tour, avant de reporter mon attention sur la poterie, qui ne ressemble toujours pas à grand-chose, soit dit en passant.

— Ah ! Tu vois bien que c'est pas évident ! déclare Sander, satisfait que je n'arrive à rien avec cette putain d'argile.

— Je viens de commencer. Toi, tu as eu des mois pour t'entraîner, grommelé-je.

— Alors, laisse-moi t'aider.

Avant que je puisse répondre quoi que ce soit, les mains de Sander recouvrent les miennes, et guident mes mouvements. Ses doigts glissent entre les miens tandis que j'observe, hypnotisé, nos paumes courir sur l'argile.

— Tu sais comment se finit la scène dans *Ghost*, pas vrai ? le questionné-je, réfrénant difficilement mon envie de lui.

Sander tourne la tête vers moi et murmure :

— Et si tu me montrais ?

Lorsque mon regard se rive au sien, j'y discerne une lueur amusée qui ne cache en rien le désir que cette idée fait naître en lui. Et je comprends. Parce que nos mains enlacées, couvertes d'argile, qui se caressent tout en essayant de créer quelque chose à partir de rien... il n'y a rien de plus érotique que ça. Sauf que, rapidement, la poterie est oubliée.

Sander se tourne de nouveau vers moi et agrippe mes cheveux pour m'embrasser profondément. Mes mains emprisonnent son visage, étalant l'argile sur sa peau. Et rapidement, nous ne répondons plus de rien. Si nous avons fait attention depuis sa sortie de l'hôpital, je sens bien que Sander en a marre. Et lorsqu'il m'incite à me lever avant de me plaquer contre le mur pour dévorer mes lèvres, mon cœur rate un battement.

Nos baisers furieux ont goût de terre. Sander passe ses mains sous mon tee-shirt, sur ma peau sur laquelle il étale toujours plus d'argile. Bientôt, nous nous retrouvons essoufflés, couverts de glaise de la tête jusqu'à nos jeans respectifs que nous avons déboutonnés. Mes mains glissantes saisissent nos queues, et je nous masturbe tandis que Sander ondule contre moi, soupire contre ma bouche, mord mes lèvres. Ses doigts s'enfoncent dans la peau de mon dos.

— Putain, Jer... Je suis... si... près...

Je nous caresse de plus en plus vite, de plus en plus fort, jusqu'à ce que son corps se tende et qu'il éjacule dans ma main. Je le suis quelques secondes plus tard, et nous restons plaqués l'un contre l'autre, collants et sales, haletants.

— Bordel... je vais ramener ce tour à la maison, souffle-t-il avec un sourire aux lèvres.

J'enfouis mon visage dans son cou, respire son odeur, et l'enlace, fort. Nous restons ainsi un temps infini, jusqu'à ce que nos respirations se calment.

— On devrait peut-être se nettoyer avant que quelqu'un nous surprenne, finit-il par déclarer.

Je me rends compte que cette idée ne m'a même pas traversé l'esprit. Comme quoi, mes progrès sont réels.

— T'as raison, d'autant que je vais devoir y aller, déclaré-je en reprenant de la distance. Et je ne suis pas sûr que mon patron apprécie que je me pointe au boulot dans cet état.

Sander éclate de rire puis attrape ma nuque pour déposer un baiser brutal et sonore sur ma bouche.

— Tu sais, si tu me laissais faire comme la dernière fois, tu n'aurais plus besoin de ce petit boulot et on pourrait passer bien plus de temps ensemble.

Je fronce les sourcils, ne comprenant pas de quoi il parle.

— Hein ?

— Le pourboire, Jer... À ton avis, ils venaient d'où ces six cents dollars ?

Mes yeux s'écarquillent quand la réalité me frappe de plein fouet.

— C'était... c'était toi ? balbutié-je, sous le choc de cette révélation.

— Tu ne l'avais pas deviné ?

Il semble presque agacé que je n'aie pas additionné deux plus deux, mais franchement, comment aurais-je pu ?

— Tu me détestais.

— Non. J'ai essayé. Très fort. Mais je ne t'ai jamais détesté. J'étais juste en colère, frustré, blessé.

Ses mots me serrent le cœur, mais je me souviens que tous ces sentiments appartiennent au passé.

— Merci, murmuré-je, une boule d'émotion me nouant la gorge.

— D'avoir été en colère, frustré et blessé ? De rien, mec.

Je lève les yeux au ciel, et l'attrape par la taille pour le serrer contre moi.

— Je dois vraiment y aller sinon je vais être à la bourre et me faire virer.

— Est-ce que ça fait de moi quelqu'un de mauvais d'espérer que ce soit le cas ? Tu pourrais te reconvertir et devenir mon prof de poterie attitré.

J'éclate de rire et me détache de lui.

— Va te faire foutre, dis-je en souriant.

— Carrément ! Je suis dispo quand tu veux pour ça, tu sais.

Il accompagne sa tirade d'un clin d'œil, et je finis par m'éloigner, avant de ne plus en être capable. Je me nettoie en vitesse au lavabo de la salle, puis me rhabille. Je suis sur le point de passer la porte lorsque sa voix s'élève de nouveau.

— Je pense sincèrement ce que j'ai dit, tu sais ! s'exclame-t-il.

Pour toute réponse, je lui offre un doigt d'honneur avant de disparaître. Et son rire, si franc, si vrai, ce rire qui me file des frissons et me donne envie de me blottir contre lui sans plus jamais le lâcher, me suit jusque dans le couloir. Il résonne encore dans ma tête bien après que j'ai quitté le bâtiment. Je ris aussi. Libéré d'un poids. Heureux de pouvoir enfin être aux yeux du monde celui que je suis au plus profond de moi.

ÉPILOGUE

Sander

Une fois ma voiture garée dans l'enceinte du camp de vacances Campbell, je sors de l'habitacle pour aller fermer la barrière. Et là, j'inspire à pleins poumons. Cet endroit est mon havre de paix, là où je me sens le plus chez moi. Un jour, je rachèterai le complexe à mes parents, ils ne viennent jamais, de toute façon.

Au mois de juillet, le Tennessee est plus beau que jamais, et le camp ne fait pas exception à la règle. En roulant sur mon quad en direction du chalet principal, j'en profite pour admirer le lac qui scintille au soleil, noyé dans un océan de verdure. C'est ici que je me vois passer ma vie, et même si je ne sais pas encore si ça sera possible, ce but me fait avancer tous les jours un peu plus.

Je contourne l'habitation principale et gare le quad aux côtés de tous les autres véhicules tout-terrain. Passant par l'entrée secondaire, je monte l'escalier jusqu'à la cuisine, range les clés du quad et me dirige vers la terrasse dont les portes-fenêtres sont ouvertes.

Je m'arrête sur le seuil et admire cette vue dont je ne me lasserai jamais. Je ne parle plus du lac, mais de Jeremiah qui se prélasse sur un transat, vêtu uniquement d'un short de bain. Il est au téléphone et je me satisfais parfaitement de ne pas le déranger et de l'admirer de loin sans qu'il en sache rien. Chaque fois que je le regarde, sa beauté me subjugue. Mon admiration est accompagnée d'un sentiment de possessivité puissant. Ce mec est à moi autant que je suis à lui, ce dont je ne reviens toujours pas.

Depuis mon lieu d'observation, des bribes de conversation me parviennent. Je comprends très vite qui est la personne au téléphone.

— C'est génial, Greg, je suis content pour toi, lance Jer. Passe de bonnes vacances et, n'oublie pas, si tu as un problème, tu peux m'appeler.

J'attends que Jeremiah raccroche pour me détacher des portes-fenêtres et avancer vers lui.

— Ça fait longtemps que tu es là ?

— Assez longtemps pour reluquer ton corps d'Apollon.

— Pervers.

— Avec toi ? Toujours.

Il ricane et se décale un peu sur le transat pour me faire de la place.

— Comment va Greg ?

Il est toujours resté proche de ce jeune que nous accompagnons à la P. B. Foundation.

— Il va bien. Il part en vacances au Mexique avec sa mère, la meilleure amie de sa mère et sa fille. Il a un crush sur la fille, je lui ai dit que c'était l'occasion ou jamais pour tenter quelque chose.

— Tu joues les entremetteurs, maintenant ?

Il se tourne vers moi, plante son regard dans le mien.

— J'ai appris cette année que la vie est trop courte pour ne pas prendre de risques. Si je peux partager un peu de cette sagesse chèrement acquise autour de moi, je ne vais pas me gêner.

Il a raison. On a tous les deux payé le prix fort cette année pour comprendre à quel point il faut faire en sorte que chaque jour compte. C'est d'ailleurs ce que nous nous employons à mettre en pratique depuis notre arrivée au camp où nous allons passer notre mois de juillet. Ce moment à deux, rien qu'à deux, on l'a bien mérité ; et on compte bien en profiter.

— Comment s'est passée ta séance ? me demande-t-il après un moment de silence.

Ma psy m'a mis en contact avec une association qui fait de la thérapie équine dans le coin. Elle voulait que j'essaie pour pouvoir poursuivre plus tard, à Saint-Louis, si ça me convient. Je réfléchis longuement à la question posée par Jer. À tel point qu'il finit par en tirer ses propres conclusions.

— Si mal que ça ?

— Non, justement. Mieux que ce que j'imaginais. Et ça me perturbe un peu.

— Pourquoi ?

— Je ne sais pas. Je ne pensais pas être suffisamment agile pour ça et il s'avère que je me suis plutôt bien débrouillé pour une première fois. Là-haut, je n'ai pas le choix que de contrôler mes émotions. Le cheval compte sur moi, en quelque sorte. Et en même temps, je suis quand même obligé de lâcher prise, c'est très déstabilisant.

Jer me dévisage longuement avant de reporter son regard sur le lac.

— C'est plutôt positif, alors ?

— Bien plus que la poterie et la musique.

— Tu oublies le type qui voulait que tu embrasses des arbres. Par contre, je suis pour que tu continues la poterie, ajoute-t-il avec un clin d'œil.

J'éclate de rire. Ma psy m'a branché avec tout un tas de thérapies alternatives ces derniers mois et je dois reconnaître qu'elles n'ont pas toutes fonctionné. Cela dit, je ne me suis jamais senti aussi bien que depuis mon altercation au match de hockey de Jer. Et tout ça sans médicaments me transformant en zombie. Alors même si j'essaie un tas de trucs bizarres, c'est une réussite pour moi.

— On va piquer une tête ? proposé-je. Il fait chaud et tu es déjà en tenue.

Il hoche la tête et me sourit. Tous les jours de ma vie, j'aimerais être baigné par ce genre de sourire.

Allongé au soleil sur la plateforme qui flotte au milieu du lac, Jer a la tête posée sur mon torse et son bras enserre lâchement ma taille. Je crois qu'il s'est endormi. Le nez dans ses cheveux, je respire à pleins poumons. Le ciel est d'un bleu intense et en me laissant bercer par le doux clapotis de l'eau, je prends conscience que je n'ai jamais été aussi heureux.

Dans ce lieu où je me suis toujours senti chez moi, avec l'homme que j'aime dans mes bras, je ne crains plus l'avenir ni ce qu'il pourra se passer. Je sais que quoi qu'il arrive, on traversera les épreuves ensemble. À deux, on est plus forts. Avec Jer à mes côtés, je me sens si puissant que je pourrai abattre les montagnes qui se présenteront à nous.

07
CHARLES